# Vers une aube radieuse

Du même auteur
dans la collection Rivages/Thriller

*Prisonniers du ciel*
*Black Cherry Blues*
*Une saison pour la peur*
*Une tache sur l'éternité*
*Dans la brume électrique avec les morts confédérés*
*Dixie City*
*La Pluie de néon*
*Le Brasier de l'ange*
*Cadillac juke-box*
*La Rose du Cimarron*
*Sunset Limited*
*Heartwood*

dans la collection Rivages/Écrits noirs

*Le Bagnard*
*Vers une aube radieuse*
*Le Boogie des rêves perdus*

dans la collection Rivages/noir

*Prisonniers du ciel* (nº 132)
*Black Cherry Blues* (nº 159)
*Une saison pour la peur* (nº 238)
*Le Bagnard* (nº 272)
*Une tache sur l'éternité* (nº 293)
*Dans la brume électrique*
*avec les morts confédérés* (nº 314)
*La Pluie de néon* (nº 339)
*Dixie City* (nº 371)
*Le Brasier de l'ange* (nº 420)
*La Rose du Cimarron* (nº 461)
*Cadillac juke-box* (nº 462)

James Lee Burke

# Vers une aube radieuse

Traduit de l'anglais (États-Unis)
par Freddy Michalski

*Collection dirigée par*
*François Guérif*

Rivages/noir

Titre original : *To the Bright and Shining Sun*


106, boulevard Saint-Germain – 75006 Paris

ISBN : 2-7436-1180-4
ISSN : 0764-7786

*Ce livre est dédié à ma mère,*
*Mme James Lee Burke, Sr.,*
*de Houston, Texas,*

*et à mes oncle et tante,*
*M. et Mme Oran Burke,*
*de Baton Rouge, Louisiane.*

*Amenez-vous, les gars, tous si jeunes et si beaux,*
*Cherchez donc pas fortune dans la mine triste et sombre,*
*Ça vous deviendra un pli, à vous suinter dans l'âme,*
*À vous voir jusqu'au sang couler noir comme charbon.*

*Y en a bien eu, des hommes, qu'j'ai connus en mon temps,*
*Y z'ont vécu qu'à se perdre toute leur vie en sueur.*
*Comm' le camé sa came, et l'poivrot son pinard,*
*La mine te piège, la mine te trompe, à force de la vouloir**.

MERLE TRAVIS

---

* Extrait de « Dark as a Dungeon » par Merle Travis

# 1

Trois hommes et un garçon étaient assis dans l'obscurité, à l'intérieur d'une vieille Ford délabrée de 1958, sur une route de schiste qui s'étirait en méandres au pied de la montagne. L'un d'eux fumait une roulée entre ses mains en coupe, baissant la tête sous le niveau des fenêtres à chaque bouffée qu'il en tirait. Les premiers lambeaux de feuilles tombaient des arbres et crépitaient d'un bruit sec sur la chaussée balayée par le vent. En bordure du virage de la route se dressait le dépôt de charbon extrait du puits, masse énorme et menaçante à l'aplomb de la voie de chemin de fer qui longeait l'embouchure de la mine et filait vers l'aiguillage où la C&O assemblait ses longs trains de marchandises, lesquels finiraient au bout du compte par emporter le charbon jusqu'à Pittsburgh. Le garçon, Perry Woodson Hatfield James, était assis sur la banquette arrière, une main serrant le dessous d'une cuisse, l'autre couvrant le poignet. Il sentait la sueur se former sous ses bras et couler en rigoles froides sur ses flancs. Il était convaincu que si la peur avait une odeur, elle aurait déjà transpercé ses vêtements et imprégné tout l'intérieur de la voiture. Il la sentait en lui-même chaque fois qu'il prenait une inspiration. Une odeur rance, comme une chose morte sous le soleil. Big J.W. et Little J.W. étaient assis à l'avant, immobiles sur fond de lune brillante, hormis lorsque Little J.W. se penchait pour fumer sa cigarette. Ils étaient demi-frères, nés du même père, un fabriquant de whiskey clandestin de Caroline du Nord, tué à l'âge de soixante-seize ans dans les rues de terre de Harlan tandis qu'il distribuait gratuitement le whiskey aux mineurs, à l'époque où John L. Lewis commençait à organiser les charbonnages et où les autorités de l'État avaient envoyé la Garde nationale abattre un homme qui essayait d'empêcher un jaune de franchir le piquet.

Big J.W. portait un casque métallique bas sur le front, la peau grainée de poussière de charbon, enchassée tellement profond à l'entour des yeux à force d'être frottée qu'on aurait dit deux brûlures. Le veston à fines rayures aux couleurs passées qu'il portait sur ses bleus était tendu presque à craquer sur ses épaules anguleuses, et les protubérances de ses poignets ressemblaient à des os blancs ressortant des manches. Il avait les dents jaunes et longues, les ongles aussi épais et durs qu'une carapace de tortue, cassés jusqu'au vif de la chair et colorés de demi-lunes bleu-noir. Sa femme lui coupait les cheveux au rasoir sabre, qui pendaient en mèches inégales bas sur la nuque, comme une coiffure de fille. Little J.W. était un petit homme rond au petit ventre rond et dur tendu contre son pantalon de travail. On disait de lui qu'il était irremplaçable et n'avait pas son pareil dans une mine, capable qu'il était de vous remonter et descendre une veine étroite sur huit cents mètres, à quatre pattes comme une marmotte. Ses yeux doux et marron, son accent tranquille des montagnes faisaient que peu de gens lui prêtaient une attention particulière sauf à l'occasion d'une explosion ou d'un éboulement dans la fosse, lorsqu'on avait besoin de quelqu'un pour aller se frayer un chemin à quatre pattes à travers les blocs de calcaire et les madriers effondrés jusqu'à une poche pleine de gaz dans les profondeurs de la terre, là où personne ayant toute sa tête n'irait s'aventurer. Mais ceux qui le connaissaient bien avaient conscience qu'il était beaucoup plus dangereux que Big J.W. et que, une fois lancé, il s'attaquerait à quelque chose ou à quelqu'un avec la même furie tranquille qu'un fer chaud en train de brûler le bois. À une occasion, alors qu'ils étaient tous deux occupés à boire, il s'était pris de querelle avec un oncle et, lorsque l'oncle avait sorti son couteau, Little J.W. l'avait frappé six fois à la tête à coup de tisonnier avant de le balancer dans la cour depuis le perron d'entrée du baraquement de la compagnie.

– Dégainer un couteau contre moi, v'là bien ce que tu fais, dit-il, le tisonnier toujours à la main. Un couteau contre quelqu'un de ton sang, v'là bien ce que tu fais. Eh bien, si tu réussis à rentrer chez toi tout seul cette nuit, j'y ai rien à redire, mais par Dieu si tu meurs ici sur place, j'aurai rien à redire non plus.

Sur le plancher de la voiture, à l'arrière, sous une couverture, se trouvaient une Winchester à levier calibre 30, un fusil calibre 12 aux deux canons sciés cinq centimètres devant les chambres, quatorze boîtes de dynamite, trois amorces et une bobine de cent vingt mètres de câble. Le garçon savait aussi que chacun des trois hommes qui l'accompagnaient portait un .38 ; pas plus qu'ils ne seraient partis sans pantalon, ils n'auraient pas quitté la maison sans leur arme.

– C'est pas qu'y faut le faire sauter, dit-il. Peut-être juste le remonter au sommet de la montagne et pousser quelques cailloux au fond de la fosse.

– J't'ai déjà dit, mon mignon, dit Big J.W. On va se

le faire sauter, ce tas de charbon, juste sur la tête du payeur. On n'a pas risqué un an à Frankfort en forçant la cabane rien que pour déplacer queq' cailloux.

– La lune, a s'couche, dit Little J.W.

– Sors les charges, Perry, dit Bee, l'homme assis à côté du garçon.

C'était l'oncle du garçon, homme de haute taille, obligé de se tenir légèrement voûté pour que sa tête ne cogne pas le toit de la voiture. Tout comme Big J.W., il portait une salopette de travail, la taille sanglée d'un ceinturon en cuir, une veste de complet et une casquette en toile sur la tête. Des années auparavant, il avait perdu son râtelier, et sa bouche s'était affaissée en rangées de plis épais autour des lèvres. Ses gencives étaient noircies de la carotte de chique qu'il avait toujours sous la langue. Pendant les années quarante, il avait fait deux ans au pénitencier du Kentucky pour avoir tiré sur un garde de la compagnie, et, parce qu'il avait refusé de désigner les hommes qui avaient abattu trois autres gardes de la compagnie au cours de la même bataille, on le nomma représentant des United Mine Workers – les Mineurs unifiés – quand il fut placé en liberté conditionnelle. Il se racla la gorge et toussa dans sa manche. Il souffrait de silicose depuis l'âge de vingt-cinq ans, d'avoir travaillé dans les mines avant que les compagnies soient forcées d'équiper les puits de systèmes de ventilation.

– Et si y a des jaunes qui sont là ? dit Perry.

– Y sauteront en même temps que le charbon, dit Big J.W. Ils pourront toujours voler le pain de la bouche d'un homme en enfer si z'en ont encore envie.

Bee arracha la couverture, découvrant les explosifs et les armes.

– Maintenant, vous me les préparez, les charges, dit-il. Par Dieu, y a pas personne qui va aller dire qu'un James ou un Hatfield, ça fait passer un jaune avant un travailleur.

Le garçon vissa les boîtes l'une à l'autre, verrouillant chaque embout avec soin. Il prépara les charges, quatre cylindres à l'unité, avec amorce à l'extrémité de chacune. La sueur de ses mains était froide au contact du métal. Il y en a assez là pour faire dégringoler la moitié de la montagne dans le vallon, songeait-il. Et c'est pas cent vingt mètres de fil qui vont nous donner assez de champ pour fuir. On va se retrouver ici avec des cailloux gros comme des voitures en train de nous tomber dessus. Je les ai vus faire sauter une charge comme ça sur Black Mountain à Harlan, un jour, les arbres et les cailloux ont explosé en cachant tout le soleil. La poussière noire est restée sur la crête jusqu'au crépuscule quand il a commencé à pleuvoir. Il aurait bien voulu se trouver à la maison, dans leur baraquement, avec les bûches sèches de peuplier et les grosses gaillettes de charbon en train de se consumer dans la cheminée en grès noirci. Il avait bien trop peur pour se soucier s'il travaillait au tarif syndical ou pas. Peut-être que le patron, il a pas tort, se dit-il. Peut-être qu'il ne peut pas se permettre de payer le tarif syndical garanti et qu'on s'attire que des ennuis si on essaie de faire entrer le syndicat dans les mines. On s'en sortait pas si mal avec ce qu'y nous donnaient. Vingt dollars par jour, c'est plus que ce qu'on a comme grévistes. Y avait pas de fusillades avant, y avait pas d'hommes de la compagnie qui venaient dans les maisons en demandant où ce que les hommes étaient passés la veille au soir. Y avait pas non plus quelqu'un qui nous coupait le crédit au magasin.

Et le samedi après-midi, les gars avaient du bon dollar en poche pour s'offrir le bus jusqu'à Winfro Valley et la Barn Dance qui est diffusée à la radio.

Il sentit alors en lui une vieille et secrète honte face à sa peur. Sa famille était contre le patron depuis que son grand-père s'était fait escroquer de ses droits miniers pour un dollar l'hectare par un filou élégant de New York – un gars de l'est, avec à son gilet une montre en or qui avait bien dû lui coûter cent dollars, avait dit son grand-père. Il s'installait à ta table et te racontait que ton cochon était bien gras et tes légumes bien verts et, pis, comment le dollar qu'y t'offrait payait les impôts du comté en disant que de toutes les façons, la terre, elle était bonne à rien. Y t'achetait ta terre du vallon pour pas plus cher que le prix du billet de train depuis New York. Et y disait surtout pas que ce que t'avais signé donnait à l'exploitant de la mine le droit de faire tout ce qu'il voulait avec la terre. Ils pouvaient te bousiller la montagne en morceaux et la laisser glisser sur ta récolte de tabac, y a rien que tu pouvais y faire sauf d'aller travailler pour lui.

Perry savait qu'aucun James ou Hatfield de la famille n'avait jamais craint les exploitants de mines, les gros bras de la compagnie, les briseurs de grèves armés de leur manche de hache, ou même la Garde nationale. Son grand-père disait qu'il était de la famille de Frank James, le hors-la-loi qui s'était caché dans le Cumberland après avoir cambriolé une banque avec Jesse en Virginie de l'Ouest, et sa mère était une descendante directe de Devil Anse Hatfield, qui avait semé les comtés de Pike et Logan des cadavres de McCoy. Sa famille était syndicaliste avant même que John L. Lewis et le CIO organisent les ouvriers mineurs. Ils avaient combattu au coude à coude avec les organisateurs de la National Miners Union – l'Union nationale des mineurs – avant la Grande Dépression, à l'époque où l'homme qui osait souffler le mot « syndicat » se faisait virer de son boulot, éjecter du baraquement propriété de la compagnie, peut-être chasser du comté par le shérif, quand il n'était pas abattu et jeté dans le fond d'un vallon.

– Il fait assez nuit maintenant, dit Big J.W. Passe donc le fusil au petit frère.

Perry donna le double canon scié à Little J.W. et le regarda ouvrir l'arme et coller deux cartouches dans les chambres. Little J.W. baissa sa vitre et tint l'arme à l'extérieur contre la portière.

L'entrée de la mine était un trou sombre et carré dans la face de la montagne. Plus loin, un énorme terril fumait dans le froid. Depuis l'époque où il était tout enfant, Perry ne se souvenait pas d'avoir jamais approché une mine sans sentir l'odeur de schistes houillers en train de se consumer. C'était un feu qui ne s'éteignait jamais parce que sa source de combustible ne se tarissait jamais, et l'air à l'entour de sa maison avait toujours eu cette même puanteur âcre. Le tas de charbon extrait s'étalait à travers la route en coulée noire jusque dans la ravine et finissait dans le torrent. Tout à côté de la route, un panneau abandonné monté sur piquet en bois, reste de la manifestation de la journée, était posé à l'oblique contre un rocher. Il disait, en lettres grossières peintes à la main : MINE INJUSTE – ELLE ENGAGE PAS LES SYNDIQUÉS.

– Y z'ont pas laissé de garde, dit Little J.W.

– Surveille bien cette zone à découvert. Les briseurs de grève pourraient bien être en train de m'aligner en plein dans le pare-brise, dit Big J.W. T'souviens quand y z'ont descendu Noah Combs ? Il a rien vu de où ce qu'y z'étaient jusqu'au moment où y s'est pointé devant l'entrée de la mine.

Bee sortit le .38 spécial de la poche-poitrine de sa salopette et le garda dans la paume contre la jambe. Big J.W. dépassa le dépôt de charbon d'une centaine de mètres et arrêta la voiture sous les ramures d'un bouquet de pins. La base du terril fumant rougeoyait sous la brise. Dans le fond du vallon, Perry entendait le couinement des chauves-souris qui tournoyaient dans l'obscurité au-dessus du ruisseau.

– Allez pas ouvrir le bec une fois qu'on sera sortis de la voiture, dit Big J.W. Et si vous voyez un jaune, étalez-le vite fait avant qu'il lâche une balle. Il a qu'à toucher une de ces amorces et y faudra nous ramasser à la petite cuillère sur la montagne.

Ils sortirent tous les quatre de la voiture et s'engagèrent sur la route. Le vent qui soufflait sur son visage en sueur donnait froid à Perry. Lui et Big J.W. portaient chacun deux séries de charges ; ils portaient entre eux le dévidoir de câble au moyen d'un tuyau en fer passé par le moyeu. Ils remontaient la montagne en direction du dépôt de charbon au milieu des gaillettes et des blocs de schiste éparpillés. Les pierres roulant sous leurs bottes et leurs mains résonnaient aux oreilles de Perry comme une avalanche venant s'écraser dans le vallon. Y a aucun sens à faire ça, songea-t-il. C'était pas la peine de faire sauter la moitié du comté pour leur faire comprendre qu'on voulait pas travailler pour un dollar vingt-cinq. Y aura de toutes façons plus de boulot quand y aura plus de dépôt.

Avant qu'ils arrivent au pied du dépôt, Little J.W. et

Bee mirent un genou en terre et pointèrent leur arme de chaque côté de la structure métallique. Bee tenait son .38 pointé droit devant lui, la main gauche serrée sur le poignet pour affermir sa visée. Le garçon et Big J.W. remontèrent jusqu'aux poutrelles d'acier noyées dans le béton qui supportaient le poids du charbon déversé. Perry se sentait les doigts épais, sans coordination, tandis qu'il plaçait avec Big J.W. les charges au pied d'un montant métallique sur le flanc aval de la montagne en les arrimant solidement à l'aide de fil de fer. Big J.W. dégagea l'extrémité du câble du dévidoir et plaça soigneusement le petit tube plastique de détonateur à la gélatine sur une tête d'amorce avant de l'y fixer par plusieurs tours d'adhésif. Puis il prit le dévidoir, donna deux tours de câble à la base du montant et y fit un nœud de pêcheur afin que le tube de gélatine ne se libère pas lorsqu'ils tireraient le câble vers le bas de la pente.

Big J.W. agrippa fermement le bras du garçon qu'il obligea à s'accroupir à côté de lui. Quelques cailloux dévalèrent la pente à côté d'eux. Ils attendirent dans l'obscurité, respirant à peine, tandis que les chauves-souris tournoyaient au-dessus de leurs têtes en piaillant. Little J.W. et Bee ressemblaient à des soldats taillés en statues, figés dans leur position. Cours maintenant, se dit le garçon. Laisse tomber le câble et traverse la route jusque dans le vallon. C'est pas de la lâcheté de s'enfuir quand on se fait tirer dessus. Les gens en guerre font ça. Ils avaient pas parlé de fusillade. C'est pas juste de se faire tirer dessus quand on a pas d'arme.

– Bouge pas, gamin, murmura Big J.W. d'une voix farouche, sa main se resserrant sur le bras de Perry.

– On ne peut même pas les voir. Ils vont nous tailler en morceaux dès qu'on sera à découvert.

– La ferme.

Cette fois, la main lui empoigna le bras si serré que le garçon crut qu'on lui écrasait les veines sur l'os.

Ils attendirent cinq minutes sous le dépôt, chacun la main refermée en étau sur la barre de fer qui tenait le dévidoir, les genoux entaillés par les scories. Perry avait l'impression que même si un petit caillou était mis en mouvement par le bout de sa botte, une volée de chevrotines et de balles allait retentir qui le soufflerait en arrière comme un tas de chiffons sur la route.

– Commence à dérouler, dit Big J.W.

Ils descendirent la pente de la montagne en rampant entre les deux autres hommes tandis que Big J.W. dévidait le câble d'une main et l'étendait bien régulièrement derrière eux. Le bras tendu de Bee était aussi rigide qu'un madrier de bois, le pistolet toujours pointé vers le sommet du monticule, les mâchoires suçotant lentement la boulette de chique lisse de salive qu'il avait dans la bouche. À un moment, il se mit à tousser et pressa la paume contre le visage, crachant son jus de tabac sur lui en une quinte sèche. Perry savait que quelque part, là-haut, dans le noir, un homme avait le guidon en V d'une carabine aligné sur sa nuque, et il ne cessait de se toucher l'arrière de la tête bien malgré lui. J'aurais pas peur s'y me donnaient une arme, songea-t-il. Ces gardes de la compagnie, c'est pas des mecs à se tenir à une bagarre, quand y se font tirer dessus. Big J.W. y serait pas en train de m'agripper comme s'il était quelqu'un s'il avait pas son spécial dans la poche.

Il avait l'impression qu'une arme serait comme un morceau de magie dans sa poche. Il savait que la chamade de son cœur, son souffle pénible cesseraient s'il pouvait sentir un .38 fourré à l'intérieur du pantalon avec le chien relevé à moitié. Une arme, c'était quelque chose de beau et de lisse, qui trouvait sa juste place dans la courbure de paume d'une main d'homme comme si elle était une extension de son bras. Avec une arme, on pouvait tenir à distance les jaunes et les gardes de la compagnie, on n'avait plus à craindre qu'un homme vous lâche un coup de fusil depuis la gueule noire d'une entrée de mine. Noah Combs ne se serait pas fait abattre s'il avait eu son revolver à la main plutôt que dans sa boîte à gants, lorsque les gardes de la compagnie l'avaient pris en cisaille, depuis les deux côtés de la route.

Perry et Big J.W. arrivèrent à la route et dévidèrent le restant de câble jusqu'à l'automobile. Big J.W. déverrouilla le capot, le souleva doucement et ôta l'embout d'une bougie d'allumage. Little J.W. et Bee descendirent à flanc de montagne à reculons, l'arme au poing toujours pointée devant eux. Les montagnes avaient l'air froides comme des blocs de fer. Les troncs noirs des arbres et les parois rocheuses des falaises abruptes commençaient à se couvrir de glace. Le garçon avait l'impression d'avoir des pieds changés en pierre. J.W. ouvrit son couteau de poche et dépouilla l'isolant à l'extrémité du câble du détonateur. Il écarta les brins du câble en deux parties et enveloppa les morceaux de métal à nu autour de la tête de bougie avant de replacer le capuchon.

C'est pas trop tard, songea le garçon. Sauve-toi par la route et cours aussi loin que tu peux et ça fait plus partie de toi, tout ça. Tirer le fil du détonateur n'avait fait de mal à personne. Traverse la crête, descends dans le vallon voisin, et y aura plus qu'eux pour éliminer le patron. T'auras rien eu affaire avec l'envoi de c't' étincelle jusqu'à la charge. Y vont pas expédier un gars à Frankfort pour avoir tiré un bout de câble sur une pente, ça se serait bien fait quand même, que t'aies été là ou pas.

Il enfonça ses mains meurtries au plus profond des poches et sentit ses doigts qui ressortaient à travers la doublure usée contre sa cuisse. Ses longs cheveux mal taillés couleur de paille étaient moites de sueur, même sous le vent. Les femmes de sa famille disaient qu'il ressemblait à un Hatfield, parce qu'à seize ans il était plus grand déjà que la plupart des hommes du vallon où il vivait. Elles disaient aussi qu'il avait les yeux des Hatfield, délavés et pâles, comme s'il vous regardait de sous l'eau. Les pupilles ressemblaient à deux morceaux de cendre. Il avait toujours réussi à passer pour plus vieux que son âge de quelques années, et il travaillait dans les galeries de mines depuis son quinzième anniversaire. Ses mains, les aplats durs et osseux de son visage avaient déjà commencé à prendre la ternissure noire due à la poussière de charbon. Encore quelques années et son visage ressemblerait à celui de Big J.W., le poussier de charbon enfoui au plus profond des pores, qu'aucun récurage au pain de savon acheté au magasin de la compagnie, dur et rugueux à vous écorcher la peau, ne serait jamais à même d'enlever. Ses vêtements, assemblés à partir de tissus différents, avaient appartenu à au moins deux générations de la famille James ; ils étaient passés et rapiécés, sans rien qui pût ressembler à un pli, à force d'être lavés à l'eau bouillante et laissés à sécher sur une clôture bancale à l'arrière du baraquement. La vieille veste de complet que son père lui avait donnée était trop large pour ses épaules et pendouillait comme un chiffon mou. Les brodequins qu'il avait aux pieds étaient durs comme la pierre à patauger tous les jours dans l'eau au fond du trou et lui avaient marqué les chevilles de cals. À le voir, on aurait dit qu'il était bâti de bouts de bois ; mais ses longs bras étaient capables de manier le pic mieux qu'un homme adulte, et il pouvait faire deux postes d'affilée dans la mine là où les autres refusaient leurs seize heures dans le trou, même pour double salaire.

– Pourquoi faire qu'on doit le faire sauter ? murmura-t-il. Ils trouveront la charge et y sauront qu'on leur racontait pas de blagues.

– Parce que le patron signe pas un contrat syndiqué tant que ça commence pas à lui coûter de l'argent, dit Big J.W.

– Y a quelqu'un qui bouge sur la crête, dit Little J.W., le double canon scié pendant mollement au bout du bras. Colle-leur le feu au cul et fichons le camp de cette montagne.

– Prépare-toi à arracher ce câble, petit frère, dit Big J.W.

Il monta à l'avant pour démarrer le moteur et les trois autres s'accroupirent derrière le flanc de l'automobile, côté opposé au dépôt.

Y z'ont perdu la raison, se dit Perry, la tête entre les genoux. On va se retrouver enterrés sous tout ce charbon et ces rochers. Il n'y aura même plus moyen de dire qui on était quand y vont nous déterrer.

Comme Big J.W. mettait le contact et pressait sur le démarreur, le garçon se remit debout d'un bond et courut vers l'autre extrémité de la route, en direction de la pente qui plongeait dans le vallon. Il entendit le moteur de la voiture démarrer et regarda par-dessus l'épaule pour voir le dépôt exploser en flammes blanches et jaunes. À entendre le bruit, on aurait dit que Dieu en personne avait fracassé tous les éclairs de tonnerre en Sa possession sur le flanc de la montagne. Il fut submergé par le rugissement et le souffle brûlant de l'explosion qui s'en alla rebondir contre les parois du vallon. À cet instant, lorsque la flamme balaya les flancs noirs du dépôt de charbon, il vit une silhouette d'homme debout qui se détachait nettement au sommet, puis la structure tout entière fit irruption dans le ciel en débris de métal déchiré. Des années plus tard, il ne saurait toujours pas si, en cette seconde à vous briser les tympans, il avait effectivement entendu un hurlement ou si quelque chose hurlait au fond de lui. Stériles, charbon, rochers dégringolèrent avec fracas sur l'automobile et brisèrent les deux vitres avant. Little J.W. et Bee étaient accroupis à même le sol, les mains sur la tête. Une poutrelle tordue siffla dans les airs comme un boulet de canon au travers des cimes de deux érables. L'air devint noir de poussière de charbon. Tandis que les derniers échos de l'explosion commençaient à s'amenuiser dans le lointain, le garçon entendit les feuilles des arbres retombant au sol aux alentours.

Little J.W. courut vers le capot de la voiture, dégagea le câble de la bougie et le balança par terre derrière lui.

– Sors-moi ce gamin de là ! hurla-t-il.

Perry sentit une paire de mains lui agripper les bras de chaque côté du corps et le tirer vers la voiture. Il s'étouffait sous la poussière de charbon à chaque inspiration. On aurait dit que la montagne avec le trou déchiqueté arraché à son flanc, tournoyait rapidement autour de lui et s'apprêtait à s'écraser en avalanche sur sa tête.

Il crut qu'il allait vomir, comme s'il avait bu trop d'alcool de maïs sur un estomac vide. Puis il sentit le mouvement de la voiture le coller brutalement contre son siège, et il comprit qu'il dévalait la montagne dans un grondement de tonnerre, parce que sous ses yeux, les arbres changeaient de forme au clair de lune à travers le réseau en toile d'araignée qui fissurait les vitres avant.

## 2

Le vallon où habitait Perry ressemblait à n'importe quel autre vallon de la chaîne du Cumberland. Un ruisseau déroulait ses méandres au sortir d'une faille dans la montagne sur son lit de galets lisses, et son cours grossissait des petits rus qui s'y jetaient, nés des sources sur les hauteurs des flancs de collines. Les parois du vallon s'élevaient droit jusque dans les nuages, avec leurs trous sombres à flanc, restes de l'époque où l'est du Kentucky était recouvert par une mer intérieure. Le long des pentes au-dessus du ruisseau s'élevaient de petits baraquements de trois pièces, la peinture vert et blanc cloquée en écailles, qui disposaient tous à l'identique d'un petit perron sous avant-toit à l'avant, d'une cheminée en pierre et d'un cabinet sur l'arrière, pareil à une boîte d'allumettes retournée. Le vallon était ce genre de lieu que le bureau de tourisme de l'État aurait volontiers photographié pour en faire la couverture d'une brochure de vacances vantant les beautés pittoresques des montagnes du Cumberland et la vie simple des montagnards, n'était que de longues filées d'ordures s'étiraient depuis l'avant des baraquements sur la pente jusqu'au ruisseau, des carcasses de voitures – certaines retournées sur le toit et éventrées par le feu – gisaient dans les avant-cours et, en bordure du chemin de terre qui s'enfonçait dans les profondeurs du vallon, on trouvait un bus scolaire sans roues et plusieurs cahutes bâties de caisses, cartons, rondins et papier goudronné. Devant chaque cahute des enfants sales, le visage barbouillé de morve séchée, jouaient avec des cerclages de tonneaux rouillés et des boîtes à conserve. Toutes les clôtures portaient des vêtements étalés à sécher au vent et, par endroits, des matelas pourris, ressorts de sommiers, tas de pièces détachées et pneus d'automobiles s'entassaient sur le côté de la maison.

La compagnie minière avait jadis été propriétaire de tout le vallon, des baraquements et des gens qui y vivaient ; mais au fil des années, certains avaient réussi à racheter leur logement à la compagnie, d'autres avaient été licenciés ou rendus invalides dans un éboulement et forcés de partir et de se construire un abri à l'aide de tous les matériaux de rebut qu'ils pouvaient trouver. Ce qui appartenait toujours en propre à la compagnie n'était pas entretenu, parce qu'un mineur qui n'aimait pas ce qu'on lui donnait pouvait partir et se chercher un boulot de taxi dans l'Ohio. Ce vallon, comme pratiquement toutes les autres communautés du plateau de Cumberland, avait été, à un moment ou à un autre, qualifié de zone en récession économique par le gouvernement fédéral ou celui de l'État ; mais rien n'avait jamais vraiment changé. De plus en plus d'hommes se trouvaient débauchés à cause de l'automatisation ou d'une baisse des besoins en charbon ; chaque année, de nouvelles ordures s'amassaient au bas de la montagne, de nouvelles mines à ciel ouvert défonçaient le sommet de la montagne en y ouvrant de grands cratères, de nouvelles récoltes de tabac étaient ruinées par les pluies jaunes qui dégoulinaient sur le charbon exposé à l'air libre ; et de nouvelles personnes apprenaient à mentir à l'employé de l'assistance sociale du comté lors de sa visite mensuelle lorsqu'il demandait si le chef de famille n'était toujours pas revenu contribuer aux charges de la maisonnée.

Dans le vallon de Perry, un homme disposait au choix de trois manières de gagner sa vie – lorsqu'il la gagnait effectivement. Il pouvait travailler à la mine, mais il devenait de plus en plus difficile chaque année de travailler syndiqué et de toucher un salaire décent. Existaient maintenant des machines qui faisaient le travail d'une centaine d'hommes maniant pic et pioche, et les patrons-exploitants de mines à ciel ouvert étaient capables d'arracher la terre au bulldozer, de faire sauter les veines dégagées à la dynamite, et de récupérer les énormes blocs de charbon à la machine, avec des équipes limitées à quelques hommes. Et si un homme travaillait pour un petit exploitant, il lui fallait ramper dans les tailles mal ventilées à quatre pattes, dégageant le charbon à mains nues, plié en deux, et le peu d'argent qu'il se faisait ne suffirait pas à régler le compte à crédit ouvert au magasin à la fin du mois. Outre qu'il risquait toujours de se faire écraser par un toit de galerie qui s'effondrait, personne ne prenait en charge ni son hospitalisation ni ses charges de famille, car il ne disposait pas de carte d'assistance sociale ni de fonds de solidarité syndicale.

Donc, si un homme ne travaillait pas à la mine, il fabriquait du whiskey dans une maison troglodyte, quelque caverne de calcaire peu profonde au pied de la montagne, là où il avait de l'eau de source à sa disposition, et un couvert épais d'arbres et de broussailles qui en masquait l'entrée. S'il fabriquait du bon whiskey qui tirait son « degré » du maïs et non de quelques sacs de sucre rajoutés au moût pour accélérer la fermentation, il pouvait le revendre à Detroit au syndicat jusqu'à quatorze dollars le gallon ; mais il lui fallait néanmoins donner sa part au convoyeur, qui devait transporter la cargaison, lui faire franchir deux frontières d'État, et courir le risque d'être arrêté non seulement par les policiers fédéraux mais aussi par les adjoints du comté, qui coinçaient le passeur à son retour, une fois la vente effectuée, l'emmenaient devant le juge de paix local et lui confisquaient à titre d'amende tous les dollars trouvés collés sous le tableau de bord. Le bouilleur de cru savait aussi que l'ABC, le Service de contrôle des boissons alcoolisées, finirait par mettre la main sur lui, démolirait sa cuve et son alambic, détruirait ses barriques à la hache et réduirait en morceaux son condenseur à cinquante dollars. L'ABC utilisait maintenant des avions capables de repérer un panache de fumée au sortir d'une caverne à des kilomètres de distance ou une piste marquée par les sabots de mules à travers les arbres, là où il n'y aurait pas dû y avoir de piste.

Si un homme n'avait absolument aucun revenu, il pouvait recevoir jusqu'à deux cent cinquante dollars par mois du gouvernement fédéral comme « papa-papy » – un père sans emploi. Les papas-papys du vallon ramassaient les bouts de papier, ratissaient les feuilles mortes pour le Service des forêts, nettoyaient les fosses à barbecue de leurs cendres sur les aires de jeux et, parfois, coupaient l'herbe le long de la nouvelle grand-route inter-États. La plupart d'entre eux étaient vieux ou souffraient d'une invalidité partielle. Au matin, lorsque le soleil perçait au-dessus de la crête de la montagne, un vieux camion à plateau de l'armée, deux tonnes et demie de charge utile, descendait péniblement la route et ramassait les hommes assis sur leur perron. Chacun portait son sac-repas en papier garni de côtes de porc et de pain. Lorsque le camion était plein, il ressortait du vallon, direction la forêt nationale, où les hommes passaient la majeure partie de leur journée. Ils avaient toujours l'air d'un groupe d'une armée de réfugiés, les jambes pendantes au-dessus du hayon du camion, leurs faux et leurs pelles tenues au creux du bras.

Perry attendit que l'employé mît les provisions dans un sac, au petit magasin de la compagnie aux murs en bardeaux, puis demanda à signer la facture à porter à son compte. Le magasin sentait l'huile étalée au sol pour retenir la poussière. Les murs de la bâtisse donnaient l'impression de vouloir céder à tout moment et s'effondrer vers l'intérieur sous le poids des boîtes de conserve empilées sur les étagères. L'employé commençait à se dégarnir, quelques maigres cheveux gris au-dessus des oreilles, et il avait fait une année d'université à Richmond. Il touchait soixante-quinze dollars par semaine pour tenir livres et inventaire, et pour fermer le compte d'un mineur lorsque l'ordre lui en était donné par la compagnie. Les gens du vallon le traitaient avec le genre de respect qui naît de la peur ; il savait utiliser des mots qu'ils ne comprenaient pas et tout ce qu'il disait était toujours étayé par quelque puissance, en argent ou en autorité, à Harlan ou à Sterns. Il ouvrit un tiroir sous le comptoir et feuilleta du pouce les morceaux de carton rigides qui séparaient les liasses de copies carbone des factures tenues par un élastique. Il donna de l'ongle une chiquenaude à l'une des cartes de classement et referma le tiroir du plat de la main.

– Ça dit ici que vous êtes en retard de paiement et que vous travaillez plus à la mine, dit-il.

– Y a pus personne qui travaille à la mine en ce moment. Elle est fermée, dit Perry.

– Je me contente de suivre le règlement. Vous n'avez pas réglé toute la facture du mois dernier, et le pointeur vous porte plus sur la feuille de paie.

– Je me fiche bien de la fiche de paie. Ils veulent pas qu'on descende tant qu'on n'a pas tenu notre élection.

– Qui est-ce qui refuse de vous laisser descendre ? Y a une équipe complète qui va au trou tous les jours.

– Ça, c'est les jaunes de l'ouest de la Virginie. Y a personne du coin qui s'en ira franchir le piquet.

L'employé s'appuya contre le comptoir.

– Votre crédit était bon tant que vous donniez comme garantie votre salaire à la mine, dit-il. Vous ne travaillez plus. Vous me devez déjà de l'argent que vous ne pouvez pas payer, et vous ne pouvez plus acheter de provisions sur de l'argent que vous n'allez pas toucher. Est-ce que vous comprenez ça ?

– On était toujours assez bon pour acheter ici tant qu'on avait pas demandé un vrai salaire de Blanc.

– Vous pouvez vous faire douze ou quinze dollars la journée quand vous voulez, fils. Suffit de brandir une pelle plutôt qu'une pancarte, dit l'employé.

Perry laissa le sac de provisions sur le comptoir et sortit du magasin sur le perron de guingois, où deux ouvriers de sa mine étaient assis sur les marches, à chiquer leur tabac en crachant sur le sol gelé.

– Y t'ont supprimé ton compte à toi aussi ? dit l'un d'eux.

– Ce salopard n'a pas voulu me donner pour mes deux dollars de côte de porc et de miche de pain.

– Y refuse de rien donner à personne, dit l'homme. Comme y sont, y préféreraient laisser la nourriture se gâcher sur l'étagère plutôt que de la donner à nous autres.

– Y faudrait peut-être que quelqu'un lui arrose sa baraque d'un coup de pétrole un de ces soirs, dit le second.

– C'est pas de chance qu'il était pas en haut du dépôt avec le jaune quand les gars ont tout fait sauter l'autre soir, dit le premier. On a pas pu retrouver le plus petit bout de ce mec. On dit que la charge a dû lui faire sauter les clous de ses semelles droit à travers le crâne.

– À un de ces quatre, les gars, dit Perry.

– Où tu vas chercher à travailler ?

– On dit que les mines à ciel ouvert de Letcher embauchent, dit-il.

– Y a pas un patron qui ira engager des hommes de notre mine. Y se disent que quelqu'un pourrait bien leur laisser tomber un petit supplément dans la fosse un soir.

Les deux hommes éclatèrent de rire. Perry descendit la route en ornières jusqu'à son baraquement. Le ciel était couvert de nuages de neige et, au loin, les montagnes se masquaient de brume. La première neige légère de la nuit précédente poudrait les branches de buis et de hêtres. En entamant la montée de la pente conduisant à son baraquement, il sentit l'air vif lui brûler l'intérieur des poumons. Un vol d'oies sauvages passait haut dans le ciel en dessinant un V. Il entendait leurs faibles cris dans le froid, pareils à des cornes de brume. Elles vont pas venir se poser par ici, se dit-il. Y a rien de bon qui va arriver par ici cette année. Bee et J.W. ont tout fait pour. Ils vont nous empêcher de travailler et nous faire crever tous de faim avant de nous chasser de ce vallon s'ils ne nous collent pas en taule d'abord.

La pente devant le baraquement était couverte de boîtes de conserve, nœuds de fil de fer rouillé, pièces de voitures et ordures. La peinture blanche et verte de la bâtisse avait depuis longtemps passé pour prendre la couleur sombre des fumées de scories. La clôture délabrée s'était effondrée par endroits, et les vêtements que sa mère avait sortis ce matin pour qu'ils sèchent sur les barrières avaient été soufflés au sol par le vent. Ses frères et sœurs plus jeunes jouaient à l'intérieur d'une carcasse sans roues de Chevrolet 1964 dans la cour en pignon. Outre lui, il y avait six enfants, tous plus jeunes ; il avait eu un frère aîné, tué au cours d'une bagarre au couteau dans un bar de Cincinnati. Les enfants traînaient tous un rhume, ils avaient le visage sale, leurs vêtements étaient encore plus rapiécés et passés que les siens. Le plus jeune, Irvin, avait eu la tuberculose à l'âge de deux ans, et le docteur à Richmond, qui l'avait gardé dans sa clinique pendant deux semaines gratuitement, avait dit qu'il aurait fallu envoyer l'enfant à l'hôpital pour plusieurs mois ; mais le père de Perry n'avait jamais eu l'argent, et il n'y avait pas d'hôpital de l'assistance dans aucun comté proche de leur domicile. Aujourd'hui, Irvin avait quatre ans, et le fait qu'il ait un jour eu la tuberculose, ce qui aurait nécessité un séjour à l'hôpital, était une chose que les parents avait repoussée dans un coin sombre de leur esprit, et, dans le baraquement, personne n'en disait plus rien, hormis qu'Irvin avait été un jour « malade ».

Le devant du baraquement était couvert de morceaux de harnais et de cordes suspendus à des chevilles en bois, peaux de moutons séchées, cannes à pêche en bambou posées en gerbe contre le mur, courtepointes dépenaillées que la mère de Perry avait étendues sous l'avant-toit pour les aérer, carrioles d'enfants fabriquées à partir de cageots à pommes et de roulettes de patins, écailles de poisson séchées, pareilles à des morceaux de lames de rasoir encastrées dans le planchéiage de bois.

Le père de Perry était assis sur une chaise à dossier droit devant l'âtre, ses grosses mains carrées posées sur ses cuisses. Ses épaules, son dos, la courbure de son ventre plat étaient aussi rigides que la chaise sur laquelle il était installé. Ses yeux bleu clair, les traits bien découpés de son visage de montagnard lui donnaient l'air d'un homme dans la force de l'âge, mais un côté de sa poitrine portait une cavité jusqu'à l'os comme s'il avait reçu là un coup de masse. Dix ans plus tôt, il travaillait de l'autre côté de la frontière en Virginie dans une mine de charbon où le grisou s'accumulait toujours dans le puits, et lorsqu'un homme avait allumé une cigarette à l'heure du déjeuner, une explosion avait retenti dans les galeries comme un coup de tonnerre en soufflant la cage de descente hors du trou. Le boisage de sa taille avait cédé, et il était resté deux jours durant dans une poche d'air sous un monticule de rocs et de charbon avant qu'une équipe de sauvetage arrive jusqu'à lui.

Il avait toujours eu les cheveux marron ondulés, qu'il peignait en arrière avec une petite vague sur la nuque. Aujourd'hui, les cheveux s'étaient clairsemés et grisonnaient, et une boucle au-dessus de la tempe lui retombait toujours sur le coin de l'œil. Mais il était toujours bel homme, le front haut et droit, et des dents bien plantées qui brillaient comme un émail neuf ; son épouse disait de lui qu'au fil des ans il ressemblait de plus en plus à la photographie de Frank James qu'il gardait sous clé dans une boîte métallique sur l'étagère supérieure de son placard. La photo lui avait été donnée par son grand-père, elle était encadrée d'une moulure dorée circulaire et montrait Frank James, une tunique des confédérés sur les épaules, et un chapeau gris d'officier au-dessus de ses traits pâles et classiques. Un jour, un homme de l'université du Kentucky en avait offert cent dollars au père de Perry, lequel n'aurait pas plus accepté de la revendre que de monnayer une part de ses droits de naissance.

La mère de Perry paraissait plus âgée que son mari. Sa peau avait jadis eu le rayonnement lisse d'une fleur des champs, mais elle était aujourd'hui râpeuse, marquée de plis à l'entour des yeux, et ses mains étaient aussi calleuses que des mains d'homme. Pareille en cela à la plupart des femmes du plateau de Cumberland, elle s'était épanouie avant l'âge de vingt ans, et, arrivée la trentaine, ses hanches s'étaient élargies d'avoir porté des enfants, ses épaules s'étaient voûtées, et les heures de labeur commencées avant le lever du soleil et se terminant parfois tard dans la nuit lui avaient dévasté le corps. Jadis elle avait adoré les danses carrées et les dîners-pique-niques au lac de pêche à un dollar le samedi soir, à l'époque où toutes les femmes parlaient de leurs enfants et échangeaient des pots de conserve en écoutant la musique des violoneux et des joueurs de banjo qui baignait le lac, tandis que les hommes, chapeau de paille sur la tête, se regroupaient autour des capots de voitures, à mâchonner leur cigare à dix cents et à boire le meilleur whiskey de l'un d'eux ; mais, au fil des années et des temps plus durs, elle s'était installée dans une résignation qui n'était ni ennui ni détermination, mais acceptation de sa vie comme femme des montagnes, au même titre que beaucoup d'autres, qui n'aurait jamais suffisamment de nourriture à cuisiner pour satisfaire le nombre de personnes présentes à table, jamais suffisamment d'argent à la fin du mois pour de nouveaux vêtements, ni même l'occasion de voir un endroit comme Cincinnati, où des blocs entiers restaient illuminés toute la nuit, où les gens semblaient ne manquer jamais de rien.

– Où t'as mis les provisions ? dit le père de Perry.

– Y veulent plus rien vous donner à crédit, dit-il. Y vendent plus à personne qui veut pas faire le jaune. Y vont plus rien donner à personne qui a plus de travail, et y vont plus engager personne de notre mine.

– Y m'ont fait pareil et à Bee aussi en 1930. Y z'ont envoyé ici un homme de la compagnie avec un pistolet pour nous chasser de la maison. Par le Seigneur, on a été une douzaine à le ramasser, lui et sa petite Ford, et on les a balancés tous les deux dans le trou à miel. Y z'auraient pas pu faire partir l'odeur de la voiture au chalumeau.

Le vieil homme éclata de rire puis pressa la main sur la cavité qu'il portait à la poitrine.

– Il en avait partout sur lui. Il a bien essayé de tirer avec son pistolet, mais le canon, il était tout bouché. Les cabinets devaient bien être debout depuis trente ans au-dessus de ce trou.

– Tu crois qu'y a du boulot là-bas en Virginie ?

– Je veux pas que t'ailles dans une de ces mines à gaz, dit le père de Perry. Mon fils va pas aller se faire enterrer à huit kilomètres au fond de la montagne parce qu'un idiot veut fumer ou parce que quelqu'un aura fait voler une étincelle sur la paroi. Un homme sait pas bien ce que c'est que de rester étendu dans le noir pendant des jours avec la terre entière qui vient s'écraser sur lui. Y a pas un homme qui devrait avoir à vivre une chose pareille. Se retrouver recouvert de cailloux jusqu'à ce qu'on sente plus rien dans le corps. À juste rester là, allongé, à aspirer le petit peu d'air qu'on peut avoir. Même Dieu, il a pas le droit de faire ça à un homme. Oublie une bonne fois pour toutes la Virginie.

– On a pus rien à manger, papa, dit Perry.

– On a ce que le gouvernement nous donne, dit sa mère. On fera avec ce qu'on a.

– C'est pas assez. On arrivait tout juste à joindre les deux bouts quand je travaillais encore, dit Perry.

– On ne peut pas perdre encore quelqu'un dans notre famille, dit-elle. Ton frère est parti tout comme tu veux faire. Il disait qu'il y avait du bon boulot, en Ohio. Et, après ça, on a juste appris qu'il était mort quand la police nous a envoyé un télégramme.

– Les mines, elles vont rouvrir, de toute façon, dit son père. Et elles vont prendre des syndiqués et les payer au tarif. Ça fait dix ans qu'y z'ont pas battu le syndicat par ici.

– Moi, y vont pas m'engager. Peu importe qu'on gagne l'élection ou pas, dit Perry.

– Y a pas un homme de cette fosse qui a pas participé à un coup ou à un autre quand les gars de la compagnie se faisaient tirer dessus. Y nous en ont fait voir, et on leur a rendu la pareille, dit son père. S'y z'essayaient d'empêcher de travailler tous les ouvriers là où un dépôt a sauté, y z'auraient plus personne pour leur remonter leur charbon.

– Qu'est-ce qu'on va faire quand y restera plus rien de la nourriture du gouvernement ? dit Perry.

– On s'en est toujours sortis avant. Le Seigneur, y nous a jamais laissé mourir de faim, dit sa mère.

Elle était presque convaincue du vieil axiome de l'Église de Dieu qu'elle se répétait à elle-même lorsque les temps devenaient si durs qu'elle ne voyait pas le moyen d'en sortir. Elle alla jusqu'au poêle à bois et souleva le rond d'acier du feu à l'aide d'une petite poignée. Les flammes jaillirent du trou dégagé. Elle y laissa tomber une poignée de brindilles sèches, replaça le couvercle et poussa un chaudron de haricots et de morceaux de jambon sur le feu. L'eau que l'on avait charriée depuis le puits était contenue dans un seau en bois placé sous l'évier. Elle y puisa de l'eau avec une louche qu'elle versa dans la soupe.

– Y nous ont coupé le crédit et y vont pas juste s'arrêter là. Y vont faire tout ce qu'ils peuvent pour nous chasser du vallon. Je le sais, dit Perry. Ch'sens ça depuis ce matin.

– Y peuvent rien faire de plus que ce qu'y z'ont déjà essayé, dit son père. Y z'ont pris la terre de ton grand-père et, après ça, on a bien vu comment y procédaient. Qu'y z'essayent donc de chasser les James et les Hatfield, et y aura pus un gramme de charbon qui sortira de ce comté.

– Papa, ça marche pus comme ça aujourd'hui. Y z'ont des machines qui t'avalent une veine entière et la déchargent dans les wagons avec un seul homme aux commandes. On pourrait pas faire à vingt dans une journée ce que ces machines al te font dans une heure.

– Les machines, ça compte pas, dit son père. Le syndicat y va pas laisser ses hommes se faire chasser rien que pour que le patron y se fasse plus de sous. Tes machines, ça peut pas te placer une charge et te la tasser juste pour que toute la montagne te dégringole pas sur la tête. Faut bien qu'y ait des hommes au fond du trou.

– C'est pas la question, dit Perry. Y a juste qu'on leur sert plus à rien sauf à travailler pour les indépendants à un dollar et quart.

– Y se sont bien occupés de Bee, non ? Y z'y ont bien donné un emploi dans un bureau quand y a pus été capable de travailler.

– Ça, c'est parce qu'il aurait pu en faire envoyer un paquet au pénitencier si jamais il avait raconté ce qu'y savait sur la fusillade, dit Perry.

– Fils, à tort ou à raison, on a aucune chance contre le patron sans le syndicat, dit son père. Y z'ont eu notre terre pour presque rien. Y z'ont ruiné la terre, y a pus rien qui pousse. Y nous donnent des baraques pour vivre et y nous paient en papier, comme ça on peut rien acheter ailleurs qu'à eux. Y z'ont pris tout ce qu'y pouvaient et y rendent jamais rien. J'ai passé vingt-sept ans à la fosse, et j'en suis ressorti avec rien, à part un chèque pour payer une partie des frais médicaux.

Au-dehors, le soleil d'hiver commençait à tomber sur les montagnes. Ses rayons frappaient la crête et se reflétaient en lueurs écarlates sur les batteries de nuages de neige accumulés à l'est. Le ruisseau était croûté d'une fine pellicule de glace et, de temps à autre, un canard sauvage piquait du ciel crépusculaire avant de voler en rase-mottes dans le vallon pour atterrir dans une gerbe d'eau. Le vent froid soufflait des pans de la montagne et venait battre contre les murs du baraquement.

L'un après l'autre, les enfants quittèrent la carcasse

de voiture où ils jouaient et ils rentrèrent pour s'asseoir près de la longue table en planches à côté du poêle. Les premiers rentrés s'installaient toujours sur le banc au plus près de la chaleur. Ils avaient les joues gercées par le vent. La mère servit la soupe de haricots au jambon dans leur bol et partagea un morceau de pain entre les deux enfants. La plus grosse part de soupe revenait à Irvin, car sa mère était convaincue qu'une nourriture suffisante guérissait tous les types de maladie et, au fond d'elle-même, elle n'était jamais parvenue à oublier la voix du docteur de Richmond lui disant que le garçon devrait être envoyé à l'hôpital.

Après souper, Perry alla dans la petite chambre où ses frères, ses sœurs et lui partageaient un grand lit en fer cassé en son milieu et une paillasse au sol. Au cours des mois de froidure, Irvin et les deux enfants plus jeunes dormaient au côté de Perry et de sa chaleur dans le lit, et les trois autres se blottissaient sur la paillasse. Sur une étagère en bois clouée contre le mur se trouvait la collection de têtes de flèches indiennes de Perry. Il possédait plus d'une centaine de pièces, têtes de flèches et de lances, tomahawks, hachettes, pierres gravées, pipes, alènes, débris de poterie, perles, et un morceau de carabine à silex avec l'inscription « London England 1799 » gravée sur le fût. Il prit quelques pointes de flèches dans la main et sentit la fraîcheur lisse du silex au creux de sa paume. Il les avait déterrés, ces objets, dans les cavernes où les Cherokees et les Shawnees campaient jadis lorsqu'ils suivaient les bisons le long de la Warriors' Trail – la Piste des guerriers – qui devint par la suite la Wilderness Trail – la Piste sauvage – traversant la trouée du Cumberland jusqu'en Virginie. Il avait trouvé plus d'objets fabriqués par les Indiens que quiconque dans le vallon. Il savait comment repérer le plafond noirci de fumée d'une grotte, les quelques brisures de silex à la surface du sol, les creux lisses dans les dalles de pierre où les Indiens venaient moudre le maïs, et il passait des journées entières à tamiser la terre, poignée par poignée, à travers un grillage fin jusqu'à atteindre aux cendres calcinées d'un feu, sachant dès lors qu'il avait trouvé les restes d'un campement indien.

⁂

Le lendemain au lever du soleil, la voiture du shérif du comté s'arrêta sur la route au bas de la montagne devant le baraquement de Perry, et le shérif, homme de plus de cent trente kilos souffrant d'emphysème, remonta péniblement la pente jusqu'au perron d'entrée. Il avait du mal à respirer, l'air sifflant dans la gorge comme s'il suffoquait, lorsqu'il frappa à la porte.

– Pourquoi que vous le voulez ? dit le père de Perry.

– C'est pas une arrestation, Woodson, dit le shérif. J'ai pas de mandat et le garçon est pas obligé de venir. Je crois qu'on en a chopé un ou deux qui ont fait ça, et je veux juste lui parler si vous voulez bien.

– Je dis pas que ch'suis d'accord pour qu'on tue un homme, mais ce dépôt, il aurait pas explosé s'y z'avaient payé aux gars un salaire honnête, dit le père de Perry.

– Eh bien, comme j'ai dit, Woodson, je vais rien y faire du tout.

Le souffle court du shérif sortait en bouffées de vapeur dans le froid.

– Je l'emmène au siège du comté pour bavarder avec lui, ensuite je le ramène.

– Qui vous convoquez comme suspects ?

– Y se pourrait que ce soit l'un des frères J.W. Mais je dis rien pour l'instant.

– Y a pas un seul tribunal dans le coin qui va les reconnaître coupables pour un truc pareil. En plus, mon gars a rien à faire avec les J.W. sauf qu'y travaille avec eux à la même mine.

– Vous savez que je prends pas parti dans ce qui se passe à la mine, dit le shérif, et la décision du tribunal, c'est pas mes oignons. Vous pouvez me laisser Perry une heure, ou bien je retourne chez le juge et j'obtiens un mandat à son nom, même si j'ai aucune envie de faire ça.

Perry accompagna le shérif, reprenant la mauvaise route goudronnée qui traversait les collines jusqu'au siège du comté. Assis dans la voiture, il observait les hêtres et les chênes blancs qui défilaient en surplomb et se demanda si tout cela n'était pas un mensonge, si le shérif n'allait pas l'expédier à Frankfort, des entraves aux mains et aux pieds, par le premier train quittant la ville. Les falaises abruptes du vallon se dressaient aussi menaçantes que les murs d'une prison. Il se demanda à combien d'années de pénitencier ils pouvaient le condamner. Ils avaient enfermé Bee pendant deux ans pour avoir simplement blessé un homme, et les gens de la compagnie avaient même essayé de faire boucler Noah Combs après l'avoir mitraillé. Je ne pourrais pas supporter la prison, se dit Perry. Ça doit être comme dans la mine quand il y a un éboulement, sans air à respirer. Je préférerais qu'ils me mettent sur la chaise électrique plutôt que de m'enfermer dans un endroit comme ça.

Pratiquement tous les bâtiments du siège du comté étaient peints en vert et blanc à l'exception du tribunal en grès, de la prison et de la maison du directeur régional de la compagnie, résidence bleu et blanc, bâtie au milieu d'arbres aux ramures épaisses au sommet d'une colline surplombant la ville. La petite clinique privée, dirigée par un médecin qui avait fait la majeure partie de ses études à l'université de Cincinnati, avait ses fenêtres et moustiquaires brisées, et les fondations avaient glissé de guingois. Les devantures de boutiques dans la grande rue étaient maculées de poussière, et des hommes en salopettes, brodequins, casquette, casque de mineur et vieux vêtements de l'armée se tenaient au coin, face au saloon et aux salles de billard. Parce que c'était un samedi et que les hommes étaient en ville pour dépenser en boisson tout l'argent qu'ils avaient, les femmes s'étaient installées avec les enfants dans les tas de ferraille rangés le long du trottoir, et elles resteraient là toute la journée, jusqu'au milieu de la nuit, à donner le sein, changer les couches et bercer les enfants pour les endormir, attendant que les hommes reviennent d'un pas chancelant vers les voitures, pour leur raconter comment Jake McGoffin ou Wilson Pruitt s'étaient fait charrier dans la salle de billard ; à l'issue de quoi ils allaient parcourir les trente ou quarante kilomètres qui les ramèneraient dans leurs montagnes.

L'intérieur du tribunal dégageait une forte odeur d'urine. Il n'y avait pas de toilettes dans le bâtiment, et les parents laissaient souvent leurs enfants se soulager dans un coin sombre. Les planchers de bois étaient usés, le plâtre était tombé du plafond par endroits, et les fenêtres des bureaux étaient couvertes d'une pellicule de poussière. Le comté n'avait pas de responsables élus à plein temps parce que les impôts locaux n'étaient pas suffisants pour le lui permettre, et donc le shérif, l'huissier du tribunal, le juge du comté, le juge de paix et le contrôleur des impôts travaillaient tous deux ou trois jours au plus et complétaient leur revenu comme ils le pouvaient, ce qui signifiait que tous les bouilleurs de cru, trafiquants de whiskey, agents du syndicat ou responsables de la compagnie apportaient habituellement au tribunal de l'argent sous une forme ou sous une autre.

Big J.W. et Little J.W. étaient assis sur des chaises à dossier droit dans le bureau du shérif, à fumer des roulées. Un adjoint sans uniforme, portant un revolver d'ordonnance de la Première Guerre mondiale, les surveillait, installé sur le rebord de la fenêtre. Big J.W. avait son casque métallique incliné sur le front et il fumait, penché en avant, les avant-bras en appui sur les genoux. Il se racla la gorge et cracha par terre avant d'écraser la salive sur le bois de la semelle de sa botte. Little J.W. avait l'air aussi passif et immobile qu'une boule de pâte. Son regard tendre était fixé droit devant lui, et il se contentait de hocher la tête, rien de plus, lorsque l'adjoint ou son frère s'adressait à lui. Lorsqu'il finit sa cigarette, il déchira le papier sur sa longueur et vida le reste de tabac dans la poubelle en le frottant entre ses paumes, comme s'il vidait son corps de quelque énergie farouche.

Le shérif et Perry firent leur entrée dans le bureau. Perry s'assit sur un banc contre le mur, la casquette entre les mains, et regarda au sol.

– Très bien, il va même pas être question de meurtre, dit le shérif. On va vous inculper pour détention illégale de dynamite et destruction de propriété privée et dire que l'homme qui était là-haut s'y trouvait par accident. Homicide involontaire. Vous ne saviez même pas qu'il était là. Mais vous allez pas vous en tirer libres comme l'air.

– On vous l'a déjà dit. On a jamais mis les pieds près de cette mine, dit Big J.W.

– Et vous saviez rien non plus de l'effraction de la réserve de dynamite, pas vrai ? dit le shérif.

Il avait posé son énorme masse sur le coin du bureau. Il avait le visage empourpré par l'effort de parler.

– C'est exact, shérif. Vous vous êtes juste trompé de mecs, dit Big J.W.

– Quelqu'un vous a vus tous les quatre en voiture, vous remontiez vers la mine, dit le shérif. Vous étiez dans le lot, Perry, et j'ai dans l'idée que l'autre, c'était Bee Hatfield.

Perry sentit quelque chose sombrer en lui.

– Y m'ont ramené à la maison l'autre soir. Ça me rend coupable de rien du tout, dit-il.

– Ainsi donc les J.W. dirigent un service de navette, c'est bien ça ? dit le shérif. Vous faisiez des allers-retours sur cette route de montagne le soir pour ramener les gens chez eux.

– 'Coutez un peu, shérif, dit Little J.W.

Il se curait les ongles à l'aide d'un petit canif.

– Tout ce que vous savez, c'est que quelqu'un nous a vus dans une voiture dans le nord du comté. Ça veut rien dire du tout, et vous le savez, et on le sait aussi. Vous pourriez aussi bien convoquer ici n'importe qui parmi ceux qui ont travaillé dans cette mine. Alors ça sert à rien de nous faire attendre ici à vous faire perdre votre temps.

– C'est à moi de décider à qui vous faites perdre son temps, dit le shérif. N'importe qui aurait pu faire sauter ce dépôt, mais c'était l'un de vous, et, par le ciel, je vais le prouver. C'est pas la première fois que vous participez à la fermeture d'une mine. Trois mines où vous avez travaillé ont été dynamitées, ou quelqu'un s'est fait tirer dessus, et mon comté va pas se transformer en terrain de guerre comme Harlan ou Pike. Je ne sais pas le rôle que vous avez joué là-dedans, Perry, mais je vous garantis que ces hommes-là vous mèneront à rien de bon, si ce n'est à une planche à viande froide ou au pénitencier.

Little J.W. replia son canif dans la paume et fit un bruit de succion avec les dents.

– Je vous donne une occasion de vous en sortir, dit le shérif. Vous pouvez vous en tirer avec peut-être un an à Frankfort, mais si vous restez là à me répéter que vous avez rien fait, je vais tout faire pour qu'il y ait meurtre.

– On a rien de plus à dire, shérif. Ou bien vous nous relâchez, ou alors vous nous mettez en cellule, dit Big J.W.

– Et vous, Perry ? Est-ce que vous allez laisser ces hommes-là vous expédier à Frankfort avec eux ? dit le shérif.

– J'ai rien à voir du tout avec ce qu'y font, dit-il. Je vous ai dit qu'y m'ont ramené à la maison, et tout le reste de ce qu'y z'ont pu faire, c'est pas mes oignons.

– Un mort, c'est pas vos oignons ?

– Ces jaunes, y savaient ce qu'y faisaient quand y se sont fait engager pour le boulot, dit Perry.

– Très bien, je boucle personne pour l'instant, dit le

shérif, mais ça veut pas dire que vous et moi, on va en rester là. J.W., vous et votre frère, vous feriez bien de vous arranger à ce que je vous prenne pas même à cracher sur le trottoir. Donnez-moi juste une bonne raison et je vous colle en cellule et je vous y laisse, et le juge du comté va pas vous laisser ressortir sur un habeas corpus. Perry, je vous ramène à la maison comme j'ai promis à votre papa.

– Je crois que je vais rester un petit moment en ville.

Perry sortit sur la place en compagnie de Big J.W. et de Little J.W. Les trottoirs étaient bondés de tous les gens venus en ville le samedi après-midi. Des femmes vêtues de vieux habits aux couleurs passées, minces vestes de coton, foulards, certaines ayant aux pieds des chaussures d'homme, debout devant les boutiques de la compagnie, contemplaient les denrées bon marché qu'elles pourraient acheter à crédit si leurs époux travaillaient. Tavernes et salles de billard des rues latérales laissaient échapper leur tintamarre et, par endroits, la circulation était bloquée parce qu'un conducteur au volant d'une Ford rouillée aux ailes enfoncées s'arrêtait et se mettait à bavarder avec des passants sur le trottoir. Jouxtant la salle de tribunal se trouvait la prison de plain-pied bâtie en grès en 1890 ; plusieurs hommes regardaient à travers les barreaux et appelaient des amis de passage. Plus loin, des gens s'alignaient devant un entrepôt en tôle, en attente de recevoir les denrées de surplus du gouvernement – beurre de cacahuètes, viande en boîte au goût de papier, matières grasses, lait et œufs en poudre, farine.

– Mon mignon, oublie juste pas une chose : y a personne qui pourra jamais te reclaquer dessus la porte d'une prison si t'ouvres pas le bec, dit Big J.W.

– Et c'est bien quelque chose que tu feras pas, dit Little J.W.

– J'y ai bien rien dit, pas vrai ? dit Perry.

– Y va te retomber sur le paletot quand on sera pas là, dit Big J.W. Tu pourrais peut-être te dire à ce moment-là que ça vaudrait mieux pour toi de témoigner pour la compagnie.

– Ch'suis pas de ce genre-là.

– Si tu l'étais, mieux vaudrait qu'on te mette pas la main dessus, dit Little J.W.

– Je vas rien dire du tout au shérif, pasque je reste pas dans le coin, dit Perry.

– Et où tu vas aller, à ton avis ? demanda J.W.

– J'irai peut-être jusqu'en Virginie et me trouver un boulot où j'aurai pas à me soucier de piquets de grève, de shérif ou de me retrouver en taule. Alors, lâchez-moi un peu.

Perry traversa la rue au milieu de la circulation et laissa en plan les deux hommes au coin de la rue qui le suivirent du regard. Il se sentait soulagé de les avoir quittés. Il y avait toujours quelque chose dans la voix de Little J.W., comme le fil d'une lame bien affûtée. Perry traversa la place, longeant tavernes, magasins d'alimentation, quincailleries, le petit tabernacle de l'Église de Dieu, jadis échoppe de barbier, aujourd'hui reconvertie, tous les ivrognes en salopette et brodequins postés devant la salle de billard ouverte qui sentait toujours un mélange de bière éventée, talc, jus de chique, nourriture graillonneuse et relents de corps mal lavés. Tout à côté de la salle de billard se trouvait la « jenny-barn », la grange à poules, un bar-boxon avec filles montantes. Il entendait la musique de l'orchestre qui s'échappait par la porte. Violon, mandoline, basse, dobro, banjo et guitare venaient fondre leurs accords d'une vieille chanson bluegrass de Bill Monroe.

*Cours, vieille Molley, cours,*
*Tenbrooks va te battre au poteau,*
*Il arrivera premier au soleil vif et clair.*
*Depuis tout là-bas en Californie où elle faisait ce*
*[qu'elle voulait,*
*Molley est revenue dans ce bon vieux Kentucky,*
*Pour se faire battre à plate couture.*
*Tenbrooks était une vieille jument grise,*
*Sa crinière en broussaille volant au vent,*
*L'a fait tout le tour de Memphis,*
*L'a battu le train de Memphis.*
*Va, cours, rattrape la vieille Tenbrooks*
*Et remonte-la à l'ombre des arbres,*
*On va enterrer la vieille Molley*
*Dans un cercueil tout fait, tout prêt,*
*Dans un cercueil tout fait, Seigneur, dans un*
*[cercueil tout prêt.*

L'agence d'État pour l'emploi, de même que les services sociaux du comté, était installée dans une bâtisse délabrée aux murs de bardeaux, dont la vitrine en façade était fendillée. Perry y était venu à une occasion pour faire une demande d'allocation chômage, mais on lui avait répondu qu'il n'y avait pas droit parce qu'il était en grève et donc sans travail par libre choix. La plupart des habitants du comté considéraient l'agence d'État pour l'emploi comme une plaisanterie ; il n'y avait pas de travail autre que la mine, et si l'agence n'existait pas, le personnel qui y était employé serait lui aussi incapable de se trouver un emploi. Les chaises réservées aux visiteurs et tous les bureaux étaient vides à l'exception d'un seul, où une femme entre deux âges était assise, occupée à remplir des formulaires sur des propositions d'embauche non existantes, avant de les classer dans une boîte pour l'inspecteur d'État. C'était une étrangère au comté, originaire de quelque part au nord, avec un accent impossible à reconnaître ou à placer.

– Je veux pas vous faire perdre votre temps, dit Perry. Je cherche un boulot quelque part, mais pas par ici dans le coin.

– Remplissez une fiche détaillant la liste des emplois que vous avez occupés et je vous aiderai dans une minute, dit-elle.

– Y a des boulots ou pas ? demanda-t-il.

– Eh bien, il y en a peut-être, mais il faut que vous remplissiez une fiche.

Elle lui sourit avec gentillesse. Elle portait des lunettes nouées à un ruban autour du cou, et elle avait la peau blanche et lisse, à croire qu'elle n'avait jamais eu à faire de lessive à l'eau bouillante ni à couper à la hache le bois pour le fourneau. Elle portait un tailleur, chose que Perry n'avait encore jamais vue.

Il inscrivit son nom en grosses lettres malhabiles en haut de la fiche, avant de repousser celle-ci et le crayon vers la femme. Son visage s'était légèrement empourpré.

– Je ne sais pas écrire, dit-il.

– Ce n'est pas grave. Ce n'est pas là le problème pour l'instant. Quel genre de travail avez-vous fait jusqu'ici ?

– J'ai coupé le tabac pour un demi-cent la tige, et ch'suis descendu à la mine toute l'année dernière. Mais je veux plus travailler ici. Je veux aller en Virginie ou peut-être même bien dans l'Ohio. Le boulot lui-même a pas d'importance.

– Vous savez bien qu'aujourd'hui il est difficile de trouver un emploi lorsqu'on n'a pas une formation ou un savoir quelconques. Avez-vous jamais pensé à terminer votre scolarité ?

– Un gars se fait pas de pognon tout le temps qu'y reste à l'école, dit-il.

– Avez-vous jamais entendu parler des Job Corps ? dit-elle.

Son accent, étrange et paisible, obligea Perry à baisser les yeux sur le bureau tandis qu'elle s'adressait à lui. Elle sortit du tiroir une brochure munie d'un écusson bleu, blanc et rouge sur la couverture.

– Dans les Job Corps, vous pouvez terminer vos études et apprendre un métier, et vous recevrez trente dollars de salaire mensuel, vingt-cinq qu'on vous placera à la banque et cinquante qui seront envoyés à votre famille.

– C'est pareil aux camps des trois C, là où mon papa a été. Y font rien d'autre que de travailler dans la forêt.

Elle feuilleta la brochure et lui montra des photographies de garçons en train d'étudier dans les salles de classe et les ateliers de soudure, de travailler sur des moteurs automobiles, de conduire des bulldozers, des niveleuses, des presses d'imprimerie, d'apprendre à cuisiner dans de vastes restaurants ou encore à réparer des appareillages électroniques.

– Vous pouvez choisir n'importe laquelle de ces activités et peut-être même obtenir un diplôme d'études secondaires, dit-elle. Vous recevrez des vêtements neufs, et on vous paiera les frais de transport jusqu'à chez vous pour les vacances après six mois.

– Y a rien qui cloche avec ce que j'ai sur le dos.

Elle tendit la main et lui toucha l'avant-bras de la douceur de sa paume. Il sentit le sang lui monter au visage. Il voulut regarder par-dessus son épaule, voir si quelqu'un les observait, cette femme inconnue et lui.

– Mon garçon, il n'y a rien à redire à vos vêtements, dit-elle. Profitez simplement de l'occasion qui vous est offerte d'avoir une vie un peu meilleure que celle de vos parents.

– Où qu'y sont, ces camps ?

Il évita le regard de la femme et resserra les mains sur la casquette qu'il tenait entre ses genoux.

– Il y en a sur tout le territoire des États-Unis. Vous pourriez aller en Californie ou au Texas ou même jusqu'au Vermont.

– Je veux pas aller nulle part dans ces coins-là.

– Que diriez-vous des Smoky Mountains en Caroline du Nord ? dit-elle. Vous ne seriez pas trop loin de chez vous au cas où vous voudriez revenir.

– C'est pas ça qui me tracasse. Ça coûte combien, le trajet en bus jusque là-bas ?

– Le gouvernement prend à sa charge tous vos frais de déplacement. Vous irez en bus jusqu'à Lexington, et quelqu'un vous attendra là-bas pour vous mettre dans un avion.

– Y a pas de danger qu'on me mette dans un avion. Faudra me chloroformer avant que je monte dans un de ces trucs.

– Signez simplement cette fiche de votre nom, dit-elle.

– Très bien. Mais, par le ciel, y a pas de danger qu'y me mettent dans un avion.

# 3

Par le hublot de l'avion, il voyait le soleil couchant se refléter en flaques de feu sur les nuages au-dessus de la Caroline du Nord. Les terres étaient plates, bien loin sous ses pieds, découpées en carrés marron et verts, avec de petites granges rouges et des corps de fermes blancs tout près de la route. Par-delà l'aile de l'avion, il apercevait les Smoky Mountains qui se dressaient sur fond brillant de soleil reflété à l'est. C'était la plus imposante chaîne de montagnes qu'il avait jamais vue, bien plus imposante que le Cumberland au Kentucky et au Tennessee. Une brume bleue couvrait les sommets et, par endroits, il pleuvait dans les vallons. L'endroit était tellement merveilleux, tellement vaste qu'il ne pouvait s'y trouver de mines à ciel ouvert, de terrils fumants, de rivières pleines d'acide sulfurique, et de pans entiers de montagnes érodés jusqu'en fond de vallon. Puis l'avion vira et plongea pour l'approche du terrain d'Asheville. Perry agrippa le siège devant lui et ferma les yeux bien serrés, sentant son cœur battre la chamade dans sa poitrine.

– Vous ne vous sentez pas bien ?

Il n'ouvrit pas les yeux, mais il savait qu'il s'agissait une fois encore de cette hôtesse. À deux reprises au cours du vol, elle avait essayé de lui donner des cachets ou quelque chose.

– Non, ch'suis pas malade. Pourquoi vous arrêtez pas de me demander ça ?

– Nous serons arrivés dans quelques minutes, dit-elle.

Il crut qu'il allait s'évanouir lorsque l'avion entama sa descente. La sueur se mit à perler sur ses mains et son visage et ses poumons lui donnaient l'impression d'avoir retenu le même air deux minutes durant. Y va s'écraser sur l'une de ces montagnes, se dit-il. Le pilote, il a dit qu'on volait à six cent cinquante kilomètres à l'heure. Y a rien qui peut toucher le sol à cette vitesse sans nous transformer tous autant qu'on est en chair à pâtée. Il ouvrit les yeux et vit la campagne se rapprocher puis s'aplatir devant lui. Il s'appuya contre les coussins du siège et frotta ses paumes moites sur son pantalon de travail.

Perry trouva onze membres des Job Corps qui attendaient dans l'aéroport, chacun d'eux arborant au revers de la veste une carte bleu, blanc et rouge. Le groupe comprenait quatre Nègres, deux Mexicains et un Indien. Un homme en uniforme du Service des forêts et deux garçons de l'âge de Perry, habillés en soldats, les accompagnaient.

– Le grand qui arrive doit être le dernier du lot, dit l'un des garçons en tenue militaire. Très bien, les mecs, tout le monde dans le bus. Et bougez-vous un peu si vous voulez manger ce soir. Où t'étais passé, d'abord ? Il y a deux heures qu'on t'attend.

– J'étais dans l'avion. Où que tu croyais que j'étais, à ton avis ? dit Perry.

Une fois sortis, ils montèrent dans un bus du gouvernement vert et blanc, et l'homme du Service des forêts distribua sachets-déjeuners, sandwichs au jambon et pommes de terre frites. Le bus s'engagea dans la circulation de fin d'après-midi avant d'attaquer la route qui grimpait dans la montagne. Perry se dirigea vers le fond du bus et contempla par la fenêtre la zone urbaine sous le crépuscule. Les immeubles du centre ville se dressaient au sortir de la brume mauve, d'énormes néons verts et rouges clignotaient au-dessus des grands magasins, et de longues files de voitures neuves s'étiraient sans fin sur l'autoroute. Puis, tandis que le soleil tombait derrière les montagnes, la ville se prit à ressembler à une averse de lumière sur toute l'étendue de la vallée ; il sentit l'air froid par la fenêtre, l'odeur de pin et d'épicéa le long de la route. Dans l'intérieur sombre du bus, il se trouvait bien loin des J.W., du shérif du comté, de l'homme au sommet du dépôt de charbon et des hommes de la compagnie toujours à traîner du côté du baraquement de son père – et ils ne pouvaient plus rien lui faire maintenant.

L'un des garçons en uniforme de l'armée était debout dans le couloir, une main en appui sur une barre métallique. Il avait un visage de Latin, la peau sombre, les cheveux noirs gominés, coiffés en arrière. Une profonde cicatrice lui entaillait le menton et une partie de la lèvre, et il portait, tatouée entre pouce et index de la main gauche, une croix d'où émanaient trois rayons.

– Nous sommes heureux de vous avoir parmi nous dans les Job Corps, les gars, dit-il. C'est une organisation de gens réglo, et nous avons les meilleurs mecs et le meilleur camp des États. S'il y en a parmi vous qui ont un surin sur eux ou quoi que ce soit qu'ils ne sont pas censés avoir, déposez-les au bâtiment administratif avant d'aller chercher votre linge. Si on vous attrape avec ça sur vous par la suite, vous recevrez immédiatement votre ticket de retour et votre sac-déjeuner.

– Qui c'est ce mec qui la ramène autant ? dit Perry au garçon assis à côté de lui.

– Y disent que c'est ce qu'on appelle un chef d'équipe, dit le garçon.

Il était pâle et mince, originaire du Mississippi, avec de longs cheveux bruns tombant sur les oreilles. Il portait un chandail tricoté main aux coudes troués.

– Un mec reçoit vingt dollars de plus par mois pour devenir chef d'équipe, et il n'est pas obligé de se coltiner la corvée de cuisine ou de nettoyage.

– Ben moi, ch'suis pas venu ici pour faire le gardien, dit Perry.

– Tout le monde s'aligne ici, dit le gars en uniforme militaire avec un accent new-yorkais dur et haché. Les bagarres sont interdites, et les mecs qui travaillent pas ont droit à des corvées supplémentaires le week-end et on leur retire leur laissez-passer de sortie en ville pour deux semaines. Jouez le jeu, soyez réglo et personne sera mieux traité dans tout le pays.

– Et tous les mecs deviennent comme celui-là quand on leur donne un uniforme de soldat ? dit Perry.

Le camp était situé haut dans la montagne, à cent cinquante kilomètres d'Asheville, près d'un lac bleu gelé sur le pourtour le long des berges. Pins et trembles au feuillage d'argent poussaient au-delà de la plage sableuse en bordure du lac, et les bâtiments verts du camp étaient posés sur des blocs en béton dans une vaste clairière de la forêt. Les bâtiments étaient préfabriqués en tôle et des stalactites de glace pendaient des avant-toits sous le clair de lune froid. Perry traversa la cour gelée en compagnie des autres membres du Corps en direction du bâtiment administratif, où on leur attribua treillis amidonnés, bottes de cuir lacées jusqu'au-dessus de la cheville, chaussures noires de ville de l'Air Force, gilets courts Eisenhower, bleus de la Navy, cirés, caleçons longs, draps, couvertures et trousses de rasage. Perry transporta tout son barda empilé dans les bras. Puis ils s'en retournèrent dans le noir, le long d'un chemin de terre patiné, et entrèrent dans un des baraquements.

Le casernement se présentait comme un bâtiment plat, de forme oblongue, partagé par un couloir unique avec cloisonnements de chaque côté. Chaque cloisonnement comportait deux couchettes, casiers au sol et au mur, tables de nuit et écritoires, dont le bois et le métal brillaient de lueurs sourdes aux reflets de l'ampoule au plafond. Perry et le garçon du Mississippi reçurent deux lits voisins, et ils se mirent à ranger leurs affaires dans leurs casiers et à faire leur lit.

– Les mecs, feriez bien d'apprendre à tendre cette couverture un peu mieux que ça, dit un jeune Nègre de l'autre côté du couloir.

Il était vêtu d'un pantalon de toile rose tâché, de chaussures de tennis avec chaussettes de sport blanches, d'une chemise en toile aux manches recoupées et d'une casquette blanche de marin au bord rabattu sur les oreilles.

– Si une pièce d'un quart de dollar ne rebondit pas dessus à l'inspection du matin, vous aurez droit à des corvées de rab demain soir.

– C'est quoi cette histoire de corvée de rab ? dit Perry.

– T'y as droit quand tu joues au con, dit le jeune Nègre. On te refile toutes les corvées dégueulasses, comme racler la glace des trottoirs ou de nettoyer les chiottes.

– Je vas pas y nettoyer de toilettes, dit Perry.

– Mec, où as-tu attrapé cet accent de fêlé ?

Perry referma son casier au sol et se redressa.

– T'as queq'chose à dire sur la manière que je cause ?

– Écoute, du calme, faut que t'apprennes par ici quand un autre gus te fait marcher. On n'a pas de comptes à régler. Tous ceux qui se trouvent dans ce casernement sont frères de cœur. Tous les mecs qui se prenaient pour des durs se sont fait virer.

– Je viens ici pour aller à l'école, pas pour chercher les ennuis, dit Perry. J'en ai eu plus que ma part de ça par chez moi.

– Là, tu parles du cœur. Comme un frère, dit le jeune Nègre.

Il mit un mince mégot dans un porte-cigarette et l'alluma.

– Vous finissez le boulot, les mecs, et je vous emmène à la graille. Quand vous aurez mangé, on aura droit à un film dans le foyer.

Le réfectoire était d'un blanc immaculé. Le comptoir de service était en verre et acier inoxydable, et les cuisiniers comme les chargés de corvée-cuisine portaient uniformes et coiffes blancs sortis de la blanchisserie. Perry prit sa place dans la file en compagnie des nouveaux arrivés au Corps, qui mangeaient tous tard, et il remplit son plateau : steak, pommes de terre, jus de viande, bol de soupe, haricots verts cuisinés avec bacon et sauce tomate, crème glacée couverte d'ananas, lait et café.

– Mon frère, tu manges comme si la nourriture, ç'allait passer de mode, lui dit le jeune Nègre.

Tard dans la soirée, le film terminé, Perry était allongé sur sa couchette sous les couvertures, dans le noir, et fumait une roulée. Son corps était presque trop long pour le lit. Par la fenêtre couverte de givre, il voyait la pleine lune dans le ciel clair au-dessus des montagnes. Le vent faisait racler les branches d'arbres contre les toits de tôle des cantonnements, et il entendait au lointain le sifflement frêle d'un train qui se réverbérait dans le vallon.

– Éteins-moi c'te foutue cigarette avant que le chef de groupe n'arrive, dit une voix dans l'obscurité.

Il laissa tomber sa cigarette dans une boîte à mégots posée sur sa table de nuit et s'allongea à nouveau sur l'oreiller. Peut-être que c'est pas si mauvais que ça, ce qu'on me propose, se dit-il. Le ranger, il a dit comme ça qu'on avait droit de s'acheter pour quatre-vingt-cinq dollars de vêtements quand on a resté ici un mois, et je peux m'inscrire aux cours de soudure et d'équipement lourd. Six mois de ça et je pourrai me trouver un boulot à Cincinnati à trois dollars de l'heure pour conduire un bull. En tout cas, c'est bien mieux que de travailler avec des mecs du genre des J.W. Puis il se sentit tiré par le sommeil et l'idée lui traversa la tête que sa couchette piquait vers la terre comme un aéroplane.

Le lendemain matin, tandis que le soleil perçait au-dessus de la chaîne montagneuse, Perry s'alignait en compagnie de deux cents autres membres du Corps près du mât de l'étendard, pendant qu'un homme en uniforme du Service des forêts procédait à l'appel. Les garçons qui avaient classe cette semaine-là avaient leurs vêtements civils, les autres, leurs vareuses de l'armée, bottes fourrées et bonnets à oreillettes doublés de fourrure noués sous le menton.

On affecta Perry à l'équipe de travail qui nettoyait les pistes et entretenait les aires de jeux et de repos de la forêt. Après une heure de corvée, il jeta sa tronçonneuse au sol et refusa de travailler tant qu'on ne l'autoriserait pas à voir le directeur du camp.

– C'est pas différent des trois C, dit-il. Au Kentucky, je pourrais aussi couper des arbres et être mieux payé. Je suis venu ici pour apprendre à conduire des machines, pasque c'est là qu'on trouve les bons boulots.

Le directeur était un homme entre deux âges, ancien ranger du Service des forêts, le visage rose et doux, portant lunettes cerclées d'acier. Il avait le col déboutonné et la cravate lâche autour du cou. Les veines de ses poignets étaient violacées comme des veines de femme.

– Les nouveaux membres du Corps ne sont jamais affectés aux cours de formation pratique avant un mois, dit-il. Ceci, parce que certains des garçons abandonnent pendant les premières semaines, et nous n'avons ni le temps ni les instructeurs en nombre suffisant pour commencer à enseigner à des gens qui ne resteront pas.

– Ils m'ont dit au bureau de chômage que je pourrais tout de suite apprendre un métier.

– Eh bien, ce n'est pas possible. Et donc vous pouvez retourner auprès de votre équipe et attendre trois semaines ou alors nous pouvons vous réexpédier au Kentucky.

– J'ai jamais dit que je voulais retourner à la maison. C'est juste que je vois pas l'intérêt qu'il y a à faire le même boulot que mon papa y fait, et sans toucher un sou pour ça.

– Retournez auprès des membres de votre équipe et faites ce que vous commande votre chef et je vous promets de vous mettre dans la classe d'équipements lourds, dit le directeur. Mais je vais vous donner quatre heures de corvée supplémentaire pour avoir refusé de travailler ce matin. Pensez-vous que ce soit juste ?

– Non, monsieur, je ne pense pas, mais je les ferai quand même si vous me mettez dans cette classe-là.

Perry perdit sa première autorisation de sortie pour le week-end et passa son samedi après-midi à laver les bus du camp sous une température inférieure à zéro. L'eau se figeait et gelait sur les vitres avant même qu'il ait pu l'essuyer de son chiffon. À cinq heures de l'après-midi, il avait le corps gourd de froid. Une pellicule de glace couvrait son pantalon aux endroits où l'eau l'avait éclaboussé, et il avait le bout des doigts privés de sensation. Il prit la résolution que plus jamais quiconque ne le punirait d'une corvée le samedi après-midi. Il lui fallut quinze minutes sous une douche chaude avant qu'il pût sentir la chaleur lui revenir dans le corps, à la suite de quoi il s'effondra sur sa couchette et s'endormit pour n'être réveillé qu'au retour des autres garçons sortis en ville se faufilant dans le couloir, chargés d'un gars saoûl qu'ils transportaient en le tenant par les mains et les pieds.

La semaine qui suivit, Perry retourna auprès de son équipe et abattit des arbres à la tronçonneuse, les découpa en rondins pour le feu, nettoya les pistes des broussailles, arracha les racines à la pioche et vida suie et cendres des fosses à barbecue installées sur les aires de repos dans la forêt. La plupart des garçons de l'équipe étaient nouveaux venus dans le camp ou alors ils n'étaient pas capables de suivre un cours de formation pratique. Se trouvaient là également quelques élèves qui avaient été éliminés d'une formation pratique par l'instructeur et que l'on envisageait de renvoyer du camp. Lors de sa première journée dans l'équipe, Perry vit un membre du Corps, un paysan balèze de Géorgie originaire de Macon, attaquer un rocher de sa tronçonneuse et faire voler en éclats toutes les dents de la chaîne afin de pouvoir reprendre le camion jusqu'à la remise à outils et obtenir une nouvelle machine. Au lieu de quoi, le chef d'équipe l'avait obligé à refaire à pied, la tronçonneuse à la main, les dix kilomètres de retour jusqu'au camp.

Il faisait froid à travailler sur la piste. Perry portait ses sous-vêtements longs, deux pantalons, une chemise de l'armée en flanelle et un chandail, des bottes avec des surbottes étanches à la neige, et un manteau doublé de fourrure ; mais arrivé midi, le froid était parvenu à s'insinuer au creux de son corps, ses pieds lui faisaient l'effet d'être devenus friables et le restaient pour le restant de la journée. L'équipe était trop éloignée du camp pour rejoindre le cantonnement pour le repas de midi, et les cuisiniers leur préparaient des sachets-repas ; mais la viande gelait toujours dans les sandwichs, à moins de planquer ceux-ci à la chaleur du moteur, sous le capot du camion.

Les deux premières semaines, Perry les passa sur la piste et prit trois kilos. Au bout d'un moment, il ne se soucia plus du froid, et certains jours, le soleil dardait ses rayons au sortir d'un ciel clair et se reflétait au sommet des montagnes et sur la neige des branches de conifères. Les ombres des mélèzes et des sapins étaient bleues sur le sol. Perry adorait l'odeur sucrée de résine qui brûlait lorsqu'il coupait le bois de hêtre à la tronçonneuse. La neige portait des traces de daims, grouses, lapins et ours, et, un jour qu'ils travaillaient près d'un pont naturel en pierre dont l'arche franchissait un ruisseau, il vit, dans les tourbillons derrière les rocs, des truites arc-en-ciel dont la queue battait l'eau en éventail, tandis qu'elles attendaient la nourriture venue d'amont.

Une semaine sur deux, Perry s'installait dans une salle de classe du bâtiment de cours, décorée comme l'intérieur d'une école élémentaire. Les murs portaient des cartes de géographie, des tableaux d'arithmétique avec additions et soustractions élémentaires, l'alphabet en grosses lettres noires sur fiches individuelles, et des machines à lecture qui projetaient dessins animés et mots simples sur un écran blanc. Le premier livre de Perry fut un ouvrage élémentaire cartonné, avec chiffres en bûchettes et six lettres de l'alphabet. Il se sentit honteux devant les autres membres du Corps lorsqu'on l'affecta à la classe spéciale réservée à ceux qui ne savaient pas lire, et il dit à l'instructeur qu'il était capable de lire aussi bien que n'importe qui dans le camp.

– Lis le titre du livre que tu tiens à la main, dit l'instructeur.

– Ch'suis pas intéressé pour apprendre aut' chose que la conduite des machines, m'sieur, dit Perry. On avait des livres comme ça au cours préparatoire.

– Comment peux-tu faire fonctionner une machine si tu n'es pas capable de lire le livret qui dit comment tu dois procéder ?

– Je peux vous démonter un marteau-piqueur et je l'ai pas appris dans un livre.

– Es-tu capable de lire un manuel d'ingénieur à

propos d'une machine lourde comme ce bulldozer de vingt-cinq mille dollars là-bas ? dit l'instructeur. Ou le bleu qui te dit combien de remblais et de déblais tu auras à faire lors de la construction d'une route ?

– Calmos, le grand, t'en fais un peu trop sur tout, dit à Perry un membre du Corps assis au bureau voisin.

Il s'agissait de Popcorn, le Nègre qu'il avait rencontré dans le cantonnement à son premier soir.

– Y a trois mois que ch'suis dans c'te classe, et j'y serai 'core sûrement quand y me vireront après mes deux ans. Et, mec, crois-moi quand j'te dis que la moitié des loulous qu'y a ici seraient incapables de te dire la différence entre les toilettes pour hommes et les toilettes pour femmes si on leur montre pas du doigt.

Perry passait huit heures par jour en cours, lecture et mathématiques, et il remplissait son cahier Big Chief de mots simples gribouillés d'une main enfantine : *Je suis une punaise, je suis un homme, je suis une fourmi, je suis une boîte de conserve. Il y a une fourmi dans la boîte*. Il lui fallait toujours plusieurs minutes pour rédiger une phrase, plissant un œil devant chaque lettre tandis qu'il essayait de tenir le crayon correctement dans la main. Il avait le sentiment qu'écrire des mots était la chose la plus difficile qu'il eût jamais tenté de faire. Les mots n'avaient jamais la même forme que dans son livre de cours, et l'effort était tel qu'il avait mal aux doigts à force de crampes. Mais il travaillait dur chaque jour, parfois même une partie de l'heure consacrée au déjeuner et, le soir, il emportait son livre de lecture avec illustrations et légendes simples au cantonnement et le lisait au lit avant que le chef de chambrée éteigne la lumière. En quelques semaines, il termina huit livres de la série élémentaire, et il était capable de reconnaître la plupart des mots que l'instructeur projetait sur l'écran blanc.

À l'issue du premier mois passé avec l'équipe d'entretien des pistes, le chef d'équipe recommanda Perry pour une augmentation de cinq dollars et Perry fut promu première classe, un grade en dessous d'adjoint au chef d'équipe. Le directeur tint également parole et Perry obtint son transfert au cours d'équipement et machines, où il commença à apprendre la conduite d'engins lourds, bulldozer, niveleuse, pelleteuse, élévateur et pelle à benne traînante. À la fin de la journée, ses vêtements étaient toujours couverts de graisse de moteurs. L'instructeur obligeait les nouveaux arrivés au cours à arroser la lame du bull en la nettoyant de sa terre à la pelle et à huiler tous les autres engins, ce qui signifiait se glisser sous les machines sur le sol gelé avec, à la main, un schéma des roulements souillé de marques de doigts et injecter à la pompe la graisse qui vous dégoulinait sur la figure. La pire des corvées était la vidange, car, dès que l'écrou était dévissé du carter, l'huile se déversait habituellement sur celui qui se trouvait sous le moteur.

Lors de sa deuxième semaine de cours, l'instructeur dit à Perry de grimper dans le siège double du conducteur de bulldozer. Perry boucla la ceinture de sécurité en toile autour de sa taille, et ils s'éloignèrent dans la forêt par une section plate de route d'argile rouge. Perry apprit la manière de maîtriser chacune des chenilles par son levier de commande et de faire pivoter l'engin en plaçant une série de patins en marche arrière, tandis que l'autre restait en marche avant. À une occasion, il leva la lame trop haut de sorte qu'il ne voyait plus rien devant lui et il vint buter contre un épais tronc de pin. Sa tête vint cogner le côté de la cabine à l'impact et son casque métallique lui entailla l'arête du nez. Il plaça la manche de sa veste sur le visage pour éponger le sang et essaya de se dégager de l'arbre en marche arrière. Il accéléra trop violemment, tira un levier trop en arrière, et le bulldozer se mit à tourner en demi-cercle, moteur rugissant, tandis que les chenilles arrachaient buissons et arbustes du sol. Puis Perry laissa retomber la lame trop vite et réduisit en miettes un panneau du Service des forêts signalant la piste.

– Regarde ce que t'as fait, lui hurla un autre membre du Corps. T'as écrasé ma tronçonneuse. Y en reste même plus de quoi remplir un sachet.

La tronçonneuse était aplatie dans l'argile, tordue, écrasée, comme si on l'avait martelée à la masse.

– Qu'est-ce qu'elle fichait là, au beau milieu de c'te foutue route ? dit Perry.

– Si j'avais su que c'était toi au volant du bull, tu m'aurais certainement pas vu dans le coin, répondit l'autre.

– Par le ciel, grimpe donc jusqu'ici et prends le volant.

– Suffit, les gars, arrêtez vos conneries, dit l'instructeur. James, va là-bas, dégage-moi toutes ces broussailles et brûle-les dans le lit du ruisseau. Ensuite, ramasse ce qui reste de la tronçonneuse et balance-le dans le camion. Ce soir, nous allons pouvoir expliquer au directeur comment nous avons écrasé la seule tronçonneuse posée par terre dans toute la Caroline du Nord.

– Est-ce que ça signifie que j'aurai pus l'occasion de travailler sur c'te machine ? dit Perry.

– Non, ça signifie que tu essaies de faire les choses à

ta manière avant de demander conseil à quelqu'un de plus âgé.

L'instructeur avait remonté sur le front ses lunettes de protection. Son visage était rouge de froid à la maigre lumière qui filtrait au travers des arbres. À l'entour des yeux, la peau était blanche, là où les lunettes l'avaient protégé.

– Une fois que tu auras appris à te montrer un peu plus patient et que tu arrêteras de vouloir tout faire en une journée, tu seras un bon conducteur d'engins. Mais je vais pas te laisser me bousiller ma machine parce que tu te sens obligé de prouver quelque chose aux autres gars. La prochaine fois que tu fais quelque chose de travers, tu enlèves la clé de contact et tu me laisses te sortir de la panade. Nous avons perdu une tronçonneuse cette fois-ci, mais ç'aurait aussi bien pu être le pied d'un gars, et je vais pas passer trois jours à remplir des formulaires d'accident pour le Service des forêts parce que quelqu'un aura manqué de jugeote pour ne pas savoir la différence entre poser une question et se conduire en imbécile.

– Je voulais rien prouver à personne, dit Perry.

– Fils, t'as toujours en toi un moteur sous pression qui tourne à plein régime. T'es le genre de gars incapable d'être deuxième en quoi que ce soit, et t'es prêt à le prouver à qui le désire, même si tu dois t'écraser toi-même au passage en le faisant.

– Quand pourrai-je remonter dans le bull ?

– C'est exactement ce que je veux dire, répondit l'instructeur. Tu ne m'as toujours pas demandé où tu t'étais trompé. Tout ce que tu as en tête, c'est obliger cette machine à faire ce que tu veux d'elle sans même apprendre à le faire dans les règles.

– Très bien, je vais pus vous donner de raisons de me prendre en faute. Vous dites, saute, et je répondrai, jusqu'où.

– Retourne à la corvée de graissage pour les deux jours qui viennent et, ensuite, on en reparlera, dit l'instructeur.

– J'y ai déjà resté une semaine.

– Mon gars, je viens juste de dire, saute.

⁂

Ce week-end-là, Perry eut droit à sa première sortie à Asheville. Il avait lavé et empesé son uniforme de parade kaki à la main, dans une cuvette en fer-blanc sous la douche et marqué les plis, aussi rigides et affûtés qu'une lame de couteau. Le responsable de chambrée du cantonnement, un engagé de la Marine aujourd'hui retraité, lui avait montré comment cirer-salive ses chaussures noires, et Perry avait passé toute sa soirée du vendredi à brûler le vieux cirage du cuir à l'allumette, avant de faire pénétrer cirage et salive dans le grain grossier à l'aide d'un bas de femme. Il polit le bout des chaussures au point de pouvoir y mirer la majeure partie de son corps. Il se plaça face au miroir de plain-pied dans les douches et regarda la coupe nette de son uniforme, sa cravate noire repliée à l'intérieur de la chemise ; l'écusson des Job Corps cousu sur la manche, et la peau pâle à l'entour des oreilles, et l'arrière de la tête, là où il s'était fait couper les cheveux, pour un quart de dollar, par l'un des jeunes Nègres. Il avait ses quinze dollars de paie dans sa poche, de l'argent qu'il pouvait dépenser à son gré, sans avoir à se soucier d'acheter de la nourriture ou de régler l'ardoise au magasin de la compagnie.

Il mangea œufs et saucisse au réfectoire et signa le registre de sortie dans le bâtiment administratif. Le bus des quartiers libres était bondé de membres du Corps, certains en uniforme, d'autres en tenue civile attribuée après un mois passé au camp. La journée était froide et lumineuse, et le vert agressif des sapins tranchait sur la neige. Les chevaux dans les champs avaient la queue et la crinière chargées de glace, et leur haleine embrumait l'air. Au loin, à l'autre bout du vallon, Perry apercevait les petites cabanes en rondins dont les cheminées laissaient s'échapper la fumée des feux de bois et, de temps à autre, il repérait des traces de daim qui s'égaraient dans quelque clairière au milieu des arbres de la montagne.

Le responsable de chambrée gara le bus à l'YMCA d'Asheville. En quelques minutes, le bus se vida et tous les membres du Corps disparurent, absorbés par la circulation dense du samedi après-midi. Perry et L.J., le garçon du Mississippi, marchaient de conserve sur le trottoir bondé d'une rue latérale et regardaient les rangées de bars, magasins d'occasion, salles de tatouages, cafés offrant poulet et poisson-chat frits, hôtels à trois dollars, et salles de concert hillbilly. Nombre des passants dans cette partie de la ville étaient vêtus comme les montagnards du Kentucky que Perry connaissait. Les hommes avaient enfilé une veste de complet, lustrée, usagée, par-dessus leurs bleus, et leurs femmes portaient de minces robes en coton imprimé sous des chandails tricotés main qui avaient toujours l'air minable et ne paraissaient jamais vraiment à la bonne taille. Par la fenêtre vitrée d'une taverne, Perry aperçut des femmes assises au bar, occupées à siroter bière et whiskey à l'eau, chose dont il était convaincu qu'elle était réservée aux pensionnaires des maisons de plaisir.

– Regarde le mec qui se fait faire un tatouage, dit L.J.

Son uniforme était trop petit pour sa taille, et son cou épais ressortait du col comme un cou de dindon.

– C't'aiguille, elle lui rebondit sur tout le bras comme une machine à coudre.

– Écoute-moi c'te musique de l'autre côté de la rue. Mon pote, on se croirait à la maison. Viens, on y va, et on se prend une bière.

– Y vont pas nous servir. Et en plus, on va s'attirer que des ennuis, rien d'autre.

– Une bière à vingt *cents* va pas te faire de mal, non ? dit Perry. On se trouve une table dans le fond et c'est moi qui irai prendre les verres au comptoir. Y m'ont donné ma carte de syndiqué quand j'avais quinze ans pasque j'avais l'air d'en avoir vingt et un. Ces gens-là, y verront pas plus la différence.

– Dans ces endroits-là, y a toujours un mec qui cherche à en vanner un autre, dit L.J.

– Ici, c'est pas le Mississippi. C'est la ville. On aura rien de tout ça ici.

– Je vais attendre dehors. Toi, vas-y.

– Non, on va pas faire ça comme ça. Amène-toi.

Perry prit L.J. par le bras et traversa la rue au milieu d'une file de voitures. Un brouhaha sonore s'échappa par la porte du bar lorsqu'un ivrogne sortit dans la rue.

– Trouve une place dans le coin et je te rejoins dans une minute, dit Perry.

– Allons-nous en d'ici, Perry.

– Y vont croire que t'es soldat. La ville entière en est pleine. Allez, va t'installer et arrête de te faire de la bile.

Il alla au comptoir et commanda deux pressions qu'on lui servit dans de grandes chopes de verre embuées par la glace. Les tables étaient pleines d'hommes et de femmes buvant dosettes de whiskey sec qu'ils faisaient passer à la bière. Une estrade en bois au fond de la piste de danse était occupée par un orchestre à cordes country. L'un des musiciens baissa le micro, et le violoneux attaqua directement *The Orange Blossom Special*. Un homme à l'extrémité du comptoir tomba dans les pommes et fracassa une bouteille sur la barre repose-pied. Perry se fraya un chemin entre les tables jusqu'à L.J., assis tout au fond, dans la pénombre, le visage nerveux et effrayé.

– Écoute, Perry, ma famille, c'est des baptistes, purs et durs, dit-il. Si mon papa savait que je suis dans un endroit comme ça et que je bois, il me tannerait le cuir au ceinturon pour me faire passer le goût. Un jour, il a surpris mon frère avec du vin maison, et il a failli ne plus jamais le lâcher.

– Tu te souviens de ce qu'y nous ont dit au camp ? T'es pus un petit garçon avec ton papa derrière toi pour te dire ce que tu dois faire. Bois ta bière et, après, on se paie un bon dîner.

– Je vais pas claquer mon pognon dans un endroit comme ça.

– Eh bien, moi, j'ai pas non plus gagné quinze dollars en travaillant deux semaines pour me gâcher mon fric, dit Perry.

Deux heures plus tard, il était ivre. Il avait desserré sa cravate du col, le plastron de sa chemise était mouillé de bière renversée, et il n'avait plus de couleurs sur le visage. Le blanc de ses yeux paraissait jaune à la lumière du bar. Il dansa avec plusieurs femmes, mais il ne savait pas conduire, et fit reculer une fille dans une table, faisant tomber plusieurs verres au sol. Il s'assit sur sa chaise, une expression morne sur le visage ; sa manche de chemise reposait dans une flaque de bière.

– T'as épuisé toute ma patience, dit L.J. Viens, on sort dans la rue et on va se manger un morceau.

– Vas-y tout seul.

– Je ne peux pas te laisser seul ici. Tu vas te faire démolir.

– Je bois du whiskey de maïs depuis que j'ai quatorze ans, et y a 'core jamais eu personne qui a été obligé de prendre soin de moi.

– T'as vu tous ces mecs qui viennent d'entrer ? Y cherchent juste à se faire quelqu'un.

– Par le Seigneur, y vont pas me faire fuir. Ma mère est de la famille des Hatfield et, de l'autre côté, on est parents avec Frank James. Chez moi, là-bas, des mecs comme ça, on se les prend et on leur fourre la tête dans le trou à miel.

– Continue donc à draguer ces femmes, et y a rien de tout ça qui va pouvoir t'aider, dit L.J. Si t'étais assez sobre pour voir avec quoi t'as dansé, t'irais pas te coucher avant de l'avoir passée à l'huile de ricin et à la térébenthine.

– Où qu'y sont, les mecs qui cherchent des ennuis ?

– À cause de toi, on va se retrouver en taule, et après on nous virera du camp. C'est ça que tu veux qui nous arrive ?

– On a quartier libre. Ce qu'on fait en ville, c'est pas leurs oignons, dit Perry. Qu'est-ce qu'y t'ont dit, ces mecs ?

– Bon sang de Dieu, j'en ai assez de tout ça. Je reste pas. On s'en va.

Mais Perry avait déjà commandé une autre pression avec dosette de whiskey. Une heure plus tard, il se vomissait dessus dans les toilettes. La tête lui tournait et il était incapable de marcher droit. Il alla jusqu'au comptoir d'un pas chancelant, braguette ouverte, et essaya d'acheter une bière pour chasser le mauvais goût qu'il avait dans la bouche, mais le barman refusa de le servir. L.J. le prit par le bras et le guida jusque dans la rue. Le soleil avait commencé à se coucher au-dessus des immeubles, et un vent de glace leur soufflait au visage. À un moment Perry glissa sur le trottoir et se cogna à un parcmètre. Le côté de sa tête frappa le poteau de métal, mais il se sentit engourdi sous le coup, rien de plus. La rue et les devantures des boutiques paraissaient sales dans la semi-lumière du dernier soleil.

– Redresse-toi. Je n'arrive pas à te tenir, dit L.J.

– T'es pas obligé.

Perry se dégagea et, d'un pas vacillant, se dirigea sur la chaussée au milieu de la circulation. Il entendit les voitures qui pilaient avec fracas, couinant de tous leurs avertisseurs tandis qu'il essayait de marcher droit. Le vomi avait gelé sur ses chaussures et son pantalon. Il trébucha contre le bord du trottoir et avança le long des immeubles, en gardant une épaule collée au mur. Je veux que personne me ramène à la maison, songea-t-il. Le jour est pas encore venu où quelqu'un sera obligé de me ramasser à cause du whiskey. La chaleur de l'alcool commença à se dissiper et il sentit le froid qui le pénétrait avant de comprendre qu'il avait laissé sa veste au bar ; mais il était incapable de se souvenir du nombre de blocs parcourus depuis le bar ou même de l'emplacement exact de celui-ci.

Un policier au coin de la rue réglait la circulation. Perry se prit à regretter d'avoir quitté L.J. Il savait qu'il ne franchirait jamais la rue sous le regard du policier sans se faire arrêter. Il s'arrêta devant une échoppe de tatoueur, essayant de garder son équilibre, sous les regards des passants qui le transperçaient. Il ouvrit la porte de l'échoppe et faillit s'écrouler à l'entrée. Un marin musclé, torse nu, était assis sur un tabouret tandis qu'un homme vêtu comme un tuyauteur de champ de courses était à l'ouvrage sur son bras avec l'aiguille. Les murs étaient couverts de motifs brillamment colorés, drapeaux américains et confédérés, couteaux dégouttant de sang, dragons et serpents lovés autour d'emblèmes du corps des Marines et de la Navy, femmes nues, dédicaces aux mères, croix et visage du Christ.

– Je vous demande cinq minutes, soldat, dit l'homme à l'aiguille.

Il portait une chemise à carreaux verts et noirs boutonnée au col, sans cravate, et des chaussures pointues en cuir vernis. Ses joues étaient marquées de veinules rouges et bleues.

Perry s'installa dans un fauteuil contre le mur et se mit à roter. Il mit la main à la pochette de sa chemise et décompta son argent. Il lui restait cinq billets souillés de un dollar, tout ce qu'il aurait en poche jusqu'à la prochaine paie à deux semaines de là. Il essaya de se rappeler la raison pour laquelle il était entré dans l'échoppe du tatoueur, mais il n'avait toujours pas les idées claires et regarda les motifs au mur en plissant un œil. L'odeur de ses vêtements commença à se faire sentir dans la pièce chauffée. Le marin s'en fut et Perry se retrouva sur le tabouret, en train d'ôter sa chemise.

– Z'êtes sûr que vous voulez un tatouage ? dit l'homme. Ça ne me plaît pas de travailler sur un gars quand il est ivre pour le voir revenir râler le lendemain matin.

– Pour quoi faire que vous croyez que je viens ici ? Ça ressemble pas à la gare routière, pas vrai ?

– Okay, soldat, qu'est-ce que vous voulez et où voulez-vous que je le mette ?

– Ch'suis pas soldat. Faites-moi un tatouage comme c't'écusson des Job Corps sur ma manche de chemise.

– Il faut que j'aie un modèle. Choisissez-vous quelque chose, là, sur le mur.

– Pourquoi le Job Corps, ça va pas ?

– J'ai tatoué à peu près la moitié de la base maritime, et j'ai tous les clients que je peux désirer. C'est moi le meilleur sur tout Asheville, et si vous n'êtes pas d'accord, vous pouvez toujours remonter jusqu'à l'une de ces boutiques qui vous empoisonnera le sang en vous piquant le bras.

– Mettez-moi un de ces gros drapeaux confédérés avec United Mine Workers of America en dessous.

L'homme lava la partie supérieure du bras de Perry au savon et à l'eau chaude, et lui passa la peau à l'alcool à l'aide d'un tampon de coton. L'alcool s'évapora, rafraîchissant le bras, puis Perry sentit l'aiguille pénétrer son épiderme et le brûler comme si on lui tenait une allumette enflammée près du corps. La douleur lui parut s'étendre, depuis l'épaule jusqu'au bas-ventre. Le sang perla à la surface de la peau en petites gouttelettes qui coulèrent sur le coude. L'homme s'arrêta un instant et lui nettoya le bras avant de poursuivre. Il lui fallut quarante-cinq minutes pour terminer le tatouage parce qu'il dut changer d'encre à trois reprises pour remplir le drapeau confédéré. À ce stade, le bras de Perry était tout engourdi. L'homme nettoya le tatouage une fois encore à l'alcool avant de le masser d'une pommade.

– Ça va se cicatriser et coller un peu aux vêtements la première semaine, dit-il. Simplement, ne le grattez pas et vous aurez un beau tatouage pour le restant de vos jours.

Perry remit sa chemise dans le pantalon et donna à l'homme ses cinq derniers dollars. Il sortit dans la rue sombre et sentit son bras se raidir et commencer à lui faire mal dans le froid. La circulation était plus fluide et le policier avait quitté son poste au coin de la rue. Perry traversa et se dirigea vers le parc de stationnement du YMCA. Des flocons de neige tourbillonnaient dans l'air et venaient se coller à ses cheveux et à son col de chemise. Il voulait encore boire un verre, mais il ne lui restait même plus un quart de dollar en poche. Il ne savait pas l'heure qu'il était et n'était pas sûr de savoir si le bus pour le camp n'était pas déjà parti. Il commença à paniquer, effrayé à l'idée d'être abandonné en ville sans argent, sans nulle part où aller. Comme l'avait dit L.J., songea-t-il, ils vont me mettre en prison et me laisser là. Vagabondage en état d'ivresse, trente jours. Les gens du camp ne sauront même pas où je me trouve. Et, ensuite, ils vont dire que j'ai déserté et me virer des Job Corps.

Perry tourna au coin de la rue, les bras raidis collés aux flancs sous le vent froid, et vit le bus dans le parc de stationnement. Il n'y avait personne à l'intérieur, à l'exception d'un membre des Corps à l'arrière. Perry poussa les portes pliantes avant de les reclaquer au moyen du gros levier fixé au-dessous du tableau de bord. Il s'avança dans l'allée, en s'accrochant au sommet des sièges pour conserver son équilibre. Il faisait froid même à l'intérieur du bus. Il voyait encore son haleine se changer en vapeur.

– C'est-y pas bon, c'est-y pas bien, Calmos le grand est de retour, tout baigne, dit Popcorn depuis le siège du fond.

Il portait une veste de sport et un pantalon lavande, ses chaussures de tennis élimées aux pieds, et sa casquette de marin rabattue sur les oreilles. Il buvait à même une bouteille de Moscatel.

– Mec, t'as l'air d'un désastre ambulant. C'est la Seconde Guerre mondiale qui se joue dans les rues ? La figure bleue, le bras en sang, et cette bonne odeur de vomi jaunâtre dans l'air. Mon coco, tu débarques en technicolor.

– Donne-moi un coup à boire.

– Vas-y doucement, mon frère. C'est avec ça qu'on fait voler les avions.

Perry avala une longue gorgée au goulot. Le vin avait un goût de lotion capillaire et d'alcool de bois.

– Vas-y mollo, dit Popcorn. Tu ne voudrais quand même pas gerber ce que t'as dans le coco deux fois le même soir. Qui est-ce qui t'a suriné au bras ?

– Je me suis fait tatouer. Ça m'a coûté cinq dollars.

Perry remonta délicatement sa manche. Le sang s'était coagulé sur la manche.

– À Cleveland par chez nous, c'est ce qu'on appelle un étendard de mauvaise augure, dit Popcorn. Du genre de ce que les fiers-à-bras agitent dans les airs en

Alabama pendant qu'ils jouent Dixie sur la tête d'un Noir. Qu'est-ce que ça dit en dessous ?

– United Mine Workers. Les Mineurs unifiés. J'ai travaillé un an et demi au fond avant de venir ici.

– Va pas aller t'afficher avec ça devant les Noirs ce soir quand ils auront bu un coup.

– 'Coute bien, j'affiche rien de rien devant personne, et j'ai rien à reprocher à aucun gars de ce camp. On a pas beaucoup de gens de couleur par chez nous, et je sais pas grand-chose sur eux. Ce qui fait qu'un drapeau comme ça, pour moi, ç'a pas ce sens-là.

Perry but à nouveau à la bouteille et la passa à Popcorn.

– Tu sais que t'es vraiment innocent, le grand. T'es tellement à côté de la plaque que les fiers-à-bras, là-bas, à Hough, y n'en croiraient pas leurs yeux qu'il existe des Blancs comme toi. Mais t'as tout le temps quelque chose qui te tracasse, et t'arriveras pas à tenir le coup aux Job Corps si tu ne te dégages pas la tête du bloc de béton qui pèse dessus.

– Y a rien du tout qui me tracasse.

– T'es pas en train de t'adresser à un poulet au coin de la rue. Je t'ai entendu dire des trucs dans ton sommeil. Et puis de temps en temps, tu regardes le mur comme si t'étais shooté.

– Qu'est-ce que j'ai dit ?

– Ç'a pas d'importance pour moi, ce que t'as dit. Par chez nous, la seule chose qu'on ait en guise de loi, c'est un doigt d'honneur, parce que la loi, c'est M. Peau-blanche avec son uniforme bleu et une matraque.

Perry reprit la bouteille et la vida jusqu'à la dernière goutte. Il sentit que son corps se réchauffait à nouveau.

– Si j'avais la police aux trousses, je viendrais pas

m'installer dans un camp du gouvernement où y peuvent venir me mettre la main dessus dès qu'ils en ont envie.

– C'est toi même que tu fais marcher, pas Popcorn. Je sais où tu les as attrapés, tes serpents. J'ai fait un truc pareil que toi, moi aussi, à une occasion. Quand j'avais quatorze ans, on était en bagarre avec des Blancs de l'Indiana dans le lotissement de l'assistance voisin. On a dit à leur seigneur de guerre de venir dans notre territoire pour une trêve. Je l'ai conduit jusque derrière une boutique, et le reste des mecs lui est tombé dessus. C'était le plus duraille de tous les mecs qu'ils avaient jamais eus. Il avait fait sauter un œil à mon frère à coup de chaîne et coupé deux autres gars la semaine précédente. Je les ai regardés pendant qu'ils le tabassaient dans l'allée. Le pauvre matou a essayé de fuir, ils lui ont remonté les couilles à coups de pied. Il s'est même mis à genoux et il les a suppliés avant qu'ils le lardent au surin. J'avais tellement la trouille, j'étais tellement mal à regarder faire ça que je me suis dégueulé dessus et je n'ai pas arrêté d'avoir des haut-le-cœur, sans plus rien à vomir, là, sur place, dans l'allée. Je n'arrivais pas à me débarrasser de cette image, le mec en train de supplier, jusqu'à ce que ma mère m'emmène voir le rebouteux de cervelle. Et, malgré ça, il m'a fallu un an pour remettre les serpents au panier.

– Je ne voulais pas le faire, dit Perry. On ne savait pas qu'il y avait quelqu'un là-haut, sur le dépôt de charbon. Alors j'ai entendu son hurlement qui est sorti de l'incendie. On le voyait bien, comme s'il avait des éclairs qui lui couraient sur tout le corps. C'était rien qu'un jaune de Virginie de l'Ouest, mais on avait pas besoin de tuerie.

– Mais c'est arrivé quand même, pas vrai ? Et ç'aurait pu être toi au lieu de lui, ou bien ç'aurait pu être moi dans cette allée au lieu de ce mec de l'Indiana. Tu n'avais pas prévu de faire ça, mais c'est comme ça que ça s'est passé. Mec, tu sais donc pas que tu ne peux pas tirer toutes les ficelles tout le temps ?

– Ce gars, y devait probablement avoir de la famille quelque part, même si c'était un jaune. Y z'ont jamais retrouvé assez de morceaux de lui pour pouvoir dire qui il était.

– Et alors ? Tu vas te faire du mouron là-dessus jusqu'à ce qu'ils te prennent dans le filet pour te conduire chez les givrés ?

– Je veux pus en parler.

– Bon, très bien, le grand.

Perry regarda par la fenêtre et vit quinze membres des Corps accompagnés du chef de chambrée qui descendaient la rue direction le bus. Le chef de chambrée les avait rameutés dans les bars au cours de la dernière heure, et la plupart étaient ivres à un degré ou à un autre. Ils avaient la chemise sortie du pantalon, les cheveux dans les yeux, deux de la troupe devaient être portés, et les Indiens hurlaient comme des Apaches dans un film de série B. Un jeune Nègre escalada un haut talus en remblais et joua à la luge humaine avec un autre membre du Corps sur le dos. Ils glissèrent sur la pente dans la neige et atterrirent tête en avant au milieu du trottoir.

Une fois tous les passagers montés dans le bus, le chef de chambrée alluma le plafonnier et se posta au bord de l'allée. Quelques-uns des garçons s'étaient déjà assoupis sur leur siège.

– Les mecs, vous allez le sentir passer pour ce que

vous avez fait, dit-il. Tous autant que vous êtes, vous êtes bons pour tailler la glace les deux semaines à venir. Fermez-moi cette fenêtre.

– James va recracher ses biscuits encore un coup, dit Popcorn.

## 4

À leur arrivée au camp, le chef de chambrée et trois autres pensionnaires durent porter Perry jusqu'au cantonnement. Il fut malade toute la journée de dimanche avec la gueule de bois, et resta allongé sur sa couchette, tremblant de nausées, la tête battant d'une migraine. Il essaya bien de manger au repas du soir, mais fut incapable d'avaler la moindre bouchée de nourriture et dut ramener son plateau intact au guichet des cuisines. Le lundi matin à l'appel, il fut dispensé de cours et on lui dit de se présenter au rapport dans le bâtiment administratif devant une commission d'examen. À l'extérieur du bureau du directeur, une douzaine de membres des Corps étaient assis sur les bancs de bois, attendant d'être appelés. Il s'agissait de garçons qui étaient rentrés ivres dans le bus ou qui avaient déjà été affectés à l'équipe de piste pour raisons disciplinaires. V'là une belle troupe à laquelle tu viens te mêler, songea Perry. Y en a pas un qui en a fichu une ramée depuis son arrivée, et moi je me retrouve avec ces mecs-là.

Le directeur appela Perry dans son bureau lambrissé de pin aux odeurs d'huile de lin et de fumée de cigare. Trois autres forestiers et le responsable du programme d'enseignement occupaient des fauteuils de cuir, un calepin sur les genoux. Perry s'assit devant le bureau et regarda le sol. Il regrettait de n'avoir pas mis son uniforme de parade ce matin au lieu de ses treillis. Il commença à s'imaginer que son tatouage s'était remis à saigner et qu'il se voyait à travers sa manche de chemise.

– Vous savez pour quelle raison vous êtes ici, Perry ? dit le directeur.

– Oui, monsieur.

– Je veux dire, savez-vous que nous envisageons de vous exclure des Job Corps ?

– Vous m'avez prévenu la dernière fois que ch'suis venu ici.

– Comment jugez-vous votre attitude ? dit l'un des forestiers.

Sa voix était égale, sans trace d'accusation.

– J'm'ai mal conduit et j'ai pas fait mieux que les gens qui fréquentent les tavernes à plaisir. J'ai donné ma parole au directeur et à l'instructeur d'engins que j'causerais pus d'ennuis. Mais j'l'ai quand même fait. Ch'suis désolé et j'regrette, et y a pas grand-chose d'autre que j'peux dire.

– Saviez-vous que vos professeurs de maths et de lecture vous ont recommandé au poste d'adjoint au chef d'équipe ? dit le directeur. Votre instructeur dans le domaine pratique m'a dit que vous serez le meilleur membre de son équipe lorsque vous aurez compris que vous ne pouvez pas être premier en tout en quelques semaines. Vous ne seriez pas ici si nous n'avions rien à vous enseigner.

– Je viens ici pasque je sais que ch'peux rien faire d'aut' que manœuvre à la mine ou coupeur de tabac. Et ch'peux pas revenir à rien de tout ça. M. Henson m'a passé un savon pasque j'avais arraché votre panneau de signalisation sur la piste et écrasé une tronçonneuse. Il m'a remis dans l'équipe de graissage, et il avait raison de le faire. Mais j'ai travaillé dur pour lui, et il dit qu'il me remettra sur le bull la semaine prochaine.

– Et la séance d'ivrognerie en ville alors ?

– Je touche pus une goutte de whiskey ou de vin tant que je serai dans ce camp. Je me dis que ça m'a déjà causé assez d'ennuis.

– Pensez-vous que vous puissiez vous plier à nos propres règles et pas aux vôtres ? dit le directeur.

– Oui, monsieur.

– Quelle est votre impression des Job Corps ? dit l'autre forestier.

– J'ai jamais eu de meilleure occasion à rien.

– Très bien, nous allons vous garder, dit le directeur. Mais je vous donne deux semaines de consigne au camp. Pas de matches de football, pas de patinoire, pas même une balade à pied dans les bois. Et huit heures de corvée supplémentaire et une amende de cinq dollars pour avoir perdu votre veste. Pensez-vous que ce soit trop dur à encaisser ?

– Non, monsieur, mais je préfère que vous me donniez un supplément de corvée au lieu de retenir sur ma paie. Les cinquante dollars que le gouvernement envoie à la maison, c'est pas assez pour aider ma famille comme elle est aujourd'hui. Mon père est papa-papy, et ce qu'il touche, ça couvre à peine le crédit au magasin.

– Vous étiez pourtant tout à fait prêt à dépenser tout votre argent en alcool.

– Ça, c'est pasque j'étais ivre et je m'obstinais à essayer de savoir jusqu'où je pouvais aller en faisant l'imbécile. Mais je vais pus avoir l'occasion de gaspiller mon argent au saloon, pasque vous me reprendrez plus à Asheville d'ici que je touche mon billet d'avion pour rentrer à la maison.

Le directeur donna à Perry cinq heures de corvée supplémentaire en lieu et place d'une amende. Perry accomplit ses treize heures en une seule semaine, en échangeant tous les soirs la corvée de cuisine avec un autre pensionnaire. Il avait habituellement droit à la corvée de vaisselle des casseroles et marmites, le pire poste de toute la cuisine, et il restait posté derrière le guichet, dans la vapeur du lave-vaisselle électrique, et vidait les plateaux de la nourriture renversée et des mégots de cigarettes mouillés. Pendant sa consigne, il n'était pas autorisé à aller au-delà de la route qui desservait le camp, et il n'avait même pas le droit d'aller en ville dépenser ses quatre-vingt-cinq dollars de prime pour l'achat de vêtements civils. Il n'avait pas d'argent pour ses cigarettes, son dentifrice, ou ses lames de rasoir, et il passait ses week-ends au camp avec quelques rares autres garçons à jouer au billard, repasser les chemises pour dix cents la pièce, ou rouler des cigarettes à la machine pour deux cigarettes par paquet.

Sa consigne levée, il s'offrit pour seules sorties des voyages jusqu'à une petite ville au bas de la montagne pour assister au match de football contre le lycée local ou jusqu'à la patinoire à roulettes le mardi soir, à vingt-cinq cents le billet d'entrée. Il commença à envoyer la moitié de sa paie à la maison, et il se faisait habituellement deux dollars le samedi et le dimanche en se chargeant de la corvée de cuisine à la place d'un autre.

Un mois plus tard, une lettre de félicitations fut jointe à son dossier par le directeur. Perry en reçut une copie carbone sur du papier à lettres du Service des forêts orné d'un gros sceau des Job Corps juste sous l'en-tête, et il dut demander à l'un des instructeurs de l'aider à lire quelques-uns des mots à rallonge.

Un après-midi, après une balade en forêt à la recherche d'objets d'artisanat indien, deux membres du Corps s'étaient séparés du groupe et ils avaient crapahuté jusqu'à une rive surplombant le vallon. Incapables de retrouver le chemin de la descente, ils commencèrent à appeler à l'aide ; mais personne ne fut capable de déterminer d'où venaient leurs voix à cause de l'écho. Puis l'un d'eux fit un signal lumineux à l'aide d'un miroir face au soleil. Les deux garçons étaient à soixante-dix mètres de haut à flanc de falaise. Ils s'étaient aplatis tout contre le rocher, leurs visages épuisés et blancs dépassant du rebord de la vire. Le permanent du camp essaya bien de monter jusqu'à eux, mais c'était un homme âgé originaire de New York, sans guère de condition physique, un gros rouleau de lard autour de la taille, et il avait glissé sur une pierre instable sept mètres au-dessus du sol pour tomber à plat dos en s'écorchant la peau sur le côté du visage. Perry lui prit la corde, la boucla en bandoulière sur la poitrine et escalada la face de la montagne. D'instinct, il plaçait toujours le pied dans la bonne fissure et montait, le poids du corps en appui sur une racine ou un relief de caillou qui ne cédaient pas sous la charge. Il savait la manière de s'immobiliser lorsque les rochers se mettaient à rouler sous ses pieds avant de dégringoler la montagne en cascade, ou de creuser du bout des doigts les emplacements dont la seule ouverture était une petite fissure causée par la dilatation de la glace. Juste avant qu'il atteigne le sommet de la falaise, il rencontra une caverne creusée à flanc de montagne avec une surface complètement lisse dessous. Il avait les deux pieds en appui sur une rive de sept centimètres. Il se lança en l'air de toutes ses forces et agrippa des doigts le rebord du sol de la caverne avant de se hisser à l'intérieur. Il dévida huit mètres de corde et attacha une lourde branche de chêne à une extrémité avant de balancer le tout au sommet de la falaise, vers les deux membres des Corps.

– Nouez-la autour de queq'chose qui risque pas de lâcher, dit-il.

– Je descends pas accroché à ce truc, dit l'un des garçons.

– Par le Seigneur, tu vas descendre, sinon je te laisse là et tu pourras mourir de froid avant que l'équipe de Rangers te retrouve. Maintenant attache-moi ça et bouge-toi le cul.

Perry lança la corde en un grand arc de cercle dans le vallon. Les autres membres des Corps, les yeux levés vers lui, étaient de petites silhouettes se détachant sur la verdure de fin d'hiver des buissons et les plaques de neige sur le sol. La corde pendulait d'avant en arrière devant la caverne.

Le premier gars descendit devant Perry, une main après l'autre, le visage vidé de son sang par la peur.

– Enroule tes jambes autour de cette corde, dit Perry. Si tu glisses, ne lâche pas, même si tu te brûles les mains en moignons.

Il regarda le premier gars qui fermait les yeux et descendait péniblement bien en dessous de lui. Les collines fortement boisées et le ruisseau qui s'étirait en méandres dans le vallon lui apparaissaient miniatures avec la distance.

Le second membre des Corps refusait de quitter la vire. À un moment, il se saisit de la corde et commença à ramper en reculant jusqu'à ce que ses pieds dépassent dans le vide ; il remonta alors et s'allongea à plat ventre, agité de tremblements, sur le rebord rocheux. C'était un gamin frêle, âgé de seize ans, qui était au camp depuis une semaine, et dont le visage offrait l'expression vide et effrayée des déficients mentaux.

– Je ne peux pas monter te chercher. Y a aucun moyen pour que je remonte sur la vire, dit Perry. Laisse-toi glisser sur moi, je me mettrai en dessous et on descendra ensemble.

– On va s'écraser sur les rochers.

– Non, on va pas s'écraser. Tu te souviens de ce qu'on t'a dit quand t'es arrivé au camp ? C'est une organisation d'hommes et c't'en homme que tu dois te comporter. Et maintenant descends jusqu'ici.

– Ch'suis couvert de sueur. Je peux pas tenir la corde.

– Je peux nous tenir tous les deux si tu laisses faire. Tu peux pas descendre d'une autre manière, alors autant te le mettre dans la tête tout de suite si tu peux. Garde les yeux fermés et laisse glisser tes jambes sur mes épaules. Nom de Dieu, fiston, descends de là qu'on puisse aller dîner.

Le second gars des Corps recula centimètre après centimètre et commença à se laisser glisser le long de la corde. De petits cailloux se mirent à rouler de sous son corps. Les jointures de ses mains sur la corde étaient blanches comme l'os. Perry attrapa le mou du cordage qu'il tendit jusqu'à ce que le garçon atteigne l'embouchure de la grotte avant de balancer sa corde vers l'extérieur et se saisir des jambes du garçon qu'il plaça sur ses épaules. Ils descendirent ensemble, péniblement, les mains entaillées par la corde, tandis que leur poids les faisait penduler violemment contre la face de la montagne. Perry saignait des deux coudes, et il avait le cuir chevelu entaillé juste au-dessus de la limite des cheveux. Le médecin du camp allait par la suite sortir des débris de pierre de la blessure à l'aide de brucelles et lui placer quatre points de suture.

Une semaine plus tard, après avoir reçu sa lettre de félicitations, Perry fut promu au poste de chef d'équipe adjoint avec une augmentation de salaire de quinze dollars. Au cours des trois mois qui suivirent, il progressa dans sa classe de lecture et fut capable de lire la plupart des mots d'un journal. Il avait franchi le cap de la soustraction, de l'addition et des fractions, et l'instructeur l'avait fait passer aux nombres décimaux. En tant que chef d'équipe adjoint, il était responsable d'un groupe d'apprentis de la classe bulldozer, vérifiait toutes les tronçonneuses et les haches de la cabane à outils, et s'assurait que les machines soient graissées, plein de carburant fait, après l'appel du matin. Son corps s'était étoffé et endurci, et sa peau avait le hâle brut qui vient du travail en plein air sous la réfraction du soleil sur la neige. Il se faisait couper les cheveux toutes les deux semaines et, même pour le travail, il portait une tenue kaki empesée.

L'instructeur de formation pratique lui dit, trois mois encore, et il en saurait suffisamment sur les engins lourds pour obtenir son livret d'apprenti syndiqué, et Perry commença à faire des projets pour le jour où il irait à Cincinnati et se trouverait un boulot qui paierait trois dollars de l'heure. Il ne pouvait imaginer qu'un homme pût gagner vingt-cinq dollars par jour, où même plus s'il faisait des heures supplémentaires. Il ne pouvait croire que quiconque, hormis les exploitants de mines, pût posséder autant d'argent. C'était une somme suffisante pour avoir une maison avec l'eau courante, comme au camp, ou pour emmener Irvin chez un bon médecin, un spécialiste, ou encore pour acheter un réfrigérateur électrique et le remplir de plus de nourriture que sa famille pourrait jamais avaler. Et il resterait de l'argent pour aller au cinéma le samedi après-midi, acheter de nouveaux vêtements à ses frères et sœurs et peut-être même s'offrir une voiture pour aller au bal à la Winfro Valley Barn. Il n'y aurait plus de cahute de la compagnie à flanc de montagne, plus de haricots verts et jarret de jambon tous les soirs pour dîner, plus cette odeur de terril en train de se consumer dans l'air.

⁂

Le printemps arriva sur les Smoky Mountains avec des averses de tonnerre tous les après-midi. La neige fondit au sol, à l'exception de zones ombragées sous le couvert des arbres, et la nouvelle herbe brillait d'un vert clair à flanc de collines. Au matin, l'eau dévalait de la montagne et s'accumulait en flaques sur le goudron des chaussées avant de disparaître en vapeur aux premières lueurs du soleil. Un jour, les cornouillers s'épanouirent soudainement et le bleu-vert uniforme des mélèzes et des sapins se rompit sous le semis des fleurs blanches. La température restait toujours inférieure à zéro la nuit, et les berges des ruisseaux se couvraient encore de glace, mais les journées devenaient chaudes et claires, les faucons volaient haut dans le ciel lumineux au-dessus des montagnes. Les fermiers commencèrent leurs labours dans le vallon en prévision des plantations de tabac, et l'air se chargeait d'une odeur de terre neuve et de guano.

Un orage éclata un après-midi alors que Perry nettoyait une route dans les bois au bulldozer. Il prit son ciré posé derrière le siège du conducteur, l'enfila sur ses épaules et mit ses lunettes de mécano pour se protéger les yeux de la pluie qui lui fouettait le visage en tourbillonnant sous le toit de la cabine. En une demi-heure, la terre fut détrempée et l'argile mouillée volait en l'air sous les chenilles du bull. Perry abaissa la lame et poussa un tas de souches et de branches par-dessus le rebord de la falaise jusque dans le lit de la rivière en contrebas. Il recula, releva la lame, et deux membres du Corps terminèrent le travail à la pelle.

– Arrête le moulin et retournons au camion, dit l'un des garçons.

C'était le grand costaud de Georgie, du nom de Birl, que Perry avait vu abîmer sa lame de tronçonneuse contre un rocher quatre mois auparavant. Ses treillis délavés avaient viré au vert olive sous la pluie. La pluie dégoulinait de la visière de sa casquette. On l'avait mis de corvée de débroussaillage pour s'être battu, et il devait passer devant un conseil de discipline la semaine suivante.

– M. Henson a dit qu'on part pas avant cinq heures. Il veut que cette route soit nettoyée, qu'on voie plus que le goudron, dit Perry.

– J'ai assez de jugeote pour pas rester sous la pluie, même si c'est pas son cas.

Son œil se plissait lorsqu'il regardait Perry. Il était bâti en force, et les muscles de ses bras et de ses cuisses tendaient le tissu de ses vêtements. Il avait le visage blanc, sans trace de hâle, les joues profondément grêlées. Son pantalon et ses bottes de caoutchouc étaient éclaboussés d'argile rouge. Des garçons au camp disaient qu'il portait un cran d'arrêt italien à l'intérieur de sa botte.

– Je te réponds juste ce que M. Henson a dit. Si tu veux y aller de ton coup de gueule, tu retournes là-bas et tu en discutes avec lui, dit Perry.

– Ton insigne de chef d'équipe t'autorise pas à nous faire marner comme des négros.

Perry repoussa l'accélérateur à main et coupa le contact.

– C'est pas pour moi que tu travailles. Je fais juste ce qu'on m'a dit de faire. J'aime pas plus que toi rester ainsi sous la pluie, mais on va quand même continuer à nettoyer cette route jusqu'au goudron.

– Pourquoi tu vas pas te faire foutre, péquenot ?

– 'Coute bien, j'accepte ça de personne, pas plus de toi que d'un autre. Tu t'es ramassé cette corvée pasque t'as tabassé un gars qui avait une tête de moins que toi. Je donnerais pas vingt sous pour un sac plein de mecs de ton acabit. Là-bas au Kentucky, tu ferais même pas un bon jaune. Les gens de ton espèce, ça fait la queue pour la nourriture au guichet de l'assistance et ça râle pasqu'on leur offre pas une chaise pour s'asseoir.

– Pourquoi on règle pas ça dans les bois ?

– Menace-moi de ce couteau et je te ferai passer le goût du pain.

– Pas de couteau. Rien que les poings et les pieds, dit Birl.

– Tu ferais mieux de la fermer et de ramasser ces broussailles pour les balancer dans le vallon.

– Je crois que t'as les foies au fond de toi, James.

– T'es arrivé à tes fins, mon pote.

Perry serra les freins du bulldozer et sauta de la cabine. La boue et l'eau éclaboussèrent son ciré. Birl se recula, une main serrée en poing, bras au côté.

– Non, y aura pas de bagarre, dit Perry. On va voir M. Henson.

– Tu crois que tu peux m'emmener jusque-là ?

– Je sais que je peux.

Birl mit la main à l'intérieur de sa botte en caoutchouc et fit jaillir la longue lame à double tranchant d'un cran d'arrêt italien. Le manche était en os. Il tint la lame devant lui, en la déplaçant latéralement.

– Je t'ai prévenu, mais t'as pas voulu m'écouter, dit Perry.

Il prit un marteau à panne ronde sur le siège du bull et le leva à niveau d'épaule. Un éclair éclata dans le ciel et vint frapper la montagne à l'autre extrémité du vallon. La pluie battante leur tombait dans les yeux.

– Tu sais ce que je peux faire avec ça ? Ta tête, elle va ressembler à un pot de fleurs cassé. Jette-moi ça par terre et descends la piste.

– Écoute, James…

– Je suis sérieux, nom de Dieu. Balance-moi ça. Tu m'as déjà pris assez de temps comme ça. Je vais pas continuer à travailler sur c'te route après cinq heures à cause de toi.

Le garçon laissa tomber son couteau sur la route et s'engagea sur la piste. Perry jeta son marteau dans la cabine et le suivit. La faible lumière de l'après-midi perçait la couverture dense des arbres et éclairait le sol de la forêt couvert d'aiguilles de pin. M. Henson était aux commandes de la pelleteuse en compagnie d'une équipe des Corps sur une falaise d'argile qui s'élevait au-dessus de la rivière. Le godet dégageait une tranchée en soulevant ses charges de terre mouillée et de racines d'arbres brisées. Certains parmi les membres des Corps tremblaient de froid sous la pluie. M. Henson mit son engin au point mort et le laissa tourner au ralenti lorsqu'il vit Perry et Birl s'approcher.

– Pourquoi vous êtes pas là-bas, avec le bull ? dit-il.

– Y veut pas travailler et y m'a menacé d'un couteau, dit Perry. Je veux pus de lui dans mon équipe.

– Où est le couteau ? dit M. Henson.

Ses lunettes de mécano se perlaient de gouttes d'eau.

– Y est là-bas par terre sur la piste, mais ç'a aucune importance pasqu'il aura pas l'occasion de l'utiliser. Je vais le signaler dans mon rapport au directeur comme ça ils pourront lui préparer son sachet-repas et son billet de bus.

– Y est venu sur moi avec un marteau, dit Birl.

– J'ai fait ça quand il a ouvert son étripailleur. Et j'avais bien envie de lui fendre le crâne, en plus.

M. Henson descendit de sa pelleteuse, ôta ses gants de tissu et alluma une cigarette. Le papier blanc se marqua de gouttes de pluie. Il fuma calmement pendant quelques instants et recracha les brins de tabac qu'il avait sur la langue.

– L'un de vous autres, les garçons, va aller me chercher ce couteau au pas de course et me le rapporter. Perry, mets la bâche sur ton engin et ramène le camion pour récupérer ton équipe. On ne va rien pouvoir faire de bien sous cette pluie.

– Z'avez pas entendu ce que j'avais à dire, dit Birl. Est-ce que je me fais virer pour avoir un surin quand un gars me menace d'un marteau ?

– Est-ce que tu as refusé de travailler ?

– Je lui ai dit que c'était idiot de rester sous la pluie. Vous venez bien de dire pareil, pas vrai ?

– Mais ce n'est pas à toi que je l'ai dit, répondit M. Henson. Quand l'un de mes chefs d'équipe te dit de te mettre au boulot, c'est exactement comme si tu l'entendais de ma bouche. Je ne suis pas absolument sûr de savoir qui a sorti le marteau ou le couteau le premier, mais chaque fois que je t'ai eu dans mon équipe, tu m'as créé des ennuis, et j'en ai ma dose.

– Vous voulez dire que, dans cette école, un homme reçoit une augmentation de salaire et l'un de ces insignes pour s'être dégonflé pasqu'il avait pas assez de couilles pour régler ça dans les bois ?

– Je vais te rendre service, fils, dit M. Henson. Monte dans le camion, reste tranquille jusqu'à ce qu'on soit de retour au camp, et je ferai en sorte que tu sois sur le chemin de retour pour Macon dès demain. Continue à me casser les pieds et je vous laisse, James et toi, quinze minutes dans les bois, seul à seul, et après je viendrai te ramasser par terre pour te porter jusqu'au camion.

Perry conduisit le camion bâché de toile dans la boue, et les équipes des Corps balancèrent tronçonneuses et outils à l'intérieur avant d'escalader le hayon. Une flaque d'eau s'était accumulée au centre de la toile qui dessinait un gros ventre entre les ridelles de bois en arceaux à l'arrière du camion. Un des garçons repoussa la poche d'eau d'un manche de houe et l'eau dégoulina en rigoles sur la piste. Perry descendit de la cabine et céda la place à M. Henson pour le trajet de retour au camp sur la chaussée goudronnée.

– Vous pouvez monter ici, et l'un des autres gars

peut aller derrière, dit M. Henson. Je ne veux pas m'arrêter en route et être obligé de vous séparer.

– Y aura pas besoin de ça, dit Perry.

Il se tracta au-dessus du hayon et s'assit, dos aux planches de bois qui doublaient l'intérieur du camion. La pluie zébrait et tachait les planches. Il dénoua les lacets de cuir de ses brodequins et se frotta la peau irritée à l'entour des chevilles, puis il sortit son paquet de tabac Bugler et ses feuilles avant de se rouler une cigarette.

La plupart des gars étaient épuisés. Leurs habits trempés collaient à leurs longs sous-vêtements, leurs visages et leurs cheveux étaient semés de parcelles boueuses, la peau des mains pincée et flétrie d'être restée mouillée une journée durant. Ils fumaient paisiblement, se repassant les mégots les uns aux autres. De temps à autre, un des Indiens crachait un jet de chique par-dessus le hayon. Birl était assis contre la cabine, ses longues jambes étalées devant lui, un regard peu amène fixé sur Perry.

– Je vais te tanner le cul pour ça, James, dit-il.

Perry ne dit rien. Il finit sa cigarette, déchira le papier le long de la collure et laissa les brins de tabac tournoyer dans le souffle du vent.

La pluie avait délavé la montagne et recouvert de boue les trottoirs du camp. D'énormes flaques d'eau s'étaient accumulées dans les zones basses, et le tonnerre faisait résonner la tôle des bâtiments. Les membres des Corps de retour du travail se mirent à courir vers les cantonnements, en ciré et bottes de caoutchouc. La foudre avait frappé un arbre qui était tombé sur une ligne électrique, coupant net la moitié de l'éclairage du camp. Une fois son camion vidé de ses passagers, Perry le conduisit sur huit cents mètres de route schisteuse jusqu'au hangar à matériel et revint sous la pluie battante au bâtiment administratif. Il lui fallut vingt minutes pour rédiger les cinq phrases de son rapport d'incident en grosses lettres capitales, puis il l'emporta au bureau du directeur.

– Êtes-vous certain de ne pas avoir été le premier à sortir ce marteau ? dit le directeur.

– Non, monsieur, il a sorti sa pique à grenouilles quand je lui ai dit d'aller râler auprès de M. Henson.

– Avez-vous un témoin ?

Les vêtements de Perry dégoulinaient d'eau sur la moquette. Il avait les traits tirés par la fatigue.

– Oui, monsieur, mais si vous devez faire appel à eux, cet insigne que vous m'avez donné signifie pas grand-chose.

– L'autre homme a droit lui aussi à être entendu.

– Il a pus rien comme droit après qu'il essaie de tailler un homme au couteau. Le règlement dit qu'un membre des Corps pris avec une arme se fait jeter le même jour. Quand vous m'avez nommé chef adjoint, vous avez dit que vous alliez me soutenir à fond tant que je reste dans la ligne. Eh ben, c'est ce que j'ai fait.

– Je ne pense pas que vous oubliiez jamais une chose qu'on vous a dite, n'est-ce pas ? dit le directeur. J'accepte votre parole et je n'en ai jamais douté. Mais il y a un certain nombre d'étapes de procédure à respecter que vous ne comprenez pas avant que nous expulsions un garçon du camp. Allez vous changer et descendez au réfectoire avant qu'ils arrêtent le service.

Une fois dehors, Perry tira son ciré sur sa tête et emprunta la piste d'argile lisse au milieu des pins, qui menait au cantonnement. Il ôta ses vêtements mouillés, les essora dans l'évier et les fourra dans son sac de toile. Il se doucha à l'eau chaude, se lava les cheveux de toute leur boue et se frotta le corps d'une serviette. Le drapeau confédéré sur son bras brillait de rouge et de bleu et contrastait avec la pâleur de sa peau. Il revêtit pantalon marron, chemise de lainage doux et mocassins qui lui avaient été attribués au titre de tenue civile ; il enfila un imperméable de pluie transparent et se rendit au réfectoire. Ce soir-là, il y avait au menu steak de jambon, riz et jus de viande, maïs en épi bouilli et glace. Perry fit deux passages dans la file de service avant de travailler une heure en bibliothèque sur son livre de lecture.

Un film était prévu ce soir-là, mais la ligne électrique n'avais pas été réparée et il n'y avait pas d'électricité dans le foyer. La pluie commença à diminuer d'intensité, et Perry retourna au cantonnement dont les occupants avaient allumé des bougies qu'ils avaient collées sur les bords de fenêtres. La pluie ressemblait à des perles de cristal sur les vitres. Plusieurs garçons jouaient au billard et Perry entendait rouler les dés sur le carrelage de la salle de bains. Les jeux d'argent n'étaient pas autorisés dans le camp, mais aucun des adjoints aux chefs d'équipe ni le permanent n'avaient jamais signalé une partie de dés si celle-ci ne débouchait pas sur une bagarre.

Popcorn avait mis son électrophone à piles à plein volume. Il dansait en solitaire dans le couloir, la lumière des bougies tressautant sur son visage. Il portait un long peignoir à rayures, des pantoufles doublées de fourrure qui lui montaient au-dessus des chevilles, un pyjama à motifs de demi-lunes, et un bas nylon de femme tiré serré sur les cheveux. Il fumait, un fume-cigarette aux lèvres, et tournait en cercles.

– Écoute-moi ça, dit-il. C'est le boute-joie du Mississippi. Eh oui, c'est lui, M. Jimmy Reed en personne. Et tout à côté, nous avons son grand secrétaire d'État arrivé un peu tard, M. James Brown. Il est givré, on ne le voit plus, mais qu'est-ce qu'il allume. J'ai peut-être la tête envapée, mais est-ce que ch'suis pas beau ?

– Où t'as eu ta colle ? dit Perry.

– Pas de colle, mec. Fini ce numéro-là. Je supporte plus tous ces gros serpents qui viennent me ramper derrière les yeux le lendemain. Aujourd'hui, je ne plane bien qu'avec ce bon spotioti que mes frères de cœur et d'âme me ramènent après la tournée du dentiste. C'est jaune, c'est doux, ça coule et ça roule, et ça te décollerait la peinture du mur.

– Balance-moi ça derrière la baraque avant que le permanent revienne, dit Perry.

– Calmos, est-ce que tu crois que je vais donner mon bon muscat à ces bûcherons de Caroline du Nord ? Je n'ai pas payé soixante-quinze cents de bon argent durement gagné pour arroser la terre sudiste.

– Tu es partant pour les satisfactions avec augmentation de salaire. Fais rien pour bousiller ça.

– Mec, j'ai pas fait une heure de corvée depuis que je suis arrivé au camp. Et ça, parce que je perds pas mon sang-froid devant les mecs qu'y faut pas. À Hough, t'apprends à ressembler de la tête aux pieds au bon petit élève du catéchisme quand tu traites avec le Grand Patron. C'est une bonne chose à connaître, le grand. Tu peux t'éclater et planer tous les jours tant que t'as belle allure devant le blandin dans la rue.

– Ça t'aidera quand même que dalle si le permanent te renifle ça sur toi au moment du contrôle de chambrée.

Popcorn mit la main à la poche de sa veste et en sortit une bouteille de vin synthétique. Il en dévissa la capsule et but une gorgée.

– Comment qu'on dit, petit ? C'est le *Thunderbird*, le tonnerre dans la bouteille, dit-il.

Le vin lui coula sur le chaume de barbe qu'il avait au menton.

– Mets cette foutue bouteille dans ton casier et passe à la douche, dit Perry.

– Tu débarques comme la cavalerie avec ta morale, dit Popcorn. Bois donc un coup de spotioti et arrête de laisser ct'insigne te bousiller la tête. Qu'est-ce que j'ai entendu dire, comme quoi tu jouais au marteau sur la tête des gens ?

– J'ai frappé personne à coups de marteau.

– On dit que Birl avait l'air d'avoir chié dans le froc quand tu l'as amené devant Henson.

– Y m'a pas donné le choix quand y m'a menacé de son couteau.

– Quelqu'un aurait dû lui régler son compte, à ce blanc-bec il y a longtemps.

Perry regarda par la fenêtre zébrée de pluie et vit un homme courir, plié en deux, au milieu des arbres, en direction de la porte d'entrée du casernement. Les montagnes ressemblaient à des blocs de fer dans l'obscurité.

– Le permanent est revenu. Débarrasse-toi de cette bouteille, dit-il.

– Pas bibi, ça roule pour lui. Popcorn, y va se coller sous les draps avec son carafon marron et vous, les matons, vous pourrez toujours vous faire du mouron avec le patron. Bonne nuit, mon frère.

Le jeune Nègre retourna à sa couchette, prit une torche et un illustré sur sa table de nuit, et se faufila sous les toiles avec sa bouteille. Il tira la couverture au-dessus de sa tête, releva les genoux pour s'en faire une tente et alluma sa torche. Perry l'entendit rire sous sa couverture.

– L'Homme Plastique, c'est un personnage ! Il est aussi élastique que du caoutchouc, dit Popcorn. Je parie qu'il a une queue de dix mètres !

Perry prit une fine roulée de tabac Bugler de la boîte métallique sur sa table de nuit et l'alluma. Il inhala la fumée et sentit la fatigue de la journée lui rouler par tout le corps. Il ôta chemise et chaussures, s'allongea sur le lit et écouta la pluie battre le toit. Il aurait droit à deux heures de corvée samedi si on le surprenait à fumer au lit, mais, pour l'instant, il s'en fichait. Le tonnerre résonnait en écho dans la vallée et faisait vibrer les vitres des fenêtres. Deux gars des Corps avaient sorti des gants de boxe du quartier permanent et, dans l'obscurité, se livraient un assaut dans le couloir, en faisant claquer le cuir et les lacets dénoués à la figure de leur vis-à-vis. Perry était responsable de l'inspection lors de l'appel, le lendemain matin, et il allait devoir manger avec le personnel de cuisine à cinq heures moins le quart. Il éteignit sa cigarette, colla l'oreiller sur sa tête et essaya de s'endormir, mais les deux boxeurs continuaient à se cogner aux murs, et les joueurs de billard au foyer hurlaient à chaque point marqué.

Perry s'assit sur le bord du lit et se frotta le visage. Les muscles de son ventre plat étaient durs sous le T-shirt.

– Hé ! les gars ! z'êtes pas autorisés à vous servir de ces gants, dit-il.

– On a rien d'autre à faire. Tu veux qu'on passe la soirée allongés sur le pieu ? dit l'un des boxeurs.

– Tu nous colles une heure de corvée, Perry ? dit le second.

– Non. Allez vous bouger avec vos gants jusqu'au box voisin, et vous pourrez vous taper dessus toute la nuit, dit-il.

Les deux garçons allèrent dans la section voisine du casernement et Perry s'étendit sur sa couchette, le bras posé sur les yeux. Quelques minutes plus tard, les deux boxeurs étaient de retour dans le couloir, à aligner leurs coups, tandis qu'un troisième pensionnaire leur tapait sur la tête avec un coussin de fauteuil en cuir. Perry se leva et alla pieds nus au foyer pour regarder la partie de billard jusqu'à ce que le permanent arrive pour l'extinction des feux et oblige tout le monde à dormir.

Les membres du Corps avaient placé des bougies allumées sur des bouteilles vides aux quatre coins de la table de billard. Les ombres jouaient sur leur visage lorsqu'ils se penchaient pour aligner une boule. Les habituels paris en quarts et dixièmes de dollars étaient placés sur le tablier vert. Un Indien Pima originaire du sud de l'Arizona avait gagné sept parties d'affilée et il essayait de se trouver un adversaire à un dollar la partie.

– On la joue sur neuf boules, je vous donne l'ouverture et deux coups pour rien après, dit-il.

– Tu nettoies le tapis jusqu'à la dernière boule chaque fois que tu as la main, dit L.J.

– Je tirerai de la main gauche. Vous n'aurez jamais de meilleures chances.

– T'es trop doué, mec. Y a personne qui va te jouer ici, dit un grand Nègre.

Il avait le visage si noir qu'on le voyait à peine dans

l'obscurité. Il avait toujours sur la tête le béguin de toile de son casque de travail.

– Passe la queue et on rejoue à dix cents la partie.

– J'ai la queue tant que je gagne, dit l'Indien.

Il avait une grosse tête carrée et le nez plat, des épaules étroites et un ventre qui débordait du ceinturon. C'était le meilleur joueur de billard du camp et il gagnait sa vie en arnaquant les amateurs à Flagstaff avant de venir aux Job Corps.

– Prends-toi une queue, James. Et fais fortune en un soir, dit-il.

– Ch'suis pas très bon à ce jeu et je suis pas assez bête pour te payer ton week-end, dit Perry.

Du coin de l'œil, il vit Birl assis sur une chaise métallique contre le mur, qui l'observait.

– Je te mets un dollar contre tes cinquante cents, dit l'Indien.

– Je sais rien à rien du billard. Je te l'ai déjà dit.

– Passe cette putain de queue, dit le Nègre au béguin de toile. L'extinction des feux, c'est dans trente minutes.

– Dernière chance, visages pâles. Qui veut vaincre l'orgueil de la réserve Pima ? dit l'Indien. Vous écrirez à votre famille que vous avez battu le meilleur joueur de tout Flagstaff.

– James a qu'à jouer. C'est lui le balèze du quartier, dit Birl depuis sa pénombre.

Personne ne dit mot pendant un moment. L'Indien passa sa queue à la craie et se frotta les paumes de talc avant de faire rouler la queue sur le tapis pour vérifier qu'elle n'était pas gauchie.

– Vas-y et joue-le, kemosabe. Le chef touche une

prime tous les mois pour cafter les membres de son équipe, dit Birl.

– Arrête ces conneries, mec, dit l'Indien.

– Je me suis fait virer ce soir à cause de cet enculé. Viens pas me dire de m'arrêter, dit Birl.

– J'en ai ma dose de tout ça, Birl. Tu commences à me pomper l'air, dit Perry.

– Perds pas ton sang-froid, le grand, dit le grand Nègre.

– Le directeur dit que j'ai perdu les cinquante dollars qu'y mettaient pour moi à la banque pasque ch'suis renvoyé, dit Birl.

– C'est bien de ta faute. Perry y est pour rien, dit L.J.

– La ferme, Missis'sip. Je retourne à Macon aussi fauché que quand ch'suis arrivé et la raison de tout ça, c'est cet enfoiré.

– Va chercher le permanent, dit l'Indien à un des gars du Corps.

– On aura pas besoin de lui, dit Perry. Très bien, Birl, à la manière que tu voudras. Tu m'en as trop fait voir en une seule journée, et je vais te faire sauter ta foutue caboche.

– Ne perds pas ton insigne à cause de lui, dit L.J.

– Il a dégainé un couteau sur moi et j'ai rien fait. Il a menti à M. Henson à mon sujet et là non plus j'ai rien fait. Par le Seigneur, une ordure pareille va continuer à me cracher dessus comme ça et s'en tirer sans une égratignure. Tu m'entends, Birl ? On peut faire ça aux poings et aux pieds, ou alors, tu peux nous dénicher deux bouteilles de coke.

– Il essaie de te faire virer en même temps que lui, dit L.J.

– Y restera pas assez de morceaux de lui pour qu'y voie ça. Lève-toi, espèce de salopard, dit Perry.

– Les mecs, arrêtez de gueuler et laissez-nous dormir, hurla quelqu'un dans l'un des box.

– Laisse tomber, Perry. Ce gus en vaut pas la peine, dit le Nègre en prenant Perry par le bras.

Il faisait partie de l'équipe de boxe du camp, et les jointures de sa main ressortaient de la peau comme des pièces de monnaie.

– Lâche-moi, sinon je te passe dessus avant de me le faire, dit Perry.

– Hé ! mec ! c'est quoi tout ce bordel ici ? Vous me dérangez ma planante, les minets, dit Popcorn depuis l'embrasure de la porte.

Il avait sa bouteille de vin dans la poche de peignoir.

– Va dire au permanent de se bouger le cul jusqu'ici, dit l'Indien.

– Pourquoi pas donner au grand son marteau et lui laisser faire le tambour avec la tête de ce gus ? dit Popcorn.

– Lâche. Je te le répéterai pas deux fois, dit Perry.

– Tu vas nous la jouer mauvaise, mon frère, dit le grand Nègre avant de relâcher le bras de Perry.

Perry commençait à contourner la table de billard lorsque Birl se dressa vivement dans l'ombre en levant à deux mains au-dessus de la tête une queue de billard. Perry essaya bien de s'immobiliser en esquivant d'un côté, mais la queue retomba en coup de fouet en sifflant dans les airs et le frappa côté du manche en plein entre les deux yeux. Des éclairs colorés explosèrent dans son cerveau, et il eut l'impression que tous les os et le cartilage de son nez s'étaient fracassés en lui entrant dans le crâne. Il se cogna au mur et s'effondra sur les chaises pliantes avant de se remettre debout, les mains pressées sur le visage. Un torrent de sang coulait à travers ses doigts sur son plastron de chemise. La pièce tournoyait autour de lui en images floues, et il crut qu'il allait avaler sa langue. Il avait l'impression d'avoir reçu une décharge de fusil de chasse au beau milieu du visage. Il s'affala sur la table de billard, bras en croix, et regarda le vert du velours devenir mauve sous lui. Ses yeux étaient écarquillés, l'expression figée, et il voulait les refermer afin d'en chasser les éclairs lumineux, mais il sentait ses paupières collées à ses arcades. Puis il se mit à avoir des haut-le-cœur et se sentit glisser sous un nuage jaune et sombre. Il roula au sol en croyant entendre l'océan battre entre ses oreilles.

# 5

Perry se réveilla le lendemain matin à l'hôpital du comté. Les pansements et le sparadrap qui lui couvraient le visage en X lui faisaient l'effet d'une paire de lunettes de motard. L'arête du nez était enflée, collée à la gaze. La lumière au-dehors se reflétait avec éclat sur les carrés de neige en train de fondre sur la pelouse en façade. Il se redressa sur les coudes, et une douleur aiguë comme la glace lui transperça la tête. Sa lèvre supérieure portait de petites pastilles de sang séché. Le soleil dans la chambre illuminait tout d'un brillant dur, non naturel, qui lui faisait mal aux yeux. Il essaya de se rappeler ce qui était arrivé la veille au soir ; il se souvint alors de la queue de billard jaillissant du noir en trajectoire courbe et des yeux meurtriers de Birl derrière elle. Il sortit du lit en chemise et se dirigea vers la salle de bains ; mais la chambre lui donna la sensation de se redresser brutalement à l'oblique, et il vacilla en arrière pour retomber sur le lit. Le radiateur chuintait. Il voulait arracher le sparadrap de son visage, et il tira le bord du pansement jusqu'à en avoir les larmes aux yeux ; puis il se sentit se changer en chiffe molle et se laissa dériver dans la lumière froide du soleil par la fenêtre.

Il rêva de l'homme au sommet du dépôt de charbon, mais il n'éprouva cette fois aucune culpabilité. L'homme ressemblait à Birl, et Perry sentit à nouveau la fureur monter en lui. *Y nous ont pris notre travail et notre crédit, et après y m'attaquent au couteau.* Il respirait lourdement dans son sommeil. *Y aurait pas de problème s'y nous laissaient tranquilles. On demandait pas plus que ça. On devrait tous les arroser de térébenthine. Y s'essuient les pieds sur nous comme si on était des paillassons. Et ensuite, y z'essaient de nous rogner nos droits et de nous passer à tabac. Il a mérité ce qu'il a eu quand il est monté en haut du dépôt. Y nous z'aurait fait pareil si on l'avait pas eu les premiers.*

Perry se réveilla à nouveau au milieu de l'après-midi, le visage en sueur, un rai de soleil lui transperçant les yeux. Il dégagea les jambes de l'enchevêtrement des couvertures et s'assit au bord du lit, la tête en vertiges. Une fois le cerveau éclairci des brumes du sommeil, il vit une grosse infirmière en robe blanche empesée qui l'observait. Elle tenait un récipient en acier inoxydable dans les mains. Son cou gras débordait du col et elle portait les cheveux en boucles serrées collées à la peau.

– Eh bé, tu as dû en faire de mauvais rêves, dit-elle. Il a fallu que je vienne ici à trois reprises à cause de tout le bruit que tu faisais.

– Y a combien de temps que j'suis ici ?

– On t'a amené hier soir et tu as eu droit à treize points de suture au front et au nez. Tu ne te souviens pas ?

– Je me souviens de rien du tout.

– Tu t'es battu avec le médecin et tu as cassé un plateau de seringues. Ce qui devrait coûter quelques dollars au gouvernement, dit-elle.

– Où sont mes vêtements ?

– Tu ne peux pas partir avant la visite de contrôle. Veux-tu utiliser la cuvette ?

– Sortez-moi ce truc d'ici et trouvez mes vêtements.

– Je suis désolée, mais il va falloir que tu attendes le médecin.

– J'attends personne. Est-ce que cette route là-bas mène au camp ?

– Assieds-toi, sinon tu vas te remettre à saigner, dit-elle.

Il traversa la pièce d'un pas chancelant et ouvrit la porte du placard. Ses pantalon, maillot de corps, chaussures, vareuse de l'armée appartenant à Popcorn et une chaussette en coton, tous éclaboussés de sang, gisaient en tas sur le sol. Perry ôta sa chemise de nuit, s'assit par terre en caleçon court et commença à enfiler son pantalon. Il sentait que quelque chose s'était disloqué dans sa tête. Il n'avait plus aucun sens de l'équilibre, et il tomba sur le dos à plusieurs reprises avant d'être à même de boutonner sa braguette.

– Tu ne vas pas te comporter ainsi dans cet hôpital, dit-elle. Relève-toi immédiatement.

– Je n'ai pas demandé à venir ici, et pour sûr que je vais pas rester ici plus longtemps que j'ai envie.

– Je vais te faire une piqûre pour te remettre dans ton lit s'il le faut.

– Ça, pas question, pasque dans cinq minutes c'est sur cette route que je serai.

Il laissa ses chaussures délacées, enfila sa chemise sans la boutonner et mit par-dessus sa vareuse de l'armée dont il tira la fermeture Éclair. Il fourra la chaussette de coton dans sa poche et se remit debout.

– Reviens ici, dit l'infirmière.

– Je suis déjà parti, m'dame. Gardez vos cuvettes pour quelqu'un d'autre.

La porte pivota et un jeune interne vêtu de blanc jeta un regard peu amène à Perry. Il avait le visage pâle et aseptisé, de grosses lunettes à monture noire sur son nez mince. Il rappela à Perry l'employé du magasin de la compagnie.

– C'était vous qui faisiez tout ce boucan ? dit l'interne.

Il avait dû abandonner son patient, un peu plus loin dans le couloir, pour se rendre jusqu'à la chambre de Perry.

– Il a refusé de regagner son lit, dit l'infirmière.

– Où donc vous croyez-vous ? dit l'interne. Quand on est à l'hôpital, on fait ce qu'on vous dit de faire.

– J'ai le droit de partir quand je veux, pas vrai ?

Perry se retenait au bouton de la porte pour conserver son équilibre.

– Vous n'irez nulle part tant que vous n'aurez pas satisfait à votre visite de contrôle. Vous n'êtes pas dans la rue où vous pouvez jouer au fier-à-bras, dit l'interne.

– Je ne fais le fier-à-bras avec personne, et c'est pas votre costume blanc qui vous donne le droit de me dire ce que je dois faire.

– Dois-je appeler les hommes de salle, docteur ?

– Non, un ranger du Service des forêts l'attend. Faites-le sortir d'ici.

– C'est tout à fait logique, pas vrai ? dit Perry. On se tape tout ce tralala, et vous étiez prêt à me laisser aller de toutes façons.

– Sortez, dit l'interne. Et allez dans un autre hôpital vous faire enlever ces points de suture.

Perry emprunta le couloir jusqu'à la salle d'attente. Il n'arrivait pas à chasser ses vertiges de la tête, et les lampes jaunes au plafond qui se reflétaient sur le plâtre fissuré lui faisaient cligner des yeux. M. Henson signa au bureau la facture d'hospitalisation de Perry, et ils sortirent sous le froid en ce jour de début de printemps. Les montagnes étaient vert et bleu sous le soleil éclatant et elles paraissaient s'étirer sans fin dans le lointain. Perry dut se protéger les yeux pour regarder les capuchons de neige sur les crêtes.

Ils revinrent par la chaussée goudronnée dans un camion fourre-tout de la marine qui brinquebalait et couinait à chaque bosse de la route. La neige fondante avait donné aux pins et aux épicéas un vert plus profond, et les ruisseaux qui couraient sous les ponts étaient larges, d'un jaune sableux. Perry vit une marmotte se dresser dans l'herbe sur le bas-côté de la chaussée. Elle était grosse et dodue, la queue en panache comme celle d'un lapin, et Perry se souvint du temps où il en capturait à l'aide d'un appât de maïs séché sous un cageot à pommes en équilibre sur un bâton. Dans l'est du Kentucky, on appelait les marmottes les « cochons siffleurs » à cause du cri haut perché qu'elles poussaient quand elles étaient terrées dans leur trou, et, à un moment donné, Perry en avait gardé quatre dans une cage dans sa chambre pour qu'Irvin puisse jouer avec elles, jusqu'à ce que son père l'oblige à les libérer.

– Le directeur veut te voir dans son bureau, dit M. Henson.

Ses mains irritées par le vent étaient d'un rouge de brique sur le volant.

– Je me dis que ce coup-ci y vont bien me renvoyer à la maison. Je me serais pas attaqué à Birl, mais un mec ne peut pas continuer à encaisser une journée de long. Quand il m'a menacé de son couteau, ça m'a moins mis en rogne que quand il a dit que c'était de ma faute s'il avait perdu tout l'argent qu'on lui économisait.

– Ç'a rien à voir avec la bagarre, dit M. Henson. Popcorn et les autres ont dit au directeur ce qui s'était passé, et il a fait coller Birl en cellule pour la nuit à la prison du comté et l'a renvoyé chez lui ce matin.

– Y convoquent pas de conseil de discipline pour moi ?

– Non.

– Pour quoi c'est faire, alors ?

M. Henson conduisit le camion dans le parc de stationnement et coupa le moteur. Son Stetson gris, patiné par l'usage, était enfoncé bas sur son front hâlé. Il mit une cigarette à ses lèvres et craqua une allumette sur l'ongle du pouce.

– As-tu déjeuné à l'hôpital ? dit-il.

– Non, monsieur.

– Va te changer et lave le sang que tu as sur la figure, ensuite, dis aux cuisiniers de te préparer un repas, sur mon ordre. Présente-toi au directeur quand tu auras fini.

– Il est arrivé quelque chose, pas vrai ?

– Dépêche-toi de retourner à ton cantonnement.

– Inutile de ne pas vouloir me répondre. Je préfère l'entendre de votre bouche que du directeur.

– C'est pas mon boulot, Perry. Mais écoute-moi bien et essaie de te souvenir de ce que je vais dire. Tu es un bon élément comme conducteur d'engins, et si tu parviens à avoir deux mois d'expérience et de pratique supplémentaires, ils te le donneront, ton livret de syndiqué. Avec le temps, tu deviendras aussi bon conducteur que je l'ai jamais été. Simplement ne laisse pas tomber, sous aucun prétexte, aussi dure que la situation te paraît devenir.

– C'est quelqu'un de ma famille. Quelque chose est

arrivé et ça va m'obliger à quitter les Job Corps, pas vrai ?

– Garde juste à l'esprit ce que je t'ai dit. Ne laisse pas tomber ton métier maintenant, parce que tu auras reçu un mauvais coup.

– Est-ce que c'est Irvin à nouveau ? Nom de Dieu, dites-le-moi.

– Je t'ai dit d'aller te changer, fils.

Perry s'engagea sous les arbres en direction du cantonnement où il enfila un treillis propre. L'équipe de travail n'était pas encore rentrée, et son box était vide. Il lava les traces de sang séché qu'il portait au visage et décolla une partie des pansements qu'il portait sur le nez. Les points de suture ressemblaient à des zébrures noires en relief sur sa peau, et l'arête du nez portait deux nœuds de chair décolorée qui la déformaient. Il appuya délicatement le bout des doigts entre les deux yeux et sentit une douleur nauséeuse lui déchirer la tête. Il se raccrocha au lavabo jusqu'à ce qu'elle se fût éloignée, puis replaça le pansement bien à plat sur son visage avant de recoller le sparadrap sur la peau.

Il n'avait pas d'appétit et se rendit directement au bâtiment administratif voir le directeur. Une rafale soudaine de vent froid ébouriffa l'eau des flaques sur le parc de stationnement. Le schiste argileux brillait d'un blanc violent au soleil. Tout allait trop bien, se dit-il. Y a rien qui peut aller aussi bien aussi longtemps sans qu'il arrive une tuile. Les choses ne continuent pas à tourner rond comme ça. Au moins pas pour nous. Il y a toujours un truc qui vous fourre un bâton dans les pieds quand vous croyez être arrivé. C'est comme de gagner l'élection pour une augmentation de salaire à la mine. On croit qu'on a obtenu quelque chose et c'est alors qu'ils augmentent les prix au magasin, et on comprend qu'on a rien gagné du tout.

Il attendit sur une chaise dans le bâtiment administratif et écouta les crachotements des parasites de l'interphone jusqu'à ce que le directeur l'appelle dans son bureau.

– Comment vous sentez-vous ? dit le directeur.

– Il m'est arrivé pire.

– Est-ce que les cuisiniers vous ont préparé quelque chose à manger ?

– J'ai pas faim. Qu'est-ce qui est arrivé à la maison ?

– J'ai reçu une lettre de votre mère. À mon avis, elle croyait que vous aviez encore du mal à lire.

Il tendit à Perry une enveloppe tachée à l'adresse gribouillée pleine de fautes d'orthographe.

– Vous pouvez utiliser notre téléphone si vous voulez appeler chez vous.

– On a pas l'électricité à la maison.

Perry déplia la page de bloc à lignes et lut lentement les mots rédigés au crayon.

*au Directeur du camp*

*Pouvez-vous laisser Perry revenir à la maison pasque son papa veut le voir. Ils ont fait sauter la réunion des UMW et il est gravement blessé. Il est vieux et le docteur sait pas si va s'en tirer. Je voulais pas que Perry quitte son métier mais peut-être qui pourra plus revoir son papa. On a pas l'argent pour son bus alors est-ce que vous pouvez nous l'envoyer. Dieu vous bénisse. Mme Woodson James.*

Perry sentit ses poumons se nouer, et la douleur derrière les yeux reprit. Je lui ai dit qu'y nous laisseraient pas tranquilles, songea-t-il. On a eu l'un des leurs, et ils allaient nous le faire payer. Sauf que c'est lui qu'ils ont eu et il est même plus membre du syndicat. Pourquoi a-t-il fallu qu'y soit là ? Rien que pour s'installer à discuter sur ce qu'ils avaient fait au patron y a trente ans de ça. Un vieillard plus capable de rien faire sauf d'être payé comme papa-papy par le gouvernement.

– Quand puis-je rentrer chez moi ? dit Perry.

– Nous vous mettrons dans un avion dès ce soir, et vous aurez un billet aller-retour.

– Je ne peux pas revenir.

– Nous vous donnons une permission exceptionnelle de deux semaines. Si ce n'est pas suffisant, nous vous en donnerons plus. Je n'aime pas perdre un bon élément.

– Faut que je retourne travailler. On aura plus du tout de revenus maintenant.

– Pensez-vous que vous pourrez aider votre famille en reprenant le même travail qu'auparavant, pour un dollar vingt-cinq. Elle n'aura jamais de meilleure chance que celle qui lui est offerte aujourd'hui.

– Et qui va nourrir les petits et payer le docteur de papa pendant que je serai à l'école ? Et ça s'arrêtera pas à ce qu'ils ont fait à papa, en plus. Ils feront tout ce qu'ils peuvent pour nous chasser du vallon. Un jour, les hommes de la compagnie ont tiré sur les baraquements de la rue voisine de la nôtre. Peu importe qu'ils touchent des enfants ou des vieillards. C'est pas que je veux pas rester ici. Je vous ai déjà dit que c'était la meilleure chance que j'avais jamais eue, mais je n'ai pas le choix.

– Vous savez que vous disposez d'une place ici si vous décidez de revenir.

– Je vous dois beaucoup pour toute l'aide que vous m'avez apportée depuis que je suis arrivé, et je vous en remercie. Où est-ce que je remets mon équipement ?

– Vous êtes bien décidé à abandonner le programme de formation ?

– Oui, monsieur.

– Je vous envoie l'employé dans une heure. Au revoir, Perry. Quand cette histoire sera terminée, offrez-vous un bol d'air et quittez ces mines.

Avant le souper, Perry dut nettoyer son casier et plier soigneusement treillis, uniforme de sortie kaki, uniforme de travail, ciré, chaussettes et sous-vêtements sur sa couchette, avant de disposer chaussures et brodequins bien rangés sur le sol. Il se changea et revêtit pantalon, chemise de sport et mocassins avant de placer le reste de ses affaires dans une valise en carton qu'il avait rachetée à un gars du Corps pour trois dollars. Le haut du disque rouge de soleil couchant était visible au-dessus de la crête de la montagne et de longues ombres bleues commençaient à tomber sur la vallée. Les hirondelles plongeaient en cercles au sortir du ciel et tournoyaient au-dessus des sommets d'immeubles. Au loin, une étoile solitaire brûlait de sa lumière froide dans le crépuscule.

Puis, une fois que l'employé eut inspecté tout son trousseau, Perry s'assit au bord du matelas, fuma une roulée et regarda tomber la nuit sur les pins. La plupart des membres des Corps étaient rentrés du souper et les radios et électrophones braillaient, les douches résonnaient sur les carrelages des murs de salle de bains et quelqu'un en bout de couloir ne cessait de reclaquer une porte de casier. La compagnie a dû faire venir des briseurs de grève, se dit Perry. Y a pas un de ces jaunes à être assez brave pour faire sauter une salle de réunion. La dernière fois que les mines s'étaient mises en grève, ils avaient engagé des lutteurs de Detroit pour faire franchir le piquet aux jaunes. Ils étaient tombés sur Merle Flatt au saloon et l'avaient tabassé jusqu'à lui casser toutes les côtes.

– C'est quoi la mauvaise nouvelle comme quoi tu te tires ? dit Popcorn.

– Il faut que je retourne au Kentucky.

– Mec, qu'est-ce tu fais ? Henson dit que t'auras ton diplôme dans quelques mois.

– Mon papa est en train de mourir. Les casseurs de la compagnie ont fait sauter la salle de réunion des UMW, dit Perry.

– Peut-être que c'est pas aussi méchant que tu crois.

– Il va pas vivre longtemps.

– Le grand, j'entends la machine qui tourne dans ta tête. Tu retournes pour te farcir les fiers-à-bras qui ont fait ça, je me trompe ? T'en as pas encore eu assez de toutes ces conneries dans le passé ?

– C'est pas tes oignons.

– Mec, ça, je le sais. Mais ça me plaît pas l'idée de te voir manger de la bouillie de maïs dans une prison de pedzouilles. T'as bien trop de cœur et de cran pour ça. Oublie donc un peu tous les Little Abner qu'y a là-bas. Finis ton temps aux Job Corps et après la route sera libre, tu pourras t'en donner.

– Je n'ai pas envie de discuter, en particulier de choses que tu ne peux pas comprendre, dit Perry.

– Écoute, je connais le topo depuis assez longtemps pour savoir comment vous pensez, vous, les gus du Sud. Je suis au parfum de ce que t'as dans la tête, coco. Un drapeau confédéré se met à s'agiter dans ton cerveau, et t'es décidé à écrabouiller un mec en te fichant bien de savoir si tu vas pas te faire trouer la peau du cul en le faisant. Dis-moi si j'ai tort ou raison.

– Mon papa avait rien du tout à voir avec la grève. Y a dix ans qu'il est pas allé dans la mine. C'est tout juste s'il pouvait faire le boulot du Service des forêts.

– Et qu'est-ce que tu peux faire pour lui quand tu te seras ramassé une lourde peine au pénitencier ?

– Je me tracasse pas pour ça maintenant.

– Non, tu vas te choper ton gars la nuit au fusil de chasse, et après tu vas te demander ce que tu fabriques avec une de ces équipes de forçats cinglés occupés à refaire les routes. Les taules du Sud, ça doit vraiment valoir le coup d'œil.

– Il faut que j'y aille. Ils m'emmènent à Asheville dans une demi-heure.

– Tu perds vraiment ton sang-froid, t'es plus Calmos.

Perry plia ses couvertures, les plaça sur son casier et roula son matelas sur le sommier à ressorts. Il enfila sa veste et ramassa sa valise.

– Au revoir, Popcorn. Ne deviens pas aveugle avec tout ton muscat.

– Attends une minute. J'ai quelque chose pour toi à mettre dans le réservoir de cet avion si jamais tu tombes en panne sèche. Ça vient du meilleur de mon stock.

Popcorn alla à son casier et en dégagea le fond en contreplaqué. Quatre bouteilles de vin et une pinte de bourbon s'y trouvaient enveloppées de papier journal. Il sortit son canif et coupa le sceau de la bouteille de whiskey.

– Je me réservais ça pour une planante spéciale. Tiens, Calmos.

Perry prit une gorgée et laissa le whiskey rouler dans sa gorge. Il avait l'estomac vide, et il sentit la chaleur lui envahir le corps au fur et à mesure que le whiskey coulait à l'intérieur de son organisme. Il fit le geste de rendre la bouteille au Nègre.

– Mets-la dans ta poche, grand. Je serai incapable de boire du tord-boyaux plus tard si j'ai bu du bon. Trouve-toi un boulot de conducteur d'engin à Cincinnati, et je te retrouverai au match du dimanche et c'est sur les coudes qu'on rampera à la maison.

– Vas-y mollo, mon pote, dit Perry.

– Mais retourne pas non plus à la mine. Laisse toute cette merde aux marmottes.

Perry se rendit au foyer et serra la main à quelques membres des Corps avant de se diriger vers le parc de stationnement sous le crépuscule mauve, où un camion l'attendait pour le conduire à l'aéroport d'Asheville. La lune était cerclée d'un anneau de pluie, et un faucon noir flottait immobile dans le ciel, porté par les courants aériens. L'air était lourd des odeurs d'épicéas, de sapins et de nouvelle sève dans les pins. Les dernières rougeurs du soleil s'obscurcissaient au-dessus de la montagne et, au loin, Perry crut entendre le faible roulement de tonnerre.

# 6

Le père de Perry avait été emmené à la clinique privée de la ville, sur la banquette arrière d'une voiture d'adjoint au shérif. La réunion syndicale s'était tenue dans les bâtiments de l'école, construite en bois par les WPA* pendant la Dépression. Un Nègre, ouvrier agricole, qui labourait le champ de l'autre côté de la route au crépuscule, devait déclarer par la suite qu'il avait vu trois hommes transporter une boîte en carton et un jerrycan de l'armée derrière le bâtiment, mais, sur le moment, il ne leur avait guère prêté attention. À neuf heures, la salle était pleine, et l'explosion déchiqueta en longues esquilles les bardeaux de bois qu'elle souffla par le toit, et la flamme jaillit vers le ciel, rugissant comme de l'oxygène pur au contact d'une allumette enflammée. Les toiles de sac en jute tendues aux fenêtres brûlèrent sous le brasier comme des toiles d'araignées, et des débris de verre furent retrouvés enchassés dans les troncs d'arbres à proximité de la bâtisse. Trois mineurs furent tués sur le coup, et douze autres mouillés d'essence enflammée. Une femme, un enfant dans les bras, au fond de la salle, fut touchée par un morceau de pupitre d'écolier et assommée. Les hommes étaient sortis en escaladant les fenêtres, la

* Works Progress Administration. *(N.d.T.)*

porte d'entrée s'était refermée, bloquée par le poids de leurs corps, et certains avaient fracassé un mur calciné en s'enveloppant le crâne de leur veste avant de se ruer contre lui bille en avant. Un homme, prêcheur à mi-temps de l'Église de Dieu, commença à hurler de manière incohérente sur l'apocalypse. En quelques minutes, le bâtiment fut réduit en cendres. Les hommes qui avaient été tués se tenaient assis juste au-dessus de la charge, et le shérif et ses deux adjoints mirent leurs restes dans une bâche goudronnée. Une odeur nauséabonde de porc brûlé s'échappa de la toile et le shérif la fit tirer à couvert des arbres par ses adjoints. Un homme sortit de la fumée en vacillant, les mains sur les oreilles, bougeant les lèvres sans en sortir un son. Il avait les manches brûlées jusqu'aux coudes, les avant-bras couverts de cloques jaunes et rouges. Un autre mineur, noirci par les flammes, retourna dans les décombres et commença à dégager les poutres calcinées à mains nues. Les braises lui brûlèrent les paumes, et les bas effilochés de son pantalon se chargèrent d'étincelles avant de se frisotter en flammes. Trois hommes le traînèrent jusqu'à une automobile.

Woodson James avait perdu tous les doigts d'une main à l'exception du pouce, son visage était grièvement brûlé, et une esquille de planche lui avait transpercé le dos jusqu'au poumon. Il gisait coincé sous un morceau de toit et serrait son moignon de main contre sa poitrine pour arrêter l'hémorragie. Les braises incandescentes lui brûlaient la poitrine et le cuir chevelu, et il avait l'impression qu'on lui avait versé de l'acide dans la poitrine. Les gens hurlaient, des pieds martelaient les débris qui s'entassaient sur lui. Il essaya de hurler pour couvrir le bruit, mais il s'étouffait sous les cendres et la poussière, et toussait, les yeux mouillés, voilés par la chaleur. Un côté de sa tête était pressé contre le sol, et il sentait un clou lui transpercer la peau au creux des reins chaque fois que quelqu'un passait sur lui. Il s'étrangla et faillit vomir en touchant l'emplacement de ses doigts absents. Le sang s'était coagulé sur sa main, virant au noir autour des morceaux d'os. Après quelques minutes, il n'entendit plus un bruit hormis les planches de pin qui éclataient comme des pétards sous les flammes. T'as pas le droit de me faire ça deux fois, Seigneur, songea-t-il. Tu m'as déjà enterré une fois, et t'aurais dû me prendre alors si c'était dans ton idée. Y a pas de péché que j'ai commis de ma vie qui pourrait te donner le droit de me refaire subir ça encore une fois. J'ai été aussi bon chrétien que j'ai pu, et j'ai déjà repayé trois fois tout ce que je t'ai fait. Si t'es décidé à me faire subir ça, alors fais tomber le toit entier et finis-en vite.

Il sentait ses cheveux qui brûlaient, et perdit connaissance. Ne le trouvant pas parmi la foule au-dehors, deux de ses cousins retournèrent dans l'incendie et dégagèrent les débris qui l'écrasaient à la barre de fer. Ils l'emportèrent à l'instant précis où un gros morceau de toit s'effondrait dans un grondement d'étincelles et de bois en flammes. Les cousins éteignirent de leurs mains le feu sur les vêtements de Woodson avant d'aller chercher dans une dépendance une poignée de toiles d'araignées qu'ils étendirent sur la plaie dans le dos pour en arrêter le saignement.

Il faillit mourir lors de sa première nuit à la clinique parce qu'il était impossible de trouver ailleurs qu'à Lexington un médecin capable de soigner des affections plus graves que les rhumes et les intoxications au sumac vénéneux. Woodson passa huit heures étendu à plat ventre sur la table des urgences en crachant le sang sur son oreiller tandis que le plasma dégouttait lentement dans son bras. Le lendemain matin, le syndicat fit venir par avion un chirurgien de Huntington, Virginie de l'Ouest. En milieu d'après-midi, il était parvenu à extraire une écharde de bois de vingt-cinq centimètres fichée à force dans le dos de Woodson comme si on l'y avait enfoncée au marteau. Le docteur savait que les brûlures au visage de Woodson exigeraient par la suite des greffes de peau, mais il ne dit rien à Mme James car il n'avait pas l'espoir de voir le vieillard survivre au-delà de quelques jours au plus, dans la mesure où Woodson avait déjà perdu un poumon, l'autre portant maintenant une lésion interne aux bords déchiquetés. Le lendemain, la seule ambulance du comté, un break dont on avait ôté la banquette arrière, l'emporta jusqu'à l'hôpital de Richmond, où exerçaient au moins deux médecins ayant l'expérience des problèmes pulmonaires.

L'école ne fut pas le premier bâtiment à être détruit au cours des quatre derniers mois. Les domiciles de deux patrons de mine, à Sterns et à Pikeville, avaient été dynamités, et le bureau du représentant du syndicat du comté de Letcher arrosé de kérosène et incendié. Les grèves avaient fait fermer la moitié des mines à ciel ouvert de l'État, et dans les comtés de Harlan et Perry, les patrons avaient recruté des jaunes extérieurs à l'État plutôt que de signer de nouvelles conventions syndicales. L'UMW exigeait une augmentation de salaire d'un dollar par jour dans les mines conventionnées et les mineurs avaient placé des piquets de grève devant pratiquement tous les dépôts de houille et les quais de chargement de la C&O dans l'est du Kentucky et en

Virginie de l'Ouest. Quatre hommes trouvèrent la mort lors d'une fusillade devant un puits du comté de Floyd après qu'une troupe de jaunes débarqués d'un camion eut essayé de forcer un piquet. Le shérif et deux de ses adjoints à « Bloody » Breathitt – Breathitt la sanglante – avaient démissionné de leurs fonctions après avoir reçu des menaces de la part des membres du syndicat comme de l'association des patrons.

Woodson James resta une semaine durant dans un semi-coma. Chaque fois qu'il reprenait conscience, il se mettait à hurler et les médecins étaient obligés de lui donner de la morphine à fortes doses. Un œil et la moitié du visage étaient couverts de pansements. Une infirmière lui avait rasé les cheveux à l'endroit des brûlures, et une mince pellicule de sang et de salive s'accumulait sur son menton lorsqu'il respirait. Ses pieds, jaunes et calleux, ressortaient de sous les draps. À une occasion, le docteur avait placé un tube dans le nez de Woodson, mais le vieillard l'avait arraché et était tombé du lit.

Dans ses rêves de morphine, il se revoyait jeune homme, de retour dans le vallon où il avait bâti sa cabane pour sa jeune épouse. Il avait tracté les rondins de chêne blanc depuis la forêt à l'aide de mules et de chaînes, sous un soleil brûlant, des lanières de cuir enroulées serrées autour des mains, la tête bourdonnant de taons. Il avait fendu les troncs à la hache et aux coins de force, il les avait biseautés avant d'en tailler les coins en encoches et de les raboter à la varlope de charpentier. Les copeaux de bois se soulevaient régulièrement sous la pression uniforme de ses bras, et il savait qu'il n'aurait guère besoin de les ajuster beaucoup lorsqu'il entrecroiserait les rondins. Il était aussi bon charpentier que mineur de fond, et il avait le sens du bois lorsqu'il passait ses mains calleuses sur une planche ou qu'il frappait de sa cognée, de tout son poids, la base d'un tronc d'arbre. L'odeur du bois lui avait toujours été agréable, comme la sève de pin au printemps. C'était là une chose de la terre, la terre du jour, au-dessus du sol, là où un homme voyait le ciel chaque matin et respirait un air qui n'était pas rempli de poussière de charbon, où les hommes ne travaillaient pas à six ou sept à la fois dans une petite poche, enfoncés de plus de trois kilomètres dans la montagne, le pic frappant le calcaire, pour atteindre la veine de charbon sous les panaches sales de fumée crachée par les lampes au carbure sur leurs casques.

Il avait ramené son épouse dans la cabane, après le mariage à Jackson, dans la chapelle de l'Église de Dieu. Elle avait la peau douce et lisse, rosée comme un pétale de rose, et son visage s'était empourpré lorsqu'il lui avait montré leur chambre à coucher, dont il avait couvert les murs de papier peint vert de chez Montgomery Ward et qu'il avait meublée d'un grand lit – et non pas un simple matelas bourré de spathes de maïs, ainsi qu'il était courant chez la plupart des habitants du vallon. À la fin des années vingt, avant que les exploitations à ciel ouvert ravagent la terre arable par les écoulements jaunâtres de soufre libérés par les veines de charbon exposées à l'air libre, il cultivait le tabac en fermage sur les pâturages le long du lit du ruisseau. Même après avoir payé le propriétaire, il parvenait toujours à se faire un bénéfice de quelques centaines de dollars pour la saison. La première année de son mariage, il rajouta une pièce supplémentaire à la cabane pour le premier enfant et offrit à sa femme une machine à coudre à pédale qu'il avait fallu faire venir depuis Memphis.

Durant les premières années de son mariage, il ne travaillait dans les mines que l'hiver, une fois la récolte de tabac faite, les feuilles suspendues à des bâtonnets et laissées à sécher dans la grange avant d'être vendues aux enchères à Winchester. En novembre, il s'en retournait au trou et se faisait deux à trois dollars par jour à charger le charbon à la tonne. À cette époque, aucun mineur ne recevait de salaire fixe, et si un homme avait la malchance de travailler dans une taille où il était incapable d'atteindre la veine au cours de ses douze heures sous terre, il ne touchait pas un cent à la fin de sa journée. Il arrivait parfois à un mineur de passer deux postes dans le trou, à dégager le charbon du calcaire et des schistes, avant de pouvoir abattre et être payé.

Mais Woodson s'en sortait bien avec ses cultures de tabac au printemps et en été, et ses cinq mois de mine en hiver. Il n'avait pas d'argent à la banque, mais sa femme possédait deux robes faites à la machine pour l'église du dimanche, il s'était offert un complet noir avec chemise blanche, et il était l'un des rares dans cette partie de campagne du comté à posséder un poêle en fer avec quatre feux. Il envisageait d'économiser pour s'acheter un hectare de terre dans le vallon voisin près du confluent sud de la Kentucky River afin de ne plus être obligé de payer un fermage, lorsque la Dépression avait fait réduire la production de tous les puits du plateau de Cumberland. Les acheteurs de tabac de Raleigh avaient commencé à se faire moins nombreux aux enchères de Winchester pour finalement complètement cesser d'y venir. Nombre des patrons de mines indépendants furent ruinés et fermèrent leurs exploitations ;

d'autres essayèrent de rester ouverts en offrant à leurs mineurs quatre-vingts cents par jour pour un abattage maximal, et les grosses compagnies de l'Est se mirent à compenser leurs pertes en Bourse en augmentant le loyer des villes dont elles étaient propriétaires dans le Kentucky, la Virginie de l'Ouest, l'est du Tennessee et la Virginie. C'est alors que John L. Lewis était arrivé dans le comté de Harlan et avait organisé la première antenne syndicale des United Mine Workers of America dans le Kentucky. Les simples ouvriers commencèrent à se syndiquer par milliers, et les pires fusillades, explosions de bombes et incendies depuis la guerre de Sécession s'étendirent sur tout l'est de l'État. En 1939, le gouverneur fit appel à la Garde nationale pour protéger les jaunes voulant franchir les piquets de grève, et de nombreux mineurs grévistes furent abattus dans les rues de Harlan.

C'est à cette époque que Woodson James avait tué deux soldats lors d'une bataille devant un puits à la frontière de la Virginie. Un matin de début de printemps, les Gardes avaient reçu l'ordre de dégager les piquets de grève qui bloquaient l'entrée de la mine. Un mineur s'était vu jeté au sol à coups de crosse de fusil après avoir refusé de bouger, et il avait balafré le visage du soldat d'un coup de couteau. D'autres grévistes avaient sorti leur pistolet et trois syndiqués avaient trouvé la mort dans la bataille. Plus tard, ce jour-là, Woodson James, son beau-frère Bee Hatfield, et dix hommes escaladèrent la montagne surplombant la mine, munis de carabines Winchester qu'ils avaient obtenues auprès du syndicat. Deux soldats emportaient un corps jusqu'à l'arrière d'un camion du gouvernement. Ils étaient équipés de casques de campagne de la

Première Guerre mondiale, cartouchières en toile et jambières ; ils avaient les manches remontées, la chemise moite de sueur. En contrebas, quelqu'un aperçut un mineur se redresser sur une rive, un coup de fusil fut lâché, sans qu'on sût jamais qui avait tiré, et les explosions des 30-30 et des Springfield .03 retentirent avec fracas dans le vallon. Les deux soldats laissèrent tomber le corps et coururent à couvert derrière le camion. Woodson aligna la mire en V de sa Winchester sur la nuque d'un soldat, accompagna un instant celui-ci et appuya sur la détente. L'homme s'écrasa au sol, le nez dans la poussière, comme s'il avait été frappé par un bloc de béton. Tandis qu'il manœuvrait le levier et faisait monter une nouvelle cartouche dans la chambre, il vit une tache sombre s'étendre depuis le bas de la tête du soldat jusque dans la poussière de charbon du sol. Le second soldat s'était retrouvé coincé avant d'avoir pu rejoindre le camion. Il avait rampé derrière un petit tas de rochers contre lesquels il s'était blotti tandis que les balles venaient fendre les scories à l'entour de ses bottes.

Woodson n'avait jamais cru qu'il voulait tuer un homme, mais, une fois la fusillade déclenchée, il se sentit aussi froid au fond de lui que s'il tirait sur un ours ou un cerf. Il n'avait pas le temps de réfléchir au fait qu'il venait de tuer un homme. La sensation du fusil dans ses mains lui était naturelle et facile, et le levier de chargement paraissait fonctionner de lui-même. Il tirait balle après balle sur l'homme derrière les rochers tandis que les balles ricochaient devant lui en giclures de poudre calcaire. Le percuteur claqua à vide, et il se recula de la crête de la montagne pour remplir le magasin des balles qu'il avait dans la poche. Les cartouches de laiton lui étaient agréables à la main tandis qu'il les glissait dans la fente sous la chambre. Le sang lui battait aux tempes et il se sentait plein d'une ivresse étrange qu'il n'avait jamais connue auparavant.

Tuer des syndicalistes parce qu'ils veulent un salaire décent, c'est ça que vous voulez, se dit-il. Venir de l'extérieur jusqu'ici et nous abattre parce que nous ne voulons plus de quatre-vingts cents par jour. Vous êtes vêtus par le gouvernement, vous êtes payés par le gouvernement pour nous garder dans le trou douze heures par jour sans même qu'on reçoive assez d'argent en échange pour acheter des provisions au magasin. Par le Seigneur, espèce de salopard, toi qui aimes tant les jaunes, remets-toi debout et bats-toi comme un homme.

Woodson reclaqua le levier en place sur sa carabine et posa l'extrémité du canon sur une pierre. Il aligna la sphère supérieure de sa mire juste au-dessus de la botte exposée du soldat pour compenser la chute de la balle sur sa trajectoire. Ça devrait te faire sortir, espèce de salopard de la compagnie, songea Woodson. Il relâcha lentement son souffle et écrasa la détente. La balle s'enfonça dans la jambière du soldat au-dessus de la cheville. Celui-ci eut un sursaut en arrière, empoigna son pied des deux mains et exposa son corps complètement. Son visage était gris de douleur, la bouche grande ouverte, comme s'il en sortait un hurlement silencieux. Woodson se redressa vivement sur un genou et envoya sa balle perforer le centre de la pochette gauche, au-dessus du cœur. Puis apparut un camion avec sa cargaison de soldats en renfort, armés de Springfield, qui se mit à gravir la pente jusqu'à la mine, et Woodson descendit la montagne au pas de course en compagnie des autres vers le couvert des pins.

Son cœur cognait comme s'il allait lui éclater dans la poitrine, et il sentit la sueur lui dégouliner du visage. Le soleil était blanc au-dessus de la cime des arbres, et les couleurs de la forêt et des parois de la falaise dans le vallon lui parurent plus brillantes que jamais auparavant. C'est alors qu'il se mit à rire, sans bien savoir pourquoi. Il mit la main sur sa bouche pour s'obliger à cesser, mais le rire résonna de plus belle, et il s'étrangla sur sa propre respiration tandis qu'il courait au milieu des troncs couleur de rouille dans la forêt jusqu'à tomber à genoux, forcé qu'il était de se tenir les flancs. Il vit que les autres riaient aussi, et il se demanda si son visage était aussi horrible que les leurs.

Au cours des quelques jours qui suivirent, Woodson éprouva un bien plus grand sentiment de culpabilité d'avoir ainsi ri que d'avoir tué les deux soldats, même si, après la fusillade, il s'était refusé à garder des armes dans son baraquement ou à participer aux dynamitages des dépôts de charbon, fréquents pendant les années quarante. Parfois, en ville, il rencontrait un des hommes présents lors de la fusillade et entrevoyait un sourire secret sur son visage, un éclair fugace de connivence dans ses yeux, avant de se sentir envahi par un sentiment de honte. On n'avait pas le choix pour ce qu'on a fait, se disait-il. Ils ont abattu nos hommes au piquet et on leur a rendu la pareille. On demande seulement à être traités justement, et eux font venir des gars de l'extérieur pour nous assassiner. Peut-être bien que ces soldats savaient pas ce qu'y faisaient, mais c'est bien sur nos hommes qu'y tiraient, en tout cas. Mais un homme doit pas rire pour avoir pris une vie. C'était quelque chose qu'on devait faire, et on les a combattus à la loyale et c'est pas queq' chose qu'y faut qu'on garde en nous avec un petit sourire comme si qu'on en avait honte. Pasqu'alors on est pas meilleurs que celui qui vous chope sur la route la nuit d'un coup de fusil dans le dos. On est pas meilleurs que les tueurs à gages qui se saoûlent au boxon en racontant leurs exploits d'avoir tabassé les mineurs du piquet.

Au fil des ans, Woodson commença à se forger en esprit un modèle de relation farouche entre lui et Dieu sur la nature du péché et de l'expiation. Il avait de Dieu une vision d'Ancien Testament, être courroucé et pour l'essentiel sévère mais juste dans Ses châtiments ; néanmoins Woodson était convaincu que Dieu devait être parfois corrigé et défié parce qu'Il avait trop de pouvoir entre Ses mains et qu'Il oubliait souvent qu'Il avait passé un marché avec, pour conséquence, qu'Il ne l'honorait pas. Woodson avait été élevé au sein de l'Église de Dieu mais, depuis l'âge de quinze ans, il n'avait pas assisté aux réunions du mercredi soir ou du dimanche matin, le jour de son mariage excepté. Immédiatement après la Seconde Guerre mondiale, les cultes du serpent avaient commencé à se développer dans toutes les montagnes du Cumberland. Dans les écoles en bardeaux, sous de grands chapiteaux dressés dans les champs, les gens écoutaient des heures durant les hurlements incohérents des prêcheurs de la rédemption invitant les fidèles à subir l'épreuve de la foi. Pendant les sermons, les femmes devenaient hystériques, les enfants pleuraient d'effroi, et certains parmi les mineurs allumaient les lampes au carbure sur leur casque métallique, en ôtaient la protection de verre et maintenaient la flamme sous leur gorge. Sur une table devant la congrégation, le prêcheur posait une boîte en carton pleine de vipères cuivrées et de serpents à sonnettes capturés dans les bois pendant la journée. Avant minuit, lorsque la congrégation avait perdu tout sens de la raison, le prêcheur appelait les volontaires à subir l'épreuve de la foi, et les gens s'engageaient dans l'allée entre les rangées de chaises pliantes pour venir plonger les bras dans la boîte en carton.

Le gouvernement de l'État avait fait passer une loi interdisant les cultes du serpent, mais la pratique gagna en popularité. Plusieurs personnes moururent après leur épreuve de foi ; cependant, le prêcheur avait coutume de justifier ce fait a posteriori en expliquant que le défunt n'avait pas sincèrement cru en la protection divine, et la congrégation priait Dieu que le défunt ne fût pas châtié dans sa vie future pour son manque de foi.

Woodson avait assisté aux réunions du culte du serpent pendant six mois avant de s'avancer, donner témoignage et accepter d'être sauvé. Il était assis sur une chaise en bois au fond du chapiteau, ses énormes mains croisées entre les jambes, le regard fixé sur la sciure au sol à écouter le prêche. Il venait de terminer le poste de quatre heures du dimanche à la mine, et son visage était noir de poussière de charbon à l'exception des zones blanches à l'entour des yeux protégées par ses lunettes de chantier. Son épouse était à ses côtés, vêtue d'une de ses robes faites à la machine qu'elle avait si souvent lavée à l'eau bouillante et empesée à l'amidon de maïs que les motifs colorés en étaient presque entièrement passés. Son visage arborait une expression sérieuse et effrayée, et elle se mordait les lèvres en écoutant les paroles du prêcheur. Elle avait toujours cru que l'Église de Dieu, voire peut-être les baptistes, était la seule à offrir la vraie rédemption, et elle avait peur de l'engagement de Woodson dans le culte du serpent, car elle affichait à cet égard la même méfiance qu'à l'égard des catholiques et des hébreux.

Le prêcheur, frère Clock, était un homme de haute taille, dépassant largement le mètre quatre-vingts ; il était vêtu d'un complet en crépon de coton, d'une cravate à rayures multicolores et portait une grosse croix en or à sa chaîne de montre. Le visage était maigre et ascétique, les yeux noirs pareils à des éclats d'obsidienne, et les cheveux noirs clairsemés peignés en arrière sur le crâne pour masquer les zones dégarnies. Son visage mouillé de sueur luisait à la lumière des lampes à pétrole. Parmi les prêcheurs du culte du serpent, il était le plus célèbre car il avait tenu un programme radio plusieurs années durant à Nashville sur la même station que le grand Old Opry. Il était aussi connu dans l'est du Kentucky que Roy Acuff et mère Maybelle Carter.

– Combien d'entre vous ici présents ont été sauvés ? dit-il. Lequel parmi vous est prêt à dire qu'il a pris Dieu dans son cœur et qu'il n'a pas peur de Son châtiment parce qu'il a renoncé à ses péchés et qu'il a foi en Sa miséricorde ? Suffit-il de s'installer là et de dire que vous avez été pardonnés sans oser vous avancer pour apporter votre témoignage et vous prouver, à vous-même comme au Seigneur, que vous avez été purifiés ? Réponds-moi donc à ça, mon frère.

Sa voix se mettait à délirer et il poignardait l'air du doigt en parlant. Son visage était empourpré, comme s'il avait la fièvre. Son sermon allait monter, grandir, jusqu'à atteindre le point où il hurlerait, et les membres de la congrégation allaient alors se recroqueviller sur leur siège et contempler le sol de regards lourds de culpabilité ; avant que, soudain, il ne baissât la voix, pour repousser les pans de sa veste et mettre les mains aux hanches avant de s'adresser à eux d'une voix douce comme s'il parlait à des enfants.

– Oui, vous vous repentez, sinon vous ne seriez pas là. Vous avez pris Jésus pour votre sauveur, et vous avez été baptisés dans le sang. Vous avez écarté la luxure de votre bouche, les façons des suiveurs de Mammon ; vous avez cessé d'écouter les faux prophètes qui nient le chemin de la croix. Je sais tout cela, mes frères et mes sœurs, parce que j'ai connu les mêmes tentations, les mêmes pièges et chausse-trappes que Satan place sous nos pas. Dans les écoles, on nous enseigne que Dieu n'existe plus. Je suis allé dans des écoles où l'on apprenait aux gens que la science est même meilleure que Dieu. J'ai mis ma foi à l'épreuve, et je suis ici aujourd'hui pour vous dire qu'elle n'a pas été ébranlée.

Sa voix se reprit à monter, son regard à brûler plus intensément encore. Il posa une main sur la boîte de serpents.

– Je vais maintenant vous demander de venir témoigner en chair et en os de votre foi. Pas simplement de vous contenter de rester là et dire que vous croyez, mais vous saisir des serpents et les jeter au sol sans peur ainsi qu'il est dit dans la Bible. Je veux montrer à Dieu qu'ici même, dans le comté de Perry, Kentucky, nous avons continué Sa parole. Êtes-vous capables de le faire, mes frères ? Avez-vous le cran de montrer à Dieu votre amour ? Je veux entendre et voir un témoignage qui apprendra à Dieu que nous n'avons pas suivi le chemin des faux prophètes. C'est cela, levez-vous de vos chaises et descendez l'allée. Oui m'dame, allez-y et versez des larmes de joie sur votre rédemption. Et le reste d'entre vous, pleurez de bonheur, vous aussi, parce que, ce soir, nous serons témoins de la rédemption, nous aurons franchi une étape.

Woodson se leva, le visage rigide, les yeux brûlant comme braises. Ses gestes étaient mécaniques, comme s'il marchait dans un rêve. Sa femme le retint par la manche.

– N'y va pas, Woodson. Je t'en prie. C'est le diable qu'il prêche.

Il remonta l'allée en compagnie des autres tandis qu'elle le tirait en arrière. Les gens se mirent à chanter et à taper des mains, et une femme s'affala au sol devant la boîte de serpents, gémissant et pleurant pour quelque péché ténébreux de sa jeunesse.

– Lannie Dotson s'est fait tuer en le faisant, dit Mme James en haussant maintenant la voix. Nous ne pouvons pas nous en sortir sans toi à la maison. Tu veux que j'élève les enfants toute seule ?

– Ôte tes mains de moi, femme. J'ai entendu l'appel, dit Woodson, et il chassa le bras de sa femme pour s'en dégager.

Il traversa la foule et se plaça devant la boîte. Frère Clock ôta sa veste de coton, releva les manches au-dessus des coudes, et prit un serpent à sonnettes dans chaque main. Les serpents se lovèrent dans l'air en secouant leurs écailles, la gueule et les crocs béant devant l'assemblée. À voir son visage, frère Clock donnait l'impression d'avoir été drogué.

– Et voilà, mes frères et mes sœurs, dit-il. La preuve que nos prières ont porté leurs fruits, et que le Saint-Esprit est bien descendu jusque sous ce chapiteau. Nous avons porté témoignage de sa parole.

Les gens hurlaient, tapaient des mains plus fort

encore, et un mineur se leva de sa chaise, alluma sa lampe au carbure et laissa la flamme lui lécher le bras. Woodson mit la main dans la boîte et empoigna une vipère cuivrée par le milieu du corps. Il releva les yeux vers le sommet du chapiteau et sentit une extase monter en lui comme un orgasme.

– Dieu Tout-Puissant, j'suis sauvé, hurla-t-il. J'ai été à la rivière et j'ai eu le baptême et, maintenant, j'ai ma rédemption dans la parole.

Le serpent se lova alors en boucle, redressa le cou en arc et sa tête lisse et métallique fouetta l'air pour se refermer sur l'épaule de Woodson. Il éprouva une sensation brûlante avant de lancer le serpent loin au-dessus de sa tête. Il arracha la bretelle de sa salopette, déchira sa chemise et vit les deux petits trous dans sa peau d'un côté de sa clavicule.

– Y m'a eu, les gars ! J'ai pus aucune chance maintenant. Ça me pompe dans le cœur.

Il partit en courant à travers la foule, bousculant les gens dans l'allée, et poussa l'abattant en toile du chapiteau pour plonger dans la nuit. Il croyait sentir le venin vert se frayer un chemin dans ses veines. Deux hommes se lancèrent à sa poursuite et le clouèrent au sol. Quelqu'un apporta une lampe à pétrole et, à la lumière orange vacillante, un homme entailla un X à l'aide de son canif sur chaque emplacement des crocs, avant de malaxer la chair entre les doigts et d'en aspirer le poison avec la bouche. Un autre mineur prit une poignée de tabac coupée en lanières, la mouilla dans une flaque d'eau et la pressa serrée sur la plaie.

Woodson resta trois jours au lit chez lui dans un coma nauséeux jusqu'à ce que son organisme eût évacué le poison qui lui restait dans le corps. Il se serait probablement remis plus tôt, n'eût été le fait que Bee Hatfield lui avait apporté un cruchon de quatre litres de whiskey de maïs, les deux hommes s'enivrant de conserve chaque fois que Woodson reprenait conscience.

Mais ce que Woodson appelait sa rédemption ne se produisit jamais réellement, jusqu'au jour où il se retrouva quarante-huit heures durant pris au piège d'un tas de rochers dans une mine de charbon en Virginie. Pendant les premières heures de ténèbres, le corps coincé sous les grosses plaques de schiste et de calcaire, il avait prêté l'oreille, guettant le bruit d'hommes se mouvant aux alentours ou le grondement lointain de marteaux piqueurs attaquant la paroi de la taille. Il savait que d'autres mineurs travaillaient plus haut dans la galerie ; quelques-uns d'entre eux avaient dû s'échapper à l'air libre et prévenir les gens au jour qu'il restait quelqu'un sous les décombres. Il en avait vu, des éboulements, il savait que les mineurs n'abandonnaient pas un homme au fond, même s'il leur fallait pour cela creuser des semaines durant rien que pour dégager le corps. Ils arriveraient jusqu'à lui au bout du compte. S'ils ne parvenaient pas à dégager la galerie ou à descendre par le puits, ils feraient descendre une tarière depuis la surface et perceraient le toit de manière à permettre à une équipe de venir jusqu'à lui, accrochée à des câbles.

Les heures passant, son poumon se remplit de sang et il perdit connaissance. À son réveil, il lui fut impossible de savoir s'il était resté inconscient quelques minutes ou une journée entière. Il s'était soulagé dans son pantalon, et il avait bien plus de mal à respirer. L'intérieur de sa bouche et de sa gorge s'était chargé de poussier, et il avait tellement soif que sa salive lui faisait l'effet de ficelle. À une occasion, il crut entendre le raclement de pelles et de pioches dans le lointain, et il prêta l'oreille, attendant que le bruit se fît plus fort, à en avoir les tympans qui bourdonnaient. Par la suite, le silence lui mit la tête en vertiges et il se rendit compte qu'il n'y avait probablement plus âme qui vive à moins de deux kilomètres de lui. Il se rappela l'explosion qui avait rempli la galerie d'un éclair électrique jaune, les mineurs soufflés au sol comme un tas de chiffons. Il avait vu le boisage du toit céder et les trois qui travaillaient dans une poche tout à côté de lui avaient été recouverts par des tonnes de terre. Il aurait été tué lui aussi sur le coup s'il ne s'était pas tenu sous un surplomb lorsque le toit s'était effondré, et il avait été protégé des gros blocs de pierre qui tombaient avec la puissance de wagons de marchandises.

Il était seul. Le poids de toute la terre de Dieu reposait sur son dos, et les gens au jour l'avaient probablement compté pour mort. Ils finiraient bien par arriver jusqu'à lui, mais, pour l'instant, les équipes de sauvetage devaient se frayer un passage jusqu'à des zones où ils pensaient retrouver des hommes encore en vie. Woodson comprit alors la manière dont il allait mourir. Il s'asphyxierait à petit feu, ou alors il mourrait de faim. Il se souvint d'une explosion de grisou dans une mine du comté de Pike : tous ceux qui y travaillaient avaient été comptés pour morts car la chaleur dégagée par l'explosion avait fait fondre les câbles d'acier de la cage. Les équipes de sauvetage étaient dans l'incapacité de dégager le puits à cause des émanations et des fumées, et ils avaient été obligés de placer des ventilateurs dans la fosse une journée durant avant de pouvoir commencer à creuser. Deux semaines plus tard, ils avaient découvert un mineur épinglé debout dans une fissure de la paroi ; il était mort de soif et de déshydratation.

Le deuxième jour, Woodson se mit à prier, il voulait mourir. La douleur qu'il avait à la poitrine lui faisait régulièrement perdre connaissance, et ses os lui faisaient mal dans le froid humide. Chaque fois qu'il sombrait dans l'inconscience, il éprouvait un sentiment de soulagement avec l'espoir de ne plus jamais se réveiller. Puis soudain, son esprit recouvrait sa lucidité sous une nouvelle douleur, et il savait qu'il lui faudrait bien du temps avant de mourir. Les ténèbres lui donnaient l'impression de s'insinuer au creux de ses orbites et de lui envahir le cerveau, et il éprouva la terreur de l'aveugle la toute première fois que sa vision disparaît. Il avait toujours eu peur qu'après la mort un homme pût rester conscient dans sa tombe tandis que s'entassaient sur lui les pelletées de terre et, à maintes reprises, la nuit, il s'était réveillé, suant par tout le corps, après un rêve dans lequel il se voyait verrouillé sous la terre, les gens marchant au-dessus de lui, sourds à ses cris.

Vers la fin du second jour, il commença à percevoir des motifs de couleur variés flotter devant ses yeux. T'es finalement venu me chercher, pas vrai, Seigneur, songea-t-il. Je crois que les choses sont réglées maintenant à propos de ces hommes que j'ai tués et tout ce que j'ai fait d'autre. Je t'en veux pas pour ce qui m'arrive si tu penses que c'est bien, mais ça peut pas durer plus longtemps. J'arrive plus à tenir le coup. Si j'ai pas payé assez pour ce que j'ai fait dans le passé, frappe-moi à mort, là, tout de suite, et expédie-moi en enfer, pasque je veux plus rien avoir affaire avec toi s'y faut que je reste en vie dans ce trou plus longtemps. Je suis pas en train de te défier. Je me dis que j'ai accepté le prix de mon châtiment quand j'ai descendu ces deux soldats et maintenant, je règle le solde, et y faut que tu me laisses sortir d'ici ou alors que tout le restant de la mine me tombe dessus une bonne fois pour toutes.

Les motifs colorés devant ses yeux se mirent alors à changer et il vit un carré brillant de lumière jaune s'ouvrir dans la paroi de la galerie. Il crut un instant que le soleil venait d'exploser de tout son éclat. Une sensation de chaleur et de légèreté lui traversa le corps et il sentit qu'on dégageait l'énorme charge de pierres qui l'écrasait. Ses os furent libérés de ce froid douloureux, l'air neuf se fit plus frais au creux de ses poumons et sa soif disparut. Il savait qu'il pouvait se lever et marcher. Le carré de lumière était un escalier montant à la surface. Il lui suffisait juste de se redresser et de marcher jusqu'au jour de la terre, tout là-haut, là où l'attendaient sa femme et ses enfants. Les cornouillers étaient en pleine floraison aux flancs de la montagne, le ciel, plein de nuages de pluie estivale, le vent soufflait sur les pâturages, chargé de l'odeur de chevaux et de tabac nouveau. Demain, sa femme et lui s'en iraient à la foire du comté à Jackson, et il pourrait même aller jusqu'à dépenser cinquante cents supplémentaires pour s'offrir une pinte de whiskey.

Sa peau donnait l'impression d'irradier de reflets d'ivoire à la lumière. Même le charbon brillait d'un bleu lumineux dans l'aura qui émanait de son corps. Tu l'as fait, mon Dieu, se dit-il. Tu m'as fait subir mon châtiment, mais t'as été juste et régulier et tu me laisses revenir. Je te donnerai plus l'occasion de me châtier, et je tiendrai parole dans le marché qu'on a passé aussi longtemps que tu tiendras la tienne.

Puis Woodson s'évanouit. Six heures plus tard, une équipe de sauveteurs équipée de masques à gaz découpait un petit orifice dans un mur de décombres bloquant la taille, et un homme aperçut une des chaussures de Woodson qui ressortait de sous un tas de cailloux.

⁂

Il vit au-dessus de lui un brouillard de silhouettes. Il avait un goût d'éther dans le fond de la bouche, et sa tête battait d'un martèlement sourd. L'œil qui n'était pas masqué d'un bandage lui faisait mal lorsqu'il tentait de l'écarquiller. Une pellicule de mucus desséché recouvrait cils et paupières. Il s'attendait à revoir le carré de lumière dans la paroi de la taille, il voulait sentir le vent froid chargé des odeurs de terre tout là-haut lui souffler sur le corps et emporter avec lui la douleur qu'il avait à la main et au poumon. Une bouteille de liquide blanc, pareil à un sirop clair, était suspendue à une potence métallique au-dessus de sa tête, et il voyait le fluide dégoutter en bulles par un tube jusque dans son bras. Il ne savait pas où il était, pas plus qu'il ne se souvenait de ce qui lui était arrivé. Il s'imaginait encore dans le puits, dans les profondeurs de la terre.

Quelqu'un porta un verre muni d'une paille en plastique à sa bouche, et l'eau lava ce goût nauséeux d'éther jusque dans son estomac. Le rêve de lumière dans la mine commença à disparaître, les silhouettes qui l'entouraient se firent plus précises. Un médecin écrivait sur un graphique au pied du lit. Des fissures en toiles d'araignées s'étiraient sur le plâtre du plafond, et une infirmière venait d'ouvrir les persiennes pour laisser la lumière entrer dans la chambre. Il essaya de remuer sous les draps avant d'apercevoir son bras étiré en traction et le sparadrap qui lui enveloppait la poitrine. Un côté de la pièce restait dans l'obscurité, et il ne savait pourquoi son autre œil refusait de s'ouvrir. Il entendit les pleurs étouffés d'une femme, et il tourna lentement la tête d'un côté.

Il vit son épouse, le visage tiré, marqué par le manque de sommeil ; ses enfants étaient à ses côtés, vêtus de salopettes dépenaillées ou de robes fabriquées à partir de la toile des sacs de nourriture Purina. Ils se tenaient alignés, comme un escalier vivant, et tous avaient les traits caractéristiques de la famille James – le front haut et pâle, les yeux largement écartés, la mâchoire dure et carrée, droit issue du sang indien dans la famille. Il commença à demander pourquoi ils ne l'attendaient pas devant le baraquement, prêts à partir pour la foire du comté à Jackson, puis le souvenir de l'explosion et de l'incendie lors de la réunion syndicale lui revint en mémoire, et il se sentit pareil à l'homme qui aurait douloureusement recouvré ses esprits après une longue bringue alcoolique. Il vit l'éruption de flamme jaune déchirant le plancher, les planches s'effondrer en débris sur la tête des gens. Il entendit les hurlements, le fracas des hommes occupés à essayer d'abattre le mur à coups de pied, pareils à des chevaux prisonniers d'une grange en flammes. La peur le transperça à nouveau, et il voulut s'enfouir à nouveau sous le couvert du sommeil protecteur. Sa poitrine se convulsa et il cracha du sang sur son menton.

– C'est nous, Woodson. T'es en sécurité, maintenant. T'as pus besoin d'avoir peur, dit sa femme.

– Pourquoi papa y peut pas rentrer à la maison ? dit Irvin.

– Ils m'ont laissé sous les planches. Ça brûlait dans mon dos.

– C'était y a deux semaines. Sors-toi tout ça de la tête, dit sa femme.

Elle tordait son mouchoir entre ses mains.

– Le docteur veut plus que tu penses à rien sauf à revenir à la maison.

– J'ai vu Ike Phelps et son frère voler en morceaux dans l'explosion. Ils sont partis en pièces assis sur leur chaise.

Sa voix était faible, comme quelqu'un parlant à l'extérieur de lui-même.

– J'avais passé un marché avec Dieu. Il aurait pas dû me faire ça deux fois.

– Je t'en prie, Woodson, parle pas de cette façon. J'ai pas arrêté de prier depuis qu'on t'a amené ici.

– Il avait pas le droit. J'avais payé.

– Papa, fais ce que maman te dit, dit Perry.

Woodson pencha la tête latéralement sur l'oreiller et vit Perry assis sur une chaise, vêtu d'un pantalon et d'une chemise de sport, choses qu'il n'avait jamais été à même d'offrir à son fils, les cheveux coupés nets, et le visage bien hâlé. Il ne parvenait pas à se représenter Perry autrement qu'en salopette passée par les lavages, chemise de toile bleue, casquette de toile, brodequins usagés, et la veste de complet que Mme James lui reprisait d'année en année.

– Hein ? Mais c'est toi, fiston, dit Woodson, mucus et glaires raclant en fond de gorge. Mais t'es beau comme tout. Et en forme. Je t'ai jamais vu aussi en forme. Mais pourquoi t'es pas à l'école ?

– J'suis rentré quand maman a écrit au camp.
– Qu'est-ce qu'on t'a fait à la figure, fiston ?

Perry toucha des doigts la cicatrice en S qu'il portait sur l'arête du nez.

– C'est rien. Je me suis fait mal au boulot.

– Tu vas être vraiment fier de lui quand tu reviendras à la maison et qu'y te racontera tout ce qu'il a fait à c'te camp, dit Mme James. Il a appris à lire et à écrire, et y est devenu une sorte de dirigeant du gouvernement. Son professeur lui a dit qu'il peut se trouver un boulot comme conducteur de machine s'il fait encore deux mois d'école.

– Ch'savais bien que t'en étais capable, dit Woodson. Y a pas 'core eu un James à ce jour qui a pas été capable de faire un boulot mieux que le voisin si on lui en donnait l'occasion. Je veux que tu retournes à ce camp et que tu finisses ton apprentissage. Et alors t'auras pus l'occasion de partir travailler dans les mines à grisou de Virginie. Tu pourras conduire une pelleteuse à la mine à ciel ouvert et rester au jour, là où Dieu Il a voulu que les hommes y soient.

– Je reste ici dans le coin un moment jusqu'à ce que t'ailles mieux, dit Perry. Ils m'ont donné une permission au camp et je peux retourner quand je veux.

– Je te demande pas de le faire, fils. Je te dis de retourner là-bas, en Caroline du Nord, pour que t'aies pas à gagner ta vie comme j'ai été obligé de le faire.

Le fait de parler lui demandait un effort ; il se sentit tout faible à l'intérieur, et sa tête se mit à tourner. De petites taches grises apparurent devant ses yeux. Il respira profondément et laissa retomber la tête au creux de l'oreiller. Il sentait sa peau se décoller des os, lourde de son propre poids. Il avait la tête et le corps épuisés, à croire qu'on l'avait vidé de l'énergie d'une vie.

– Y veut pas te contredire, Woodson, dit son épouse. Le petit veut juste être là pour donner un coup de main jusqu'à ce que tu rentres à la maison.

– Mon papa les a combattus, et moi aussi, et ça nous a servi à rien du tout, à lui comme à moi. Ils ont détruit les terres, y nous ont pris nos maisons, et y z'ont forcé de braves gens à prendre les armes pour récupérer ce qui était à eux au départ. Je veux plus rien de tout ça pour mes enfants. L'un de nos garçons a l'occasion aujourd'hui d'être autre chose qu'une marmotte en train de gratter sa galerie pour se ramasser à peine de quoi manger. Par le Ciel, y va pas laisser tomber c't'occasion-là pour veiller sur moi.

Woodson s'étrangla et dut tourner le visage au creux de l'oreiller pour laisser filer la salive qui lui obstruait la gorge. Il avait l'impression qu'un gros caillot de sang lui bloquait la trachée.

– Faut qu'on y aille. Le docteur veut pas que tu causes trop longtemps, dit Mme James.

– J'suis en train de mourir, femme. Tu le sais. Tous les docteurs du Kentucky peuvent rien changer à rien quand un homme a fait son temps et que son heure est venue. J'ai vu les signes dans mon sommeil.

– Pourquoi que papa y parle comme ça ? dit Irvin.

– Tais-toi, petit, dit Mme James dont les yeux commençaient à se mouiller à nouveau. Vous autres, allez dehors, attendez-moi et faites pas de bêtises, m'obligez pas à vous tanner la peau à coups de ceinturon quand on sera rentrés.

– J'aurais dû mourir dans cette galerie en Virginie. Je sais que Dieu était bien décidé à me rappeler à lui à ce moment-là, et, pour une raison que je connais pas, Il a dû changer d'avis à la dernière minute. Peut-être qu'Il s'est dit que je devais être puni encore plus plus tard. Mais Il m'a fait le signe la nuit dernière, et je vais pas pouvoir m'en sortir ce coup-ci.

– Je vais demander au docteur de revenir. C'est pas bon pour toi que tu causes si longtemps, dit Mme James.

– Tu me reverras pus une fois que t'auras quitté c'te chambre, et y a des choses que je dois dire à ce garçon.

– Faut qu'on y aille, papa, dit Perry. Ils ont dit qu'on devait pas rester plus que queq' minutes.

– Bouge pas. Je sais pourquoi faire que t'es revenu. J'l'ai vu dans ton regard quand j'ai posé les yeux sur toi la première fois. Ch'te connais trop bien. Tu reviens régler les comptes pour ce qu'on m'a fait. C'est le sang de Devil Anse Hatfield qui te coule dans les veines. T'es décidé à te venger, et t'auras pas le repos tant que t'auras pas tué un homme. Ç'a toujours été comme ça avec les Hatfield. Depuis le jour où y z'ont ligoté les McCoy à des arbres avant de les abattre, y z'ont repayé dans le sang tout ce qu'on a jamais pu leur faire. Toi, tu vas pas grandir comme ça. Je vais pas avoir un fils qui va se changer en meurtrier à cause de ma mort. Est-ce que tu comprends ça ?

– Je veux tuer personne.

– T'es en train de mentir à ton papa sur son lit de mort.

Woodson tendit le bras et saisit Perry par le poignet. Son corps s'était délabré au point que ses doigts n'étaient plus que des os. Le geste l'obligea à gonfler la poitrine sous la douleur.

– Je le sens, le sang des Hatfield qui bat en toi. T'as

le meurtre au cœur, fils. Je vais pus être là pour t'empêcher de faire ce que tu veux faire, mais je veux que tu te souviennes que t'es aussi un James. On a jamais abattu un homme à moins d'avoir été forcés, et on n'a jamais descendu quelqu'un par vengeance. Y a des tas de gars qui se sont fait descendre dans c'te région de mines, et y a jamais eu personne qui s'en est mieux porté pour ça. On est toujours aussi pauvres qu'on l'était, et y a plein de nos gens comme des leurs qu'on a mis au trou pour rien du tout.

– Tu leur avais rien fait. Peut-être bien que les J.W. ou d'autres, ça leur pendait au nez, mais toi, t'as pas fait un piquet depuis dix ans.

– J'ai fait ma part quand j'étais plus jeune, et je continue à payer. Retourne à c't'école.

Mme James appela le médecin, qui remplit une seringue pour donner à Woodson une nouvelle injection de morphine. Alors que le docteur lui frottait la peau d'un tampon mouillé d'alcool, Woodson leva la main faiblement pour repousser l'aiguille. Puis la lumière commença à se fixer dans son œil visible, les muscles de son visage se relâchèrent, sa respiration se fit plus égale, d'une amplitude moins marquée. Il reposa la tête sur l'oreiller et releva les yeux vers le plafond. Une mèche de cheveux gris ressortait du pansement sur son front. Il sentait au fond de lui un grand désir de sommeil, que prenne fin la furie qui avait brûlé en lui toute sa vie durant. Une sensation de chaleur douce, pareille à une fièvre légère, commença à irradier son organisme, et une brume rosée, couleur de sang dilué dans l'eau, parut se mettre en mouvement dans la chambre.

– Z'allez pas en avoir besoin ce coup-ci, toubib, dit-il.

Le médecin tira les persiennes et tout le monde quitta la chambre. Le silence faisait résonner plus fort le bourdonnement lointain dans la tête de Woodson. La brume était tellement épaisse qu'il la sentait au creux de la main. Elle changeait de couleur, virant à l'écarlate puis au mauve, et il comprit qu'il était de retour dans la galerie de mine pour la dernière fois. Il n'avait plus de souci à se faire pour le caillot de sang dans sa trachée. Il pouvait aspirer l'air frais par les pores de la peau. Les plaies des brûlures sur son cuir chevelu s'étaient cicatrisées, sa main mutilée était capable de se refermer sur un manche de hache avec la force d'un homme de vingt ans, et il sentait son œil masqué brûler la gaze jusqu'à ce qu'il pût voir le boisage brisé pendant du toit en calcaire de la galerie. Je descends au fond et je vais y rester cette fois, pas vrai, Dieu, se dit-il. Je vais pus me battre avec toi, je vais pus faire de marchés. On rentre à la maison.

Pour la première fois de son existence, il reposait paisiblement, sans chaleur ni colère, sans se débattre contre cet ennemi farouche et inconnu qui avait toujours essayé de l'abattre. Un carré de feu comme une vague explosa au travers de la paroi rocheuse, découpant en brasier une gigantesque embrasure de porte dans la galerie. Les flammes crachaient leurs averses d'étincelles comme un chalumeau de soudeur, et la chambre fut à nouveau inondée de lumière jaune, plus brillante cette fois. Il sentit alors la lumière qui l'absorbait et le transportait jusqu'à sa source. Il lui sembla se lever dans l'air sans même la volonté de bouger le corps. Tandis qu'il remontait au travers de la terre vers le ciel, il sentit le vent qui soufflait dans les chênes blancs et les peupliers, la sève de pin nouvelle des rondins coupés de frais, la sueur luisant aux flancs des chevaux. Il montait plus vite à la surface maintenant, plus près de la lumière, et il vit que le soleil était descendu du ciel, irradiant toutes choses d'un éclat tel qu'il lui fallut se protéger les yeux. Il flottait plus haut, avec la sensation de se dissoudre pour devenir partie prenante du grand tout, capable qu'il était maintenant de voir au plus loin de la terre sur les deux horizons. Les océans étaient bleu et vert, les montagnes se dressaient en pics déchiquetés sur fond de ciel. Il n'avait jamais su que le monde était d'une telle immensité. Il sentit la lumière pénétrer son esprit et le consumer, brillant de feux tellement intenses qu'il n'avait plus conscience de rien d'autre.

# 7

Au lendemain du décès de son père, Perry parcourut à pied les douze kilomètres qui séparaient le baraquement de la ville. Les montagnes étaient vertes après les pluies de printemps, la neige en train de fondre, et les feuilles des arbres du vallon luisaient d'humidité dans la lumière du matin. Les cornouillers avaient éclaté en un semis de fleurs blanches, et les liserons fraîchement éclos avaient commencé à couvrir les parois des falaises. La pluie avait lavé l'air des relents de terrils en train de se consumer, les torrents étaient gros de toute l'eau qui dévalait par-dessus les énormes rocs calcaires. Depuis la route de schiste au sommet de la crête, Perry voyait la chaîne de Cumberland s'étirer en longue brume bleue vers la frontière de Virginie de l'Ouest. Des faucons planaient haut au-dessus des vallons, plongeant de temps à autre du ciel lorsqu'ils apercevaient une marmotte ou un mulot. Le feuillage d'hiver était encore sur le sol de la forêt, entassé au pied des troncs, et les premières fleurs rouges et blanches avaient commencé à pousser en bordure des torrents. Sur les hauteurs de la crête voisine, un homme coupait du bois devant une cabane bâtie en rondins de peupliers, un panache de fumée sortait en spirales de la cheminée de pierre, soufflé par le vent.

Perry n'avait guère conscience des changements que le printemps apportait à la nature environnante. Il continuait à voir en esprit la forme décharnée de son père gisant sur le lit, les blessures qu'il portait à la tête, les moignons de ses doigts enveloppés de gaze, la poitrine affaissée, et il continuait à entendre les raclements de sa voix d'agonisant. L'esprit de Perry était pointé vers la vengeance à la manière dont on pointe une carabine sur une cible, et aucune autre pensée ne parvenait à pénétrer sa conscience pour y rester bien longtemps. Il savait qu'il trouverait les trois hommes qui avaient fait sauter l'école et les tuerait, de quelque manière que ce soit. S'il ne les trouvait pas aujourd'hui, il les capturerait la semaine prochaine ou le mois prochain ou plus tard encore, aussi longtemps qu'il lui faudrait pour les faire payer. Y vont pas s'en tirer cette fois, se disait-il. Ces trois brutes ont tué leur dernier vieillard. On va plus encaisser de choses pareilles. Je vais te les expédier tous les trois en enfer, ou alors, par le ciel, c'est moi qui m'y retrouverai. Ils peuvent me coller sur la chaise électrique pour ça s'ils veulent, mais, au moins, y aura pus autant de monde qui voudra s'engager auprès d'un patron pour nous faire sauter.

Perry prit trente dollars de sa prime de mobilisation des Job Corps et s'arrêta sur la route au magasin de la compagnie pour y régler une partie de la dette afin qu'ils puissent continuer à acheter à crédit le reste du mois. Il lui en restait soixante-dix, et le gouvernement lui en devait encore cent cinquante de son épargne passée. Mais le directeur du camp lui avait appris que son argent ne lui serait pas adressé avant deux mois, et Perry devait se trouver un travail très vite. Le loyer du baraquement était de trente-cinq dollars par moi. Irvin devait retourner auprès du médecin de Richmond, et les enfants avaient besoin de nouveaux vêtements. Ces deux dernières années, la famille avait été dans l'incapacité d'acheter des chaussures, et les trois plus jeunes se partageaient une paire. En outre, la femme du centre médical avait dit qu'Irvin avait besoin d'une meilleure nourriture, le lait en poudre, beurre de cacahuète et viande en boîte fournis par le centre fédéral de surplus alimentaires ne suffisaient pas.

Huit cents mètres après sa sortie de la ville, Perry fut pris en chemin par une vieille Buick avec, à son bord, toute une famille. L'intérieur était bourré de femmes et d'enfants, et il lui fallut se maintenir sur le marchepied en s'accrochant au montant de la fenêtre. Ils rebondissaient à chaque ornière de la route du comté dans la descente à flanc de montagne jusqu'aux limites de la ville. Perry regardait les cahutes en bardeaux avec leur tas de charbon en vrac empilé au-dehors, les voitures-tas de ferraille garées dans les cours, le matériel agricole laissé à rouiller, les enfants pieds nus jouant dans la poussière, et les quelques trottoirs fissurés envahis de mauvaises herbes. La Buick s'engagea dans le centre ville près du tribunal, et Perry sauta du marche-pied.

Ce n'était que le milieu de semaine, mais des hommes s'attroupaient déjà au coin des rues et devant les salles de billard. La plupart des mines du comté étaient fermées car l'association patronale refusait de signer de nouveaux contrats, attendant la venue du médiateur du Bureau national des relations avec la main-d'œuvre de Washington qui devait tenir une audience. Certains mineurs assuraient le piquet quelques heures par jour devant les puits avant de s'en revenir en ville où ils s'enivraient au vin synthétique à soixante-quinze cents la bouteille ou au whiskey de contrebande qui se vendait pour deux dollars le cruchon. Cinq ans auparavant, les mines avaient fermé dans tout l'État à cause des grèves, et tout le personnel avait été licencié ; mais la grève s'était déclenchée à la fin de l'été, lorsque le tabac était arrivé à maturité dans les régions de blue-grass, et de nombreux mineurs étaient allés à Winchester ramasser le tabac pour un demi-cent la tige. Aujourd'hui, il n'y avait pratiquement plus de travail sur le plateau de Cumberland. Certains partaient pour Cincinnati et Colombus et y cherchaient un emploi de manœuvre sur les chantiers de construction, d'autres occupaient deux ou trois jours de leur semaine à couper des arbres et à nettoyer les aires de pique-nique pour le Service des forêts. Pour la plupart, les hommes étaient assis sur le trottoir, à cracher leur jus de chique sur le ciment brûlant et à rassembler leur menue monnaie pour s'offrir encore une bouteille de porto blanc. Le shérif arrêtait quotidiennement au moins une douzaine d'hommes pour ivresse ou bagarres et, à la fermeture des salles de billards et tavernes à deux heures du matin, il s'était habituellement produit une fusillade ou un poignardage. La prison en grès à une seule cellule jouxtant le tribunal était bourrée d'ivrognes. Le shérif n'inculpait personne car il ne disposait pas de suffisamment d'espace pour tous les hommes arrêtés pendant la journée, et il se contentait de garder un homme en cellule seulement quatre heures pour lui donner le temps de redevenir sobre avant de le remettre en liberté.

Perry emprunta le trottoir taché de jus de tabac devant la quincaillerie. Des groupes d'hommes en béguins et casques métalliques interrompirent leur conversation pour saluer son passage d'un signe de tête. Ils ôtèrent les cure-dents qu'ils avaient en bouche en silence, une expression entendue dans le regard. Une femme obèse et âgée, les seins pendants, des varices aux jambes, lui toucha le bras lorsqu'il descendit le trottoir. Elle portait une robe fleurie aux couleurs passées et ses dents gâtées étaient jaunies par le tabac à priser.

– On a été vraiment désolés d'apprendre, pour Woodson, dit-elle.

– Merci.

– Mon homme était là le soir où qu'y z'ont fait sauter le bâtiment. J'irai voir ta mère cette semaine, je lui apporterai un peu de soupe.

– C'est sacrément gentil à vous. Elle vous sera reconnaissante.

Il s'engagea sur la chaussée en direction de la boutique de prêts sur gages. Le soleil brillait sur les devantures sales des boutiques.

– Tiens le coup, mon gars, laisse pas ce truc-là te monter à la tête, s'écria-t-elle derrière lui. Ta maman va avoir besoin de toi.

La fenêtre de la boutique de prêts sur gages était pleine de carabines, pistolets, coups de poing, banjos, guitares, matraques, une dobro, violons, mandolines, couteaux à cran d'arrêt, montres, jeux de dés. Perry regarda les Luger allemands, les .38 spéciaux, les automatiques de l'armée calibre .45, et les revolvers nickelés bon marché achetés par correspondance qui explosaient habituellement après avoir tiré quelques balles. Il compta la monnaie dans son portefeuille et entra. Il faisait sombre à l'intérieur, l'odeur était désagréable par manque de ventilation. Le propriétaire était un vieillard tuberculeux dont la chemise blanche paraissait perpétuellement salie de taches. Depuis trente années, il tenait la même boutique au même endroit, et pratiquement tous les hommes du comté lui avaient emprunté de l'argent à un moment ou à un autre, car rares étaient les mineurs qui pouvaient obtenir des prêts auprès de la banque. Il aurait probablement pu devenir riche dans son commerce de prêts, mais ses taux d'intérêt étaient inférieurs à ceux de la compagnie financière, et il offrait souvent plus d'argent que n'en valait l'article mis au clou. Il glissa un coffret d'armes dans son présentoir vitré et leva les yeux sur Perry au-dessus de ses verres sans monture. Sa peau avait une couleur jaunâtre.

– Ben, regardez qui vient là. Je croyais que t'étais parti aux Job Corps quelque part, dit-il.

– Comment va, monsieur MacIntosh. Je viens vous acheter un pistolet.

– J'ai vu Mme James dans la rue l'autre jour, et elle m'a dit que tu réussissais vraiment bien dans tes études.

– J'suis pus aux Job Corps. Y valent combien ce genre-là que vous avez en vitrine ?

– Elle a dit qu'elle était sacrément fière de toi. L'un de mes neveux est parti pour les Job Corps la semaine dernière. Il a pris l'avion jusqu'en Californie.

– J'ai trente dollars à dépenser pour un pistolet. Je veux pas aller plus cher que ça.

– Je préférerais te voir venir ici pour m'emprunter de l'argent, Perry. Ta famille pourrait probablement en avoir l'usage en ce moment, et je ne te presserais pas pour que tu me rembourses avant que vous soyez tous remis à flots. J'ai toujours connu ton père, et je ferai tout ce que je peux pour vous aider.

– C'est pas pour ça que ch'suis ici. Combien que vous demandez pour les Luger ?

– Ils sont tous gagés. Y sont pas à vendre.

– Et ceux-là, alors, ceux qui sont dans la boîte ?

– Ta famille a pas d'argent pour que tu le dépenses en armes. Prends-moi tes trente dollars et achète un peu de nourriture décente aux gamins. Trouve-leur des œufs, des légumes, du lait entier.

– C'est à moi de me soucier des besoins de ma famille. Faites-moi voir ce revolver Buntline.

– Je sais pour quoi faire que tu le veux, et je ne peux pas dire que je te le reproche. Peut-être bien que si un membre de ma famille avait été tué dans cette école, moi aussi j'irais chercher le responsable. Mais ça ne te rendra pas ton papa, et ta famille n'aura plus personne pour veiller sur elle si tu te retrouves sous les verrous. Je sais que Woodson ne gardait pas d'armes chez lui, et il ne voudrait pas que tu fasses ce que t'as en tête.

– Tous ceux qui entrent ici acheter une arme n'ont pas qu'une seule chose en tête, dit Perry.

– C'est peut-être bien vrai, mais ça signifie pas qu'il faut que tu sois comme eux. Donne-toi une semaine pour y réfléchir, et tu sentiras les choses différemment. Un jour ou l'autre, le shérif les attrapera, tes bonshommes, et ils auront le châtiment qu'ils méritent. Les difficultés dans les mines finiront par passer, et tu seras heureux de pas avoir agi sans réfléchir d'abord. J'ai vu bien pire par ici, mais un jour, les mines rouvrent et les fusillades, les attentats à la bombe s'arrêtent. Dans un mois ou à peu près, des hommes vont débarquer ici pour retirer leurs banjos et leurs violons du clou, et ils voudront me revendre toutes les armes qu'ils m'ont achetées.

– Faut que j'aille voir des gens, dit Perry.

L'étiquette de ce Buntline dit trente-cinq dollars. Les voilà. Donnez-moi une boîte de magnum pour aller avec.

– Je déteste te vendre ça, Perry.

– Mon argent, il a la même couleur que celui des autres, pas vrai ?

Perry posa un rouleau de billets de cinq dollars sur le comptoir. Il se sentait coupable de dépenser ainsi l'argent dont sa famille avait besoin, mais il était décidé à mener à bien ce qu'il avait décidé de faire à la mort de son père.

– C'est de l'occasion et je ne te le garantis pas.

M. MacIntosh posa le revolver Colt bleu sur le verre. C'était un magnum calibre .22 avec un canon de dix pouces monté sur un cadre d'acier lourd pour l'équilibrer, et il était précis à cinquante mètres, capable de toucher sa cible avec la force d'impact d'un .38. La mire du canon était surmontée d'une perle d'or, et la détente à simple action était aussi souple qu'un rouage d'horlogerie.

Perry releva le chien dont il percuta à deux reprises un logement du barillet vide. Il avait le sentiment que le revolver avait été fait pour sa main. Les plaques de bois de la crosse s'inscrivaient parfaitement dans la courbure de sa paume, et le poids de l'arme était tellement bien équilibré qu'il était capable de prendre sa visée sur une cible en une seconde.

– Je veux que vous me le gardiez jusqu'à ce soir. Je reviendrai le chercher, dit-il.

– J'enregistre pas la vente sur ma caisse. T'entendras pas la clochette. Tu peux venir reprendre tes trente-cinq dollars quand tu le désires et je garderai l'arme.

– C't'argent, vous pouvez le mettre à la banque tout de suite, parce que je serai de retour pour récupérer l'arme avant la nuit tombée.

Perry ressortit dans la rue sous le soleil brillant. L'air frais de printemps sur son visage lui fut agréable après la puanteur de la boutique de prêts sur gages. Des parties de la montagne étaient obscurcies par les nuages, les cimes des arbres d'un bleu sombre au loin. Une camionnette à plateau déglinguée, chargée de mineurs avec leurs pancartes, se rangea contre le trottoir devant les hommes postés à l'extérieur de la salle de billard. Le camion était couvert de macarons de l'UMW et d'inscriptions rédigées à la main qui disaient :

GARDEZ LE KENTUCKY SYNDIQUÉ
VOTEZ POUR LE DROIT DE GRÈVE
SOLIDARITÉ À JAMAIS AVEC LES MINEURS UNIS
EXIGEZ UN SALAIRE DÉCENT
NOUS VOULONS LE TARIF SYNDICAL

Les hommes à l'arrière du camion descendirent en masse et entrèrent dans la salle de billard tandis que d'autres montaient prendre leur place pour s'en retourner aux piquets de grève devant les entrées de mines. La plupart des mineurs étaient ivres, à des degrés différents, mal rasés, les vêtements salis de poussière car ils n'étaient pas rentrés chez eux depuis plusieurs jours ; certains parmi eux ne savaient pas s'ils partaient pour le piquet ou s'en revenaient. Une femme maigre, la peau couleur de vieux papier journal, un enfant en pleurs dans les bras, essayait de faire descendre son mari du camion, un petit sourire timide aux lèvres en s'adressant à lui, car, dans cette partie du Kentucky, les femmes n'allaient pas à l'encontre de la volonté de leur mari devant d'autres hommes. Elle portait des chaussures de tennis sans chaussettes, les jambes velues, les ongles cassés jusqu'au vif de la chair. Son mari, grand et maigre, une roulée mouillée à la bouche, se tenait appuyé contre la cabine du camion, tenant une pancarte du syndicat à la main. Il sirotait du whiskey de maïs à même la bouteille pleine.

– Faut qu'on aille aux surplus de nourriture, et je ne peux pas m'occuper de tous les petits, dit-elle.

– Rentre à la maison et restes-y jusqu'à ce que je revienne, dit-il.

– Wilfred, je ne peux pas…

– Nom de Dieu, tu m'as entendu, femme. Faut que je fasse mon poste au piquet.

Perry remonta la rue jusqu'à la taverne où il savait trouver les J.W. dans la journée. Il vit du verre brisé sur le trottoir devant la porte. Quelqu'un avait fait sauter d'une boule de billard un grand triangle de verre dans l'une des fenêtres. Une barmaid en blue-jean et chandail, des tatouages sur les bras, était appuyée contre l'huisserie de la porte, occupée à se curer les dents du petit doigt. L'odeur rance de bière éventée, vin bon marché, fumée de cigarette, sueur, désinfectant de toilettes et chili était soufflée par les pales de l'aérateur placé au-dessus de la porte.

– Où qu'y sont, les J.W. ? dit Perry à la fille.

– Comment je le saurais ? C'est pas moi la pointeuse.

– Ils sont passés aujourd'hui ?

– Non. Et s'il ne tenait qu'à moi, ils ne reviendraient plus du tout.

Son visage paraissait aussi dur qu'un plâtre.

– À quelle heure reviennent-ils du piquet ?

– Allez voir le barman pour discuter de ces deux-là. J'ai pas de temps à perdre pour des gens de leur espèce.

Perry entra et se plaça à l'extrémité du long bar en bois. Des crachoirs souillés étaient posés à côté de la barre repose-pieds en laiton, le miroir derrière le comptoir était cassé, virant à un vert d'eau stagnante avec les années, et le long d'un mur s'empilaient des caisses de bière vides et des bouteilles cassées. Des nuages de fumée flottaient dans l'air, et plusieurs hommes étaient affalés inconscients sur leur table. L'agent d'affaires des UMW offrait des bières aux mineurs de retour du piquet depuis le matin. Un homme était assis à une table, les pieds sur une chaise en rondins, et jouait d'une guitare, trois onglets métalliques pour banjo aux doigts. Comme tous les autres clients du bar, il avait le visage couvert d'une pellicule de suie sur une barbe de trois jours.

*Une vie de mineur, c'est comme une vie de marin*
*À bord de son bateau à traverser les vagues,*
*Sa vie est chaque jour en danger*
*Pourtant il continue sa route en brave qu'il est.*

*Les mineurs syndiqués se serrent les coudes,*
*Sans se soucier de ce que racontent les patrons,*
*Garde la main sur tes dollars,*
*Et l'œil sur le salaire minimum.*

L'air était celui d'une vieille ballade religieuse intitulée « La vie est comme un chemin de fer de montagne », et Perry l'avait entendu chanter dans tous les piquets de grève qu'il avait connus. Il attendit une heure la venue des J.W., puis commanda une bière et mangea une assiette de pieds de porc quand il eut faim. Des hommes qui avaient connu son père venaient lui serrer la main, et il pouvait lire attente et espoir sur leurs visages. Sous les relents de sueur sèche, il sentait leur désir de voir la violence contre le patron – mais une violence dans laquelle ils ne seraient pas impliqués. Ils avaient la paume des mains moite, leurs yeux brillaient d'une lueur sourde avec la même expression entendue qu'il avait vue sur les visages d'autres hommes dans la rue.

– Tout le monde ici est avec toi, disaient-ils.

– Y a pas un homme dans tout le comté qui refuserait de descendre ces trois-là.

– Même ça, c'est trop bon pour eux. Faudrait qu'on les retrouve dans une voiture brûlée.

– Y a pas eu un jaune dans les rues une semaine durant après qu'y z'ont fait sauter l'école.

– Tu veux une autre bière, mon gars ? C'est l'agent qui régale.

– L'explosion a fait sauter les vitres de ma fenêtre Je suis sorti sur le perron et j'ai vu une voiture s'enfuir sur la route. Si j'avais su ce qui était arrivé, je les aurais troués comme une passoire.

– Par le Seigneur, on les rattrapera un jour, même s'il faut pour ça qu'on passe au peigne fin toutes les villes du Kentucky et de la Virginie de l'Ouest.

Perry but encore deux bières pression à quinze cents en échangeant de rares paroles avec les hommes qui l'entouraient, parce que aucun d'eux ne savait rien hormis qu'ils pourraient bien s'offrir une nouvelle fusillade en spectacle. Arrivé au milieu de l'après-midi,

Perry avait trop bu, et il se sentait vaguement nauséeux des pieds de cochon qu'il avait mangés. Il s'apprêtait à partir lorsqu'il vit entrer les J.W., encadrés l'un et l'autre par la lumière du soleil au-dehors, comme si on les avait découpés dans une pièce de bois. Big J.W. tenait une roulée dans un espace vide entre ses dents de cheval jaunes, et il avait à la main une pancarte déchirée qui disait : CETTE MINE SOUTIENT LE DROIT AU TRAVAIL. Le ventre rond et dur de Little J.W. repoussait ses bretelles et il portait un feutre cabossé et une salopette découpée aux hanches. Ses yeux bruns paisibles et trompeurs regardaient droit sur Perry sans ciller. Il ôta un brin de tabac à chiquer de sa lèvre et le balança au sol d'une pichenette de l'ongle du pouce. Perry avait toujours éprouvé un sentiment de crainte à l'égard des J.W. depuis la dernière fois qu'il les avait vus devant le bureau du shérif, avant qu'il parte pour la Caroline du Nord, mais, aujourd'hui, leur présence lui était indifférente, lui laissant pour seul sentiment qu'ils pourraient peut-être lui être utiles.

– Regarde un peu ce que j'ai été obligé d'arracher au dépôt, dit Big J.W. en agitant la pancarte déchirée qu'il avait à la main. Je détesterai ça, de faire avaler ce truc au patron. Que quelqu'un aille me mettre ça près du trou à miel au cas où y aurait plus de papier-toilettes.

Tout le monde éclata de rire dans la salle et Little J.W. leva deux doigts à l'adresse du barman. Son frère et lui ressemblaient à des duettistes comiques avec leur pantalon souillé de suie, leur chemise de toile bleue délavée et leur veston élimé. Little J.W. sortit une bouteille de whiskey de maïs de sa poche et le versa dans un verre sale posé sur le comptoir. Il ôta le tabac qu'il avait dans la bouche, le cracha par terre tout à côté du crachoir et but le whiskey d'une gorgée en le faisant suivre d'une bière pression. Il regardait Perry d'une expression égale, à croire qu'il venait de le voir la veille et non cinq mois auparavant.

– Regarde-moi donc qui est là, petit frère, dit Big J.W.

– J'croyais que t'étais à l'école avec les gamins de couleur, dit Little J.W.

– Il irait pas traîner autour des gens de couleur avec le drapeau confédéré qu'il a sur le bras.

– Qui c'est qui a fait ça ? dit Perry.

– Les jaunes, y nous causent pas, dit Little JW. J'en vois pas un seul ici, pas vrai ? Et t'en trouveras pas non plus où qu'on est.

– On les cherche. Trois hommes que personne avait vus avant ont acheté de la dynamite à Letcher avant l'explosion et y a des gens qui ont vu une vieille Chevrolet dévaler la montagne comme si elle marchait à l'alcool juste après l'explosion, dit Big J.W.

– Ça me dit rien, tout ça. C'était qui, ces mecs ?

– Si on savait ça, y seraient tout au fond d'une galerie abandonnée à l'heure qu'il est, dit Little J.W.

Perry sentait l'odeur d'alcool de maïs et de jus de chique sur son haleine.

– Ton papa a pas été le seul homme à se faire tuer dans ce bâtiment. Le cousin de ma femme, y s'est reçu une planche qui lui a transpercé la tête.

– Quel est le patron qui recrute des mecs de l'extérieur ?

– Peut-être bien qu'y s'agit de celui qui est un peu plus loin dans la rue, ou peut-être que tous les membres de l'association y vont de leur part au pot commun, dit Big J.W. Y z'ont des hommes armés à toutes les entrées de mines du comté. Ils les appellent des adjoints spéciaux et c'est tous d'anciens détenus de Dayton ou de Detroit.

– Tu t'es taillé avant le début de la grosse bagarre, dit Little J.W. Y tiraient sur les syndiqués comme si c'était des écureuils gris à Harlan pendant que tu te baladais en avion.

– Ils auraient fait fuir notre agent en lui incendiant son bureau, mais heureusement que nos gars les ont chopés derrière le bâtiment avec leur pétrole.

Le visage étroit et émacié de Big J.W. se colorait de lueurs verdâtres dans la pénombre du bar.

– T'as pas à te faire de souci pour ça, de toutes manières, dit Little J.W. Quand le moment sera venu, on va s'en occuper pour toi de ces mecs-là.

– Vous allez rien faire du tout pour moi, dit Perry. Je veux que personne se mêle à ça.

Little J.W. se versa un nouveau verre de whiskey en se suçotant les dents.

– La dernière fois que je t'ai vu affronter quelque chose, je crois me souvenir que j'ai été obligé de te porter jusqu'à la voiture pasque t'avais trop peur pour te bouger.

– J'ai pas attendu ici tout l'après-midi pour entendre ce que vous avez à dire sur moi, dit Perry. Ça m'intéresse pas. Si vous trouvez où ils sont, vous me le dites. Et c'est pas des histoires quand je vous dis que je veux pas de votre aide, ni de l'un ni de l'autre.

Perry termina sa bière et en commanda une autre. Le verre était perlé d'humidité et, sous la mousse, la bière ressemblait à une lumière ambrée.

– T'as dû passer trop de temps la tête dans le cruchon aujourd'hui, dit Little J.W.

– Je vous préviens juste. Vous mêlez pas de ça. C'est pas un membre de votre famille directe qui s'est fait tuer là-dedans.

– Je crois que tu ferais bien de choisir tous les mots que tu vas dire avec grand soin, dit Little J.W.

Son regard changea de qualité. De paisible et serein comme un œil de faon, il se mit à briller, dur comme l'agate. Ses lèvres dessinaient un filet serré qui lui barrait le visage.

– Vous avez aucune raison de vous mêler à quelque chose qui est pas vos oignons.

– Personne me dit une chose pareille deux fois.

– Je vous dis plus rien du tout. Trouvez ceux qui ont fait ça, et je serai en dette avec vous. Mais ne vous chargez pas de prendre en main ce que je dois faire, moi.

– Petit frère te disait justement qu'un homme ne peut pas faire ce boulot-là tout seul, dit Big J.W. Y sont à trois contre un, peut-être plus. Ça fait pas de mal d'avoir deux mecs de rab avec toi.

– Vous m'avez encore jamais fait de faveurs, et je vous en demande pas aujourd'hui.

Perry sécha sa bière jusqu'à la dernière goutte. Il savait qu'il était en train de s'enivrer, mais il avait déjà dépassé le stade de s'en soucier ou de se rappeler le long week-end de nausée qu'il avait passé au lendemain de sa séance de tatouage à Asheville.

– Comme l'a dit Little J.W., il n'y a pas que toi à avoir eu un blessé dans l'explosion de l'école. Si ma voiture était pas tombée en panne, j'aurais peut-être bien pu me retrouver assis juste au-dessous de la charge avec tous les autres gars. Alors je me dis que ça nous donne le droit de faire ce qu'on veut de ces hommes-là.

– Ce que t'as décidé de faire dans ta tête, c'est une chose, mais t'as entendu ce que j'ai dit.

Perry tapa le comptoir du cul de son verre pour une autre bière.

– Combien de temps tu crois que tu peux continuer à parler comme ça, môme ? dit Little J.W.

Il tenait sa bouteille à moitié levée, goulot vers la bouche. Son visage était maintenant couleur de cendre, ses maxillaires se serraient au rythme de sa respiration, comme s'il mâchonnait quelque chose. Ses yeux paraissaient avoir rétréci, enfoncés qu'ils étaient sous le front.

Perry régla le barman et essuya la mousse de sa bière du côté de la main. Il ne dit rien et vida le verre d'un trait. Il voyait la cicatrice rouge et tordue sur son nez dans le miroir derrière le bar.

– Tu me regardes pas en face. Tourne-toi, dit Little J.W.

– Laisse filer, mon joli. Le shérif est décidé à nous coller en tôle à la première occasion, dit Big J.W.

– Regarde-moi ! Et après, ouvre le bec encore une fois. Tu t'installes dans un camp du gouvernement et tu reviens ici pour nous dire ce qu'on va faire et ce qu'on va pas faire. L'homme qui me dit ce que je dois faire y s'en sort pas comme ça.

Il ne parlait pas fort, mais l'énergie furieuse de sa voix fit interrompre les conversations dans le bar.

– C'est pas l'endroit, dit Big J.W.

Il posa sa longue main étroite sur le bras de son frère.

– Nom de Dieu, gamin, tu vas finir par me regarder en face ou est-ce que je vais être obligé de mettre la main à la pâte ?

Le barman se déplaça derrière le bar et posa la main

sur un objet posé sur le comptoir ; pas un instant son expression ne changea et il gardait les yeux fixés droit devant lui.

– Je suis pas venu chercher des ennuis avec vous autres, mais j'ai plus peur de vous non plus, dit Perry.

Il se trouva face à la haine dans les yeux de Little J.W., et il se souvint de l'histoire de Little J.W. qui avait presque battu son oncle à mort à l'aide d'un tisonnier et l'avait laissé mourir dans son avant-cour.

– T'auras l'occasion d'avoir peur.

Perry ne voyait pas le balourd des poches de Little J.W. sous le poids de ses deux pistolets, mais il savait que Little J.W. portait toujours sur lui un court poignard de chasse, affûté comme un rasoir sur une meule de pierre d'émeri, dans un étui de cuir à l'intérieur de sa salopette. Perry gardait la main sur la poignée de sa chope de bière au cas où il devrait riposter en swing.

– On se prend la rue, petit frère. Tu finiras ça une autre fois, dit Big J.W.

– Ça va se régler tout de suite.

– Je t'ai dit que je voulais pas d'ennuis, dit Perry. Mais si tu fais ce que t'as l'intention de faire, ta main aura pas le temps de quitter ta poche.

– Espèce de morveux fils de pute, tu l'auras cherché, dit Little J.W.

– Je vais pas me faire démolir mon bar encore une fois à cause de vous, dit le barman.

C'était un gros homme à la tête de granit, au vaste nez marqué de cratères, aux oreilles épaisses. Le crâne rasé portait une profonde cicatrice bleue sur toute sa longueur. Il avait été catcheur à Nashville jusqu'au jour où on lui avait fracassé une chaise métallique sur la tête.

– Faites ça dehors, sinon je sors ce que j'ai dans la main.

– Vas-y, sors ton flingue, espèce de salopard, dit Little J.W.

– Laisse-le où il est, on s'en va, dit Big J.W.

Il tira son frère et l'éloigna du comptoir.

– Tu les laisses nous prendre pour des paillassons, dit Little J.W.

– Je vais pas donner au shérif une excuse pour nous coller en cellule.

– Contentez-vous de foutre le camp, dit le barman.

– T'as fait une erreur en fourrant ton nez là-dedans, dit Little J.W. J'espère que t'as réglé ta prime d'assurance incendie.

– Je vais pus attendre bien longtemps, dit le barman.

Big J.W. traîna son frère et lui fit passer la porte. Ils se prirent du bec un moment dans le carré de lumière devant la porte, avant de monter dans le camion du syndicat qui repartait pour les mines. Perry sentit une goutte de transpiration se former au coin de son sourcil et couler sur le côté de son visage. Il s'éclaircit la gorge et cracha sa salive desséchée par terre avant de boire le reste de sa bière. Elle lui fit l'effet d'un bloc de glace dans l'estomac. Il se demanda s'il était vrai qu'il n'avait pas eu peur, ou si les crispations nerveuses des muscles de ses jambes et de son ventre étaient juste un symptôme de l'angoisse qui saisissait les hommes confrontés de très près à une violence soudaine. Il savait que ça n'était pas passé loin. Si le barman n'était pas intervenu, ou si Big J.W. n'avait pas été là, le couteau serait sorti de sa gaîne, au lieu de n'être qu'une simple menace suivie par d'autres paroles ; il aurait jailli comme un éclair vers le ventre de Perry, aussi vif qu'une tête de serpent. Perry se rendit compte qu'il avait la chemise mouillée de sueur, et sa main avait laissé une empreinte humide sur le comptoir. Le barman tira une nouvelle pression qu'il posa devant Perry.

Les gens reprirent leur conversation, et le guitariste racla les cordes de ses onglets d'acier et chanta :

*Attention aux cailloux, ils tombent tous les jours,*
*Les mineurs imprudents y restent toujours.*
*Garde la main sur les dollars*
*Et l'œil sur le salaire minimum.*

Perry sirota sa bière jusqu'à sentir se relâcher en lui les tensions dures qui le nouaient. La barmaid revint, abandonnant la porte d'entrée pour s'appuyer contre le comptoir à côté de lui. Son visage brillait d'un éclat non naturel à la lumière. Elle sortit une cigarette d'un paquet enfoui dans son short, attendant que Perry la lui allumât.

– T'as pas une allumette ? dit-elle.

Il lui tendit une pochette d'allumettes qu'il sortit de sa poche de chemise. Les yeux de la fille étaient noirs à la flamme.

– T'es le premier mec que je vois qui a remis un de ces deux-là à sa place, dit-elle. J'aimerais bien les voir tous les deux étalés pour le compte là derrière un de ces soirs.

– J'ai remis personne à sa place.

– Y a pas beaucoup d'hommes dans le coin à avoir tenu tête à Little J.W., dit l'homme tout à côté de Perry.

Il était coiffé d'un chapeau de paille sale et une traînée de chili lui barrait le côté de la figure.

– Un jour, j'l'ai vu tabasser un gars avec un pied de chaise, rien que parce que le mec l'avait regardé de travers. Woodson aurait été fier de ce que t'as fait.

– J'ai rien fait du tout, dit Perry. Je veux plus d'ennuis avec lui. Il m'aurait ouvert en deux si le barman l'avait pas arrêté.

– T'as pas cédé un pouce de terrain devant lui, et nous, on l'a bien tous vu, dit l'homme.

– J'ai rien dit du tout contre lui, et c'est pas maintenant que je vais commencer. S'il a ça dans le sang de s'attirer des ennuis, c'est ses oignons. Mais c'est pas moi la cause de tout ça.

– Y a fallu que je me coltine ce petit salopard depuis que je travaille ici, et j'ai jamais vu encore un homme lui tenir tête face à face, dit la fille.

Perry connaissait le genre d'histoires qui allaient se répandre comme une traînée de poudre à propos de l'incident qui l'avait opposé à Little J.W. Avant le soir, les gens diraient qu'il avait fait battre en retraite les deux J.W., en se rappelant bien peu de chose de ce qui s'était effectivement passé. En faisant le récit des événements aux mineurs de retour du piquet, ils ne diraient rien des auréoles de sueur sur sa chemise, de ses paumes moites, ou de cette sensation de barre, rigide et nue, au creux de l'estomac, à attendre que Little J.W. sorte son poignard de son étui. Le lendemain, le récit serait encore plus déformé et puis quelqu'un arrêterait Little J.W. dans la rue et mentionnerait l'air de rien qu'il avait entendu parler d'un gamin de dix-sept ans, ancien des Job Corps, qui l'avait fait battre en retraite devant une salle pleine de monde. Un jour viendrait où Perry se verrait forcé d'affronter les J.W. une nouvelle fois, en un lieu inconnu. Il lui faudrait expliquer qu'il n'avait rien à voir avec les bruits qui couraient avant d'être accusé de mensonge et de lâcheté, ou se battre contre les deux hommes, armé de ce qui lui tomberait sous la main – deux choses qu'il n'avait nulle envie de faire. Il était déterminé à ne plus rien accepter, ni menaces ni ordres, de ces deux-là ; mais même s'il combattait l'un ou les deux à la fois et s'il en sortait vainqueur, ils finiraient bien par lui retomber dessus un soir, sur une route, et le lendemain on le retrouverait gisant dans les mauvaises herbes ou balancé au fond du vallon.

– Faut que je trouve du boulot, j'ai pas le temps de me soucier de cette paire-là, dit-il.

– Qu'est-ce qu'il a voulu dire, Little J.W., quand il a parlé de te porter jusqu'à une voiture ? dit l'homme.

– Va lui demander. Je ne sais pas ce qui lui passe par la tête.

Il termina sa bière et en prit une autre. La tête commençait à lui tourner et, lorsqu'il leva son verre, il renversa une partie de la bière sur son menton.

– Tu lui as fermé la gueule à ce salaud, dit la fille.

– Ça continue à travailler, les mines à ciel ouvert ? dit Perry à l'homme en chapeau de paille.

– Mon pote, y a pus de boulot nulle part dans le coin, répondit un autre.

Il portait un casque en fer-blanc avec, au-dessus du rebord, une paire de lunettes de sécurité colorées montées sur une lanière élastique. Au coin de l'œil, il avait un gros grain de beauté marron qui l'obligeait à cligner constamment des paupières, et ses lèvres étaient décolorées par le tabac à chiquer.

– Un ouvrier peut plus trouver de travail sauf à transporter le whiskey jusqu'en Ohio ou au Michigan, et l'ABC chope la moitié des conducteurs avant qu'ils arrivent à Lexington, dit l'homme au chapeau de paille. Ils te collent un an à Frankfort s'ils t'attrapent avec juste deux gouttes dans une bouteille qui porte pas son timbre de congé. Les fédéraux c'est encore pire. En janvier dernier, ils ont pris mon oncle sur le pont de l'Ohio et ils l'ont expédié pour trois ans à Atlanta.

– Le Service des forêts a pas de boulot ? dit Perry.

– Ils engageront pas d'équipes de pompiers avant la sécheresse, et les papas-papys font tout le travail à eux tout seuls sur les pistes.

– Ça pourrait peut-être valoir le coup d'allumer un ou deux incendies, dit l'homme au grain de beauté au coin de l'œil. Je crois bien qu'ils refileraient un peu de boulot si on leur brûlait une centaine d'hectares de leur bois.

– Combien ça se paie un transporteur aujourd'hui ? dit Perry.

Un nouveau verre plein de bière était posé sur le comptoir devant lui, et il était incapable de se rappeler s'il l'avait commandé ou si l'agent d'affaires du syndicat recommençait à régaler.

– Je m'ai laissé dire cinquante dollars, si t'as pas à traverser la frontière de l'État. Je crois bien que les gars qui font tout le chemin jusqu'à Detroit dans leur voiture personnelle partagent à égalité avec le distillateur. Mais l'argent vaut pas trois années de pénitencier.

– C'est plus ce que c'était dans le temps, dit l'homme au chapeau de paille. Je les avais jamais vus coller plus de trente jours de ferme-prison à un gars pour sa première arrestation. Aujourd'hui, ils te prennent jusqu'à ton dernier centime comme amende et ils te bouclent en plus, pour un long moment.

Perry vacillait sur ses pieds et se raccrochait d'une main au comptoir tout en buvant sa bière. Il était incapable de se souvenir depuis quand il se trouvait là. Au-dehors, le soleil projetait des ombres démesurées sur les sommets bleus des montagnes, et l'air avait commencé à fraîchir. La camionnette revint du piquet, et de nouveaux mineurs entrèrent dans le bar, les yeux rougis par l'alcool.

– Quelle heure est-il ? Faut que je repasse prendre quelque chose à la boutique de prêt, dit Perry.

– Prends donc un peu de ça. M. MacIntosh, y va nulle part. Je crois même qu'il ne doit jamais sortir de c't'endroit sauf pour tomber le froc par là-bas derrière.

– Je ferais bien de pas boire de whiskey.

– C'est du bon. Il est resté enterré cinq mois durant dans un baril de charbon de bois. Tu peux pas faire la différence avec le whiskey rouge, excepté pour la couleur.

Perry prit la bouteille et but. Il apercevait de petits filets de charbon de bois en suspension, et le goût lui faisait penser à un plat de maïs à la térébenthine. Il fit passer le whiskey d'une bière et avala une nouvelle gorgée à la bouteille. Il sentit un frisson le parcourir lorsqu'il sentit la brûlure brutale de l'alcool dans son estomac.

– Bois donc encore un coup et tu pourras peut-être essayer ta chance avec la petite montante, dit l'homme en chapeau de paille.

La fille en short s'était éloignée à l'autre extrémité du comptoir.

– Où ce qu'elles sont, les toilettes ? demanda Perry.

– Juste derrière. Tombe pas dans le trou à miel. On n'a jamais retrouvé le dernier mec qui y a dégringolé.

Les deux hommes éclatèrent d'un rire tonitruant, un rire sec et râpeux.

Perry se dirigea d'un pas chancelant vers le fond du bar. Il sentait son cœur battre plus vite du whiskey bu, et son front se perlait de gouttes de sueur. Il poussa la porte en planches tenue en place par un ressort métallique, et l'odeur qui montait du trou dans la planche percée lui fit venir les larmes aux yeux. Le petit cagibi avait été bâti à l'arrière du bar au-dessus d'un creux de trois mètres sur la pente en contrebas. Une fosse ouverte, emplie de créosote, avait été creusée dans le sol, et le surplus d'écoulement se déversait dans un ruisseau au fond de la ravine. Par les fissures des planches, Perry voyait des tas de bouteilles brisées dans le lit du torrent, des sacs d'ordures, une carcasse de lit rouillée, un morceau d'automobile, et des centaines de boîtes de bière. Il boutonna son pantalon et retourna dans le bar pour se diriger vers la porte d'entrée. Il avait chaud au visage et, un bruit de court-circuit électrique ne cessait de bourdonner dans sa tête. Il lui fallut toute son énergie pour marcher en ligne droite jusqu'à la rue.

La lumière faiblissait derrière le rebord des montagnes, et le crépuscule s'était installé dans le vallon. Les crêtes avaient viré du vert sombre au mauve et, à l'est, les reflets du soleil étaient écarlates sur les nuages. L'air était chargé d'une odeur de soufre et Perry savait qu'un orage éclaterait avant la nuit. Un de ses oncles avait été tué par un éclair tandis qu'il menait un attelage de mules sur la crête de la montagne au-dessus de sa cabane. Sous la puissance du choc, ses chaussures avaient été arrachées. Perry songea à parcourir les huit cents mètres qui séparaient la ville du premier vallon, là où habitait Bee Hatfield ; puis il se souvint qu'il devait se rendre à la boutique de prêt sur gages avant la fermeture, et il oublia l'orage. Il sentit le trottoir tanguer sous ses pieds tandis qu'il descendait la rue au milieu des groupes d'hommes toujours occupés à rassembler de la menue monnaie pour une nouvelle bouteille de porto blanc.

De l'autre côté de la rue, Perry vit le bureau de la Lockwood Mining Company, l'une des rares compagnies minières dans la région à n'avoir jamais signé un contrat syndical. Deux voitures de prix toutes neuves étaient rangées à l'extérieur, et un garde de la compagnie, avec insigne et revolver à la hanche, était posté près de la porte d'entrée. Une matraque gaînée de cuir ressortait de sa poche arrière. Deux mineurs en imperméable avec pancartes de grève à la main arpentaient le trottoir. Un homme en complet de ville bleu, cravate et chemise blanche franchit la porte et les piquets de grévistes comme si ceux-ci n'existaient pas. Lorsqu'il monta dans son automobile, Perry vit la lumière jouer sur ses boutons de manchette en argent et ses chaussures noires cirées. Perry ne connaissait pas son nom, mais il savait qu'il s'agissait d'un avocat venu du nord qui descendait en ville et demeurait au domicile du président de l'association des exploitants chaque fois qu'une grosse grève menaçait les houillères. Un jour, alors que le syndicat croyait avoir gagné garantie d'emploi et augmentation de salaire, l'homme avait obtenu le transfert de l'affaire à une audience ultérieure devant le Bureau des relations de main d'œuvre à Washington, et personne n'entendit plus parler de rien pendant neuf mois. La plupart des mineurs, incapables d'attendre aussi longtemps, avaient repris le travail aux anciennes conditions. Perry sentit une haine soudaine et intense à l'égard de cet avocat nordiste, de sa nouvelle voiture, de l'adjoint de la compagnie près de la porte du bureau, et de ces hommes à l'intérieur en train d'élaborer les moyens pour briser la grève avant que leurs actions ne dégringolent trop bas et que leurs investisseurs de New York ne retirent leurs capitaux de l'affaire. Son père avait eu tort en disant que combattre l'exploitant n'avait jamais aidé le mineur. La violence pour la violence était la seule chose que comprenait l'association. Ses membres possédaient les tribunaux, les adjoints spéciaux, les contrôleurs d'impôts, voire peut-être quelques-uns des médiateurs qui arbitraient les conflits sociaux et, lorsqu'un homme politique arrivait sur le plateau pour faire campagne en vue de son élection au Congrès, il s'installait toujours au domicile du président de l'association sur la colline. Ils avaient l'argent nécessaire, capables d'atteindre jusqu'à la résidence du gouverneur à Frankfort, sinon jamais on n'aurait envoyé les troupes de la Garde nationale dans le comté de Harlan afin de protéger les jaunes et briser les grèves. Un adjoint de la compagnie n'allait jamais en pénitencier pour avoir tiré sur un mineur, mais on expédiait les syndiqués derrière les barreaux pour violation de propriété privée lorsqu'ils manifestaient en piquet de grève devant l'entrée d'une mine.

Une pluie régulière se mit à tomber dans la rue. Au nord, un éclair frappa au creux des vallons, et un nuage d'orage noir se mit à rouler au-dessus des montagnes. Un éclair blanc fendit le ciel en deux et explosa en une boule de feu sur la crête au-dessus de la ville. Quelques instants plus tard, des flammes se levèrent à l'entour de plusieurs arbres avant de se propager dans les sous-bois, attisées par le vent. Perry tira la visière de sa casquette plus bas sur le front et avança sous les avant-toits des immeubles pour se protéger de la pluie. À l'ouest, il voyait les derniers rougeoiements du soleil s'estomper au-delà des montagnes ; puis l'orage parut s'étaler d'un bout de l'horizon à l'autre, et des nuages noirs se mirent à tourbillonner dans le ciel comme autant de loques de coton noir.

Le whiskey lui avait asséché la bouche et il voulait boire. Il entra dans la première salle de billard sur son chemin et but deux pressions en cinq minutes. Il avait l'impression qu'il aurait été capable de vider toutes les bouteilles du bar et d'encore avoir envie de boire. Comme si l'énergie de son corps consumait l'alcool dès que celui-ci lui arrivait dans l'estomac. Avant de partir, deux hommes lui demandèrent s'il était vrai qu'il avait fait battre en retraite un des J.W. cet après-midi-là.

– L'homme qui vous a raconté ça est un menteur, dit Perry. Trouvez-vous quelqu'un d'autre à faire éventrer.

En chemin vers la boutique de prêt, il s'offrit une nouvelle bière et deux doses de vin dans un bar vers le haut de la rue. Ses vêtements étaient détrempés, ses chaussures pleines d'eau. Impossible d'ouvrir la porte de la boutique. Il réalisa alors qu'il la refermait en la tirant contre l'huisserie. Il avait le regard vitreux et son corps était privé de toute sensation. Le vent reclaqua la porte avec fracas contre le mur lorsqu'il entra, et la pluie balaya le sol d'une bourrasque.

– Je veux mon revolver, dit-il.

– Ferme cette porte, dit M. MacIntosh.

Ses épaules ployaient sous le poids des deux lourds registres qu'il avait dans les bras.

– Faut que j'aille chez Bee Hatfield avant que les éclairs se mettent à tomber.

Perry vacillait d'avant en arrière.

M. MacIntosh reposa ses livres, contourna le comptoir et ferma la porte. Le plastron de sa chemise blanche sale était éclaboussée de gouttes de pluie.

– T'as dû boire jusqu'au dernier dollar que t'avais dans la poche, dit-il.

– Enveloppez les balles dans un sac en papier pour qu'elles ne se mouillent pas.

– Tu n'arriveras jamais chez Bee. Tu te feras toucher par l'éclair ou tu t'effondreras sur la route avant de te faire écraser.

– C'est mon affaire. Où qu'il est, ce revolver ?

– Je ne peux pas te le donner, si tu es ivre. Tu peux dormir sur la couchette du fond cette nuit, ou tu peux rentrer chez toi et revenir le chercher demain, dit M. MacIntosh.

– Je l'ai payé. Il est pus à vous, et vous avez aucun droit de me dire quand je peux le prendre.

– Il sera toujours là au matin. Y a pas grand-chose qui va changer d'ici là.

– Nom de Dieu, vous me le donnez, ce pistolet.

– Sur qui tu te sens obligé de tirer ce soir ? Tu veux transformer le bureau de Lockwood en passoire ? Les trois hommes qui ont tué ton papa aimeront ça. Ils n'auront plus à se faire de mouron pour les six mois qui viennent pendant que tu seras à la prison du comté.

Perry vit le long canon bleu du revolver Buntline et la boîte de cartouches à l'intérieur du présentoir vitré. Il s'avança en déséquilibre, tendit le bras par-dessus le comptoir et essaya de faire coulisser la porte de verre.

– C'est pas toi qui vas faire ça dans ma boutique, Perry. Je vais appeler le shérif pour qu'il vienne te chercher, dit M. MacIntosh.

– Faites ce que vous voulez, nom de Dieu.

– Woodson était un trop bon ami pour que je fasse mettre son fils en prison. Ne m'y oblige pas.

– Je vous ai obligé à rien du tout. Vous voulez pas me donner ce qui m'appartient.

Perry enveloppa son poing de sa casquette et fracassa le dessus de verre du comptoir. Il sentit une douleur aiguë traverser l'intérieur de sa paume et roula sa casquette en la serrant au creux de sa main pour arrêter le sang. Il tendit le bras à l'intérieur du présentoir et ramassa de la main gauche le revolver au milieu des échardes de verre.

– Tu ne sais pas quand un homme essaie de t'aider, dit M.MacIntosh.

– Je reviendrai demain et je rembourserai la vitrine.

Perry glissa la boîte de cartouches magnum dans sa poche arrière.

Il passa la porte et s'enfonça dans la pluie noire tandis que M.MacIntosh composait un numéro sur le cadran du téléphone. C'est tout juste si Perry apercevait le côté opposé de la rue. Il tenait l'arme d'une main lâche collée au flanc en avançant d'un pas incertain sur le trottoir. Il était plus ivre encore qu'à Asheville. La lumière jaune qui brillait dans le bureau des mines se reflétait sur la chaussée humide. L'adjoint était toujours posté près de la porte d'entrée, l'imperméable remonté sur la tête. Perry n'avait guère conscience de ce qu'il faisait lorsqu'il s'assit au bord du ruisseau et glissa ses cartouches une à une dans le barillet. Le sang qui coulait de sa paume entaillée se diluait sous la pluie et coulait en rigoles sur l'intérieur de son avant-bras. Il retomba sur le bord du trottoir en essayant de se remettre debout. Finalement, il se releva et se dirigea vers le bureau minier en marchant au milieu de la chaussée. Il voyait les ombres de plusieurs hommes derrière la vitre de la fenêtre et plaça le pouce sur le chien relevé d'un cran.

– Bon Dieu, mais qu'est-ce que tu fous, Perry ? s'écria une voix à son adresse depuis l'entrée d'une salle de billard.

– Occupe-toi de tes oignons, nom de Dieu.

L'adjoint releva les yeux de sous son imperméable et sa main se posa sur le revolver à sa hanche. Plus haut sur la chaussée, une voiture se dégagea du trottoir devant le tribunal et se dirigea en vrombissant vers Perry. À la lueur des phares, la pluie ressemblait à un verre filé. Voyant la voiture s'approcher de lui, il crut qu'il allait être renversé, mais ses jambes refusaient de se mouvoir. Il releva complètement le percuteur de son arme et pointa l'arme au niveau du pare-brise. C'est alors qu'il aperçut le projecteur rouge sur la portière conducteur et la longue antenne radio qui fouettait l'air en venant cogner contre l'aile. La voiture s'arrêta avec fracas, à l'oblique sur la chaussée, entre Perry et le bureau minier, le shérif ouvrit sa portière et souleva son poids énorme du siège conducteur.

– Baisse cette arme et remets le percuteur en place, tout doux, tout doux, dit-il.

– Je ne savais pas que c'était vous. Je croyais qu'un de ces jaunes allait me faire la peau.

Perry remit le percuteur en place en s'aidant des deux pouces. Il plaça le revolver à l'oblique dans sa paume, les doigts sur le barillet.

– Pose-le sur la voiture.

– J'ai aucune raison de vous en vouloir à vous. Vous avez pas à vous tracasser, je vous ferai pas d'ennuis.

Il posa l'arme sur l'aile de la voiture. Le shérif la prit, vida le barillet de toutes ses cartouches qui tombèrent au sol et fourra le revolver dans son ceinturon.

– M. Mac m'appelle jamais sauf si quelqu'un lui fait de gros ennuis, et c'est bien ce que t'as dû faire. Monte dans la voiture.

Au loin, Perry vit le feu né d'une boule d'éclair qui brûlait dans les arbres. Il essuya sa main ensanglantée sur le plastron de sa chemise. La pluie battait sa tête nue et dégoulinait dans son col de chemise.

– Vous me mettez en prison ?

– C'est exact.

– J'ai pas enfreint la loi dans la rue. Je lui ai dit à la boutique que je rembourserai la vitrine.

– Si je ne t'avais pas arrêté avant que t'arrives au bureau minier, je t'arrêterais pour bien autre chose ou je serais en train de te ramasser sur la chaussée. Ne m'oblige pas à te mettre dans la voiture, fils.

L'uniforme kaki du shérif était zébré de pluie.

– Je peux pas rester en prison.

– Tu sortiras demain matin, et peut-être que t'auras un peu plus de jugeote à ce moment-là.

Perry ouvrit la portière de la voiture et s'assit, dos collé au siège. Ses vêtements mouillés lui glaçaient le corps. Le shérif fit marche arrière et demi-tour dans la rue et se dirigea vers le tribunal. Son ventre touchait presque le volant. Ses grandes jambes et ses grosses fesses s'étalaient sur la moitié de la banquette et il soufflait avec un raclement sec de la gorge tout en conduisant.

– Je t'avais déjà prévenu avant, Perry, et je pense

que c'est pas la peine que je te dise ce que je ferai si je t'attrape à essayer de mener à bien l'idée que t'as derrière la tête. Je ne peux pas te retenir pour l'arme parce qu'elle n'était pas cachée, mais je t'expédierai à Frankfort si jamais j'entends raconter que t'as participé à la destruction d'un dépôt à la dynamite ou à l'incendie de la maison d'un exploitant. Je veux plus accepter de choses pareilles dans mon comté.

– J'ai rien fait d'autre que de me saoûler. Mon papa a rien fait du tout, lui non plus, mais ils l'ont tué, et ils se baladent en liberté, là, dehors.

– J'avais beaucoup de respect pour Woodson, et si tu me laisses le temps, je te promets que je retrouverai les trois qui ont fait ça.

– J'ai encore jamais vu un homme de la compagnie aller au pénitencier pour avoir tué un homme.

– Tu le verras cette fois, même si je dois passer sur le corps de tous les membres de l'association pour y arriver. Mais si tu essaies de faire mon boulot à ma place, je te mets au trou avec eux.

Le shérif gara la voiture devant le tribunal et coupa les phares. Le tonnerre roulait dans les vallons, les peupliers et chênes blancs tremblaient sous le vent. La pelouse du tribunal était déjà inondée, des bouteilles de vin, des boîtes de bière flottaient dans les ruisseaux. Perry sortit de la voiture et se dirigea vers la prison de plain-pied en grès.

– Entre dans mon bureau, dit le shérif.

– Vous avez dit que vous me mettiez en cellule.

– Quand le moment sera venu. Ne te fais pas de souci. Je n'ai pas envie de te voir saigner sur tous nos matelas, c'est tout.

À l'intérieur du bureau, Perry trempa la main dans le

lavabo. La plaie qu'il portait à la paume était bleue, les lèvres déchiquetées, comme une blessure faite par un clou rouillé. Le sang commença à coaguler en bordure de la peau arrachée. Le shérif sortit le revolver Colt de Perry de son ceinturon et le mit sous clé dans le tiroir de son bureau.

– Est-ce que je récupère mon arme demain ? demanda Perry.

– T'es vraiment décidé à m'obliger à aller te rechercher, pas vrai ?

– Tous les ennuis qu'on a, on les a pas demandés. Y nous ont forcés. Rien de tout ça aurait commencé s'y nous avaient laissés tranquilles et traités de manière décente.

– La meilleure chose qui pourrait t'arriver, ce serait de reprendre le premier bus pour le centre des Job Corps. Je me suis déjà laissé dire que t'avais failli gagner le gros lot avec Little J.W., et c'est le meilleur moyen que je connaisse pour te faire larder par-derrière un de ces soirs. C'est pas un homme à oublier quoi que ce soit. Il pourrait te tuer et déguster une bière tout en le faisant.

– Est-ce que vous allez me rendre mon revolver ?

– Je te rendrais service si je te le balançais dans le torrent. Mais t'irais probablement dépenser l'argent dont ta famille a besoin pour en acheter un autre, parce que tu es têtu et, quand t'as décidé de faire quelque chose, t'es plus capable de réfléchir autrement, exactement comme tous les Hatfield. Arrête de faire pisser le sang sur mon plancher et enveloppe-toi la main dans cette serviette.

Le shérif posa un morceau de coton sur la coupure de Perry, et lui entoura la main de sparadrap ; puis il l'emmena vers la prison par une porte latérale. La pluie tombait à l'oblique, et l'eau de la pelouse montait sur les chaussures de Perry. Il n'y avait pas de fenêtre vitrée dans la prison, et les hommes qui s'y trouvaient avaient coincé des morceaux de carton derrière les barreaux. Un feu de papier journal et de brindilles arrachées aux arbres du dehors brûlait sur le sol en béton. Le shérif déverrouilla la chaîne sur la porte d'entrée à barreaux.

– Je sors au matin, dit Perry.

– C'est bien ce que je t'ai dit, non ? répondit le shérif. Et je tiens parole. De toutes manières, j'ai pas assez de place pour garder tout le monde plus d'une nuit.

Il referma la porte derrière Perry et remit le verrou sur la chaîne.

L'intérieur de la cellule était rempli de fumée en provenance du feu. Quelques hommes dormaient sur des matelas de toile sales, d'autres continuaient à vider leurs bouteilles aux lueurs du feu. Une odeur nauséabonde émanait dans un coin de la pièce d'un grand seau qui faisait office de toilettes. Un homme était en pleine crise de delirium tremens et il gémissait en roulant en tous sens sur son matelas. Il remontait les genoux au menton et tremblait de la tête aux pieds. Quelqu'un essaya bien de lui donner un peu de vin, mais il gardait les yeux écarquillés, le regard égaré, et il frappa l'homme de son poing. Perry s'assit et s'appuya contre un mur aussi loin que possible du seau dans le coin. Lequel n'avait pas dû être vidé depuis des jours. La pierre était dure et froide contre son dos, et il essaya de s'étirer sur le sol et de dormir ; mais sa tête tournait de toute la bière et du whiskey bus, un homme lui marcha sur le ventre, et l'un des buveurs près du feu prit un morceau de papier journal et alla au coin se soulager. Perry ôta un des cartons de la fenêtre pour laisser entrer un peu d'air, et la pluie s'abattit sur l'homme endormi par terre. Perry pressa le visage contre les barreaux et aspira l'odeur sucrée de l'orage de printemps et de l'herbe nouvelle sur la pelouse.

– Ferme cette foutue fenêtre, hurla une voix.

Perry remit le carton en place et se rassit, les bras croisés autour des jambes. Il sentit la nausée pesante d'une gueule de bois lui monter par tout le corps. Il ne faisait pas assez chaud dans la pièce pour sécher ses vêtements, et sa peau était pâle de froid. Après une heure de voix enivrées et d'odeur rance émanant de corps mal lavés mêlée au jus de chique, il perdit conscience du temps, dans l'attente de voir les premières lumières du soleil poindre au-dessus des montagnes et inonder la cellule par la fenêtre. Puis sa tête s'affala sur sa poitrine, et il fut incapable de dire si les voix qu'il entendait venaient de son for intérieur ou des hommes alentour. Pendant la nuit, on balança des bouteilles sur les fenêtres, on se bagarra à coups de poing et quelqu'un renversa le seau dans le coin, mais Perry resta là, gisant à même le sol, nauséeux, stupéfait, la tête pleine de cauchemars, où l'école explosait en flammes et trois hommes, au visage hideux et ricanant, dévalaient la montagne dans un vrombissement d'automobile dans l'obscurité sans lune.

# 8

Le sol de la forêt était couvert d'un épais tapis de feuilles brunes humides de rosée, et les longs troncs blancs des hêtres se dressaient au-dessus de la tête de Perry. À la lumière de la fausse aurore, il voyait les arêtes des falaises calcaires à l'extrémité la plus éloignée du vallon, découpées en silhouettes sur fond de ciel mauve. Le sous-bois était maigre du fait du manque de soleil au travers de la haute voûte de verdure des arbres ; les énormes affleurements de rochers luisaient faiblement sous la brume. Le vallon tombait en pente à son opposé vers un torrent qui se transformait en chute d'eau à sa jonction avec la Kentucky River, et il entendait l'eau dévaler au sortir des sources plus haut dans la montagne qui se rejoignaient dans le torrent. Rocs et falaises donnaient l'impression de changer de forme à mesure que la bande rouge de lumière à l'horizon se mettait à gonfler au creux du ciel, et la vapeur au fond du vallon s'aplatissait pour rester suspendue au ras du courant. Il sentait l'odeur des rondins de chêne, qui brûlaient sous l'alambic dans la caverne et du café en train de bouillir dans le pot de fer blanc posé sur le feu. Aux premiers rayons du soleil au travers des arbres, il vit un daim à queue blanche ainsi que plusieurs marmottes et lapins en train de boire au ruisseau. L'eau était d'un bleu sombre dans les contorsions du courant ; puis elle virait au vert et il aperçut les galets polis et lisses dans le lit sableux.

La fumée du feu dans la caverne s'enroulait en volutes à l'entour du réservoir de deux cents litres et s'amassait un instant au plafond avant de sortir comme au travers d'un tamis de sous la saillie rocheuse pour être emportée par le vent. Un homme alimentait les flammes en bûches, un autre touillait le moût à l'aide d'une branche de peuplier d'un mètre cinquante, écorcée au couteau, dont la fourche était enveloppée de fil de fer barbelé afin de mélanger farine grossière de maïs, eau et sucre. Les deux cuves à moût étaient coincées en position couchée par des rondins de chêne et maintenues en place par des feuilles mortes destinées à absorber la chaleur et à accélérer la fermentation. Entre la cuve de moût en train de bouillir et la barrique de cent litres, un bidon récupérait l'eau de la vapeur et permettait à l'alcool de monter et de se condenser dans le serpentin. Une cheville en bois taillée en biseau placée au bas du bidon permettait de purger l'eau en excès. La vapeur toussait et pompait par le bras métallique et dégouttait du serpentin sur une bande d'écorce de bouleau levée à vif, roulée en entonnoir dans le goulot d'une bouteille à lait de quatre litres afin d'émousser le goût de maïs du whiskey.

Durant les dix-huitième et dix-neuvième siècles, c'est dans cette zone particulière que s'installaient les fabriquants de whiskey car pratiquement chaque maison troglodyte du vallon disposait de sa source. L'entrée par les falaises se faisait tout près de la Kentucky River, qu'ils utilisaient pour descendre leur whiskey en barriques de cent litres dans de gros bateaux à fond plat jusque sur l'Ohio et finalement le

Mississippi pour arriver à La Nouvelle-Orléans, où les gens avaient pris goût au bourbon du Kentucky. À cette époque, le montagnard pouvait prendre tout le gibier et le poisson nécessaires dans les forêts et les torrents, la terre était si riche qu'elle pouvait porter pratiquement n'importe quelle récolte, et il fabriquait son whiskey pour se gagner quelques dollars durement payés afin de s'acheter poudre et balles et un petit supplément occasionnel à un camelot ambulant. Puis, lorsque la plus grande partie du gibier eut disparu, torrents pollués et terre ruinée par les mines, la fabrication du whiskey était devenue sa seule ressource. Le vallon était encore le meilleur endroit sur le territoire des trois comtés pour y installer un alambic car il n'existait d'autre accès hormis par la crête d'une montagne que même les mules avaient du mal à escalader. Un chemin de terre troué d'ornières menait au pied de l'escarpement, et un homme posté au sommet avait vue à des kilomètres dans toutes les directions. Si un membre de l'ABC ou un agent fédéral des impôts entamait la montée vers la faille dans la paroi de la falaise, l'alambic se voyait démonté en quelques minutes et caché, les cuves de moût vidées dans le torrent et le serpentin de cuivre à cinquante dollars enfoui dans une caverne.

Perry connaissait toutes les grottes, formations rocheuses, vires et rigoles de drainage du vallon. La Piste des guerriers, the Warriors' Trail, que Daniel Boone avait suivie jusque dans la vallée de l'Ohio après avoir ouvert le Cumberland Gap, la trouée du Cumberland, passait exactement à côté du vallon, et Perry avait déterré des poignées de têtes de flèches et de couteaux en silex dans la terre limoneuse des cavernes, là où les braves Indiens les avaient enfouis. Depuis qu'il était tout gamin, il avait également cherché la mine d'argent perdue de John Swift, marin anglais arrivé au Kentucky par Pound Gap en 1761, qui avait exploité une veine de minerai dans une grotte huit années durant. Swift ramenait son argent fondu en Virginie tous les hivers, mais il s'était fait attaquer à plusieurs reprises par les Indiens Shawnee, qui lui volaient ses chevaux, et il avait été obligé d'enterrer son argent pour une valeur de soixante-dix mille dollars sur la piste. En 1769, il assassina ses partenaires qui dormaient à l'extérieur de la mine, dont il scella l'entrée par une pierre de la taille d'une barrique à sel qu'il recouvrit de terre et de branchages de caroube, abandonnant deux cents mille dollars de minerai fondu à l'intérieur de la galerie. Par la suite, il fut emprisonné comme révolutionnaire par les Britanniques et, pendant ses années d'incarcération, il perdit la vue et ne fut plus jamais capable de retrouver la mine, bien qu'il l'eût cherchée jusqu'à sa mort en 1800. Cependant, une carte et une partie de son journal s'étaient transmises de génération en génération, et la tante de Perry lui en avait lu un exemplaire lorsqu'il était enfant à de si nombreuses reprises que Perry le connaissait par cœur. Il avait retrouvé quelques-unes des empreintes de dindon et de pattes de corbeau taillées dans le roc par les Shawnee telles qu'elles avaient été décrites par Swift et, un jour, il avait découvert dans une grotte un morceau d'un vieux creuset à fusion à moitié enterré. Swift avait parlé d'une fenêtre dans la montagne jouxtant la mine, et à l'entrée du vallon se trouvait un pont naturel qui laissait entrer la lumière dans la paroi de la falaise. Perry était sûr que la mine se trouvait quelque part le long d'une des corniches, mais la terre avait changé au fil des années, des glissements de neige avaient entraîné des avalanches de rochers et de terre jusqu'au pied des montagnes, et le vent avait érodé nombre des gravures indiennes.

Le soleil se leva au-dessus de la crête, la grisaille entre les arbres s'éclaircit, des ombres bleues tombèrent sur le sol de la forêt. Assis sur les feuilles humides, Perry fut pris de frissons et il entra dans la caverne où il s'installa près du feu sous l'alambic. Les bûches de chêne léchaient de jaune et de rouge le bouilleur mouillé. Il prit le pot de fer-blanc posé sur le feu, fit couler un peu de café sur le bord pour en refroidir le métal, et but. Le long du mur du fond s'alignaient huit jerrycans de l'armée pleins de whiskey, chacun d'une capacité de quinze litres. Huit autres avaient été chargés sur la mule aux heures sombres d'avant le jour et transportés au bas de la montagne jusqu'à la Chevrolet de 1953, équipée d'un moteur GMC, cachée sous les arbres près de la rivière. Un vieillard de haute taille, ses cheveux blancs ramenés en petit chignon sur le cou, un chapeau au bord complètement rabattu sur la tête, vida la bouteille à lait pleine dans l'un des jerrycans. Ses sous-vêtements montants étaient visibles au col sous les trois chemises qu'il portait, et sa salopette était tenue par une bretelle déchirée sur l'épaule. Son chaume de favoris blancs était aussi rugueux qu'une pelote de fil de fer, et les grosses jointures de ses mains crevaient presque sa peau ridée. Il s'appelait Lemuel McGoffin, et il fabriquait du whiskey dans ce vallon depuis aussi loin que les gens se souvenaient. Il avait connu à quatre reprises la ferme-prison fédérale, été condamné deux fois à des amendes de cinq cents dollars, et une fois à une peine de trois ans d'emprisonnement à Atlanta avant d'être libéré sans avoir accompli toute la peine à cause de son âge. La plupart des agents fédéraux des impôts le connaissaient suffisamment pour s'arrêter dans la rue et bavarder avec lui à Richmond ou Winchester, et le Service des forêts lui avait offert un emploi permanent comme chef d'équipe des pistes s'il cessait de fabriquer du whiskey de contrebande. Mais il n'avait jamais connu d'autre travail ; ses ancêtres écossais avaient fait du whiskey avec Daniel Boone lors de la constitution du Kentucky, et il avait la conviction de ne violer aucune loi morale en continuant ce que son père et son grand-père avaient fait.

– C'est fini, dit-il en retirant le serpentin de cuivre du baril de refroidissement.

Le serpentin était la pièce la plus précieuse de l'équipement de l'alambic, et il ne pouvait s'offrir le luxe de le voir sectionné en morceaux si un agent découvrait par hasard la caverne en son absence lorsque personne n'était de garde sur la crête.

– Va me chercher la mule et on déménage le reste jusqu'à la voiture.

Noah Combs, tordu et infirme des blessures par balles qu'il avait reçues devant une mine alors qu'il essayait de dynamiter le quai de chargement, se dirigea d'un pas traînant vers le fond du vallon, où la mule était attachée près du torrent. Il tenait un bras plié raide qui ressortait à l'oblique contre son flanc, sa joue portait une cicatrice de la taille d'un quart de dollar à l'endroit où une balle lui avait démoli toutes les dents sur un côté de la bouche, et un morceau de plomb restait logé dans sa colonne vertébrale, qui l'obligeait à marcher comme s'il portait un énorme bloc de béton sur les épaules. Il prit la mule par les rênes et lui fit remonter la pente vers la caverne. Noah ne pouvait pas tenir la tête droite, et ses yeux ressortaient comme deux boules sous son front tandis qu'il peinait à atteindre le sommet de la pente. La moitié des muscles de son visage étaient paralysés, et la peau au long d'un maxillaire était morte et grise et avait commencé à se desquamer en écailles sèches.

Ils entendirent un bruit d'avion au loin ; puis le bourdonnement du moteur se fit plus proche et, à travers la cime des arbres, ils virent l'appareil sortir du soleil et entamer un virage à la verticale du vallon à basse altitude. Le pilote réduisit la vitesse et se laissa planer porté par les courants au-dessus des falaises déchiquetées. Perry vit le brouillard argenté de l'hélice qui tournoyait à la lumière et la silhouette noire du pilote dans son cockpit. L'avion remonta en chandelle haut dans le ciel comme s'il s'apprêtait à épandre des engrais, vira sur l'aile, et s'apprêta à un nouveau passage au-dessus du vallon.

– C'est l'ABC ! hurla McGoffin. Rentre-moi cette mule dans la grotte ! Et regarde pas non plus vers le ciel. On pourrait voir le soleil sur ton visage.

Il se recula en compagnie de Perry sous le surplomb de calcaire et jeta de la terre sur le feu sous le bouilleur, pendant que Combs peinait sur la pente avec la mule. L'animal était effrayé par le bruit de l'avion et essayait de se dégager latéralement. La terre, humide du fait de la source au fond de la grotte, crachotait et sifflait dans les flammes, et la vapeur d'eau montait en éventail, soufflée par la brise.

– Frappe-moi cette mule entre les deux yeux et fais-la entrer ici ! dit le vieil homme.

– Je n'arrive pas à la tenir, dit Combs.

Son bras tordu paraissait grotesque tandis qu'il tirait sur les rênes.

– Je vais pas me repayer un nouveau séjour à Atlanta à cause d'une merde de mule à dix dollars.

McGoffin se saisit d'une mince et courte bûche de chêne sur le tas de bois à côté du bouilleur et se dépêcha de descendre la pente. Il se déplaçait en mouvements raides et maladroits à cause de son âge, mais le corps était encore solide des années passées à gravir et à descendre les montagnes. Il arracha les rênes des mains de Combs et abattit le rondin entre les oreilles de la mule. La bouche de la mule se convulsa, retroussée sur ses dents jaunes, et l'animal tenta de prendre la fuite vers le fond du vallon. McGoffin la frappa violemment deux fois de suite au même endroit, et Perry entendit le bois résonner d'un bruit sourd sur l'os. Les yeux de la mule étaient écarquillés par la peur et la douleur.

– Et maintenant, avance, saleté, ou je te défonce ton foutu crâne.

La mule martela le sol de ses sabots, assura ses appuis et peina sur les talons de McGoffin pendant que Combs lui fouettait les flancs d'une baguette.

– Ils verront la fumée. Elle est pas chassée par la brise, dit Perry.

– Y m'ont encore jamais repéré depuis les airs, dit McGoffin en tirant la mule à l'intérieur de la grotte, le rondin toujours à la main. Y m'ont attrapé dans le temps parce qu'ils avaient trouvé une piste ou alors ils avaient payé quelqu'un pour leur dire où qu'y se trouvait, l'alambic. Mais ça, ça se reproduira plus parce que je ne remonte jamais le vallon deux fois par le même chemin et je ne reste jamais plus d'une semaine dans la même grotte. Mets-moi ces branches sur l'entrée.

Perry ramassa les ramures vertes de peupliers qu'ils avaient coupées la veille au soir et les plaça en appui contre le toit de la grotte. Le vieil homme et Combs balancèrent du pied un peu plus de terre sur les braises qui restaient du feu et écrasèrent les cendres sous leurs semelles. L'avion plongea au-dessus de leurs têtes une fois la crête franchie, moteur emballé par les courants ascendants, et vrombit dans le vallon à quelques mètres au-dessus de la cime des arbres. Les feuilles tremblaient sous les rafales d'air chassées par l'hélice, et la mule fit un écart en ruant des fers dans la paroi de la grotte. L'avion était tellement bas que Perry voyait le brillant métallique des câbles sur les ailes.

– Vous croyez qu'y nous a vus ? La fumée, elle est toujours accrochée dans les arbres, dit-il.

– On sera pus ici pour le savoir. Charge-moi cette mule, dit McGoffin. Ils peuvent faire une descente ce coup-ci et y vont rien trouver du tout pour leur peine à part une cuve à bouillir complètement rouillée et deux barriques à moût complètement vides.

– Ils pourraient nous choper à la sortie, dit Combs. Peut-être qu'on devrait cacher le chargement et le récupérer plus tard.

– Je largue pas cinq cents dollars de whiskey pour que des bûcherons les trouvent. Mon gamin, il est planqué sur la crête, et y a personne qui peut entrer dans ce vallon sans qu'il le voie.

La fumée du feu éteint s'amassa derrière les branches de peuplier au-dessus de l'entrée et resta suspendue dans les airs.

– Je veux pas me retrouver pris dans une nouvelle fusillade, dit Combs, tordu comme un nain difforme dans les ombres.

– Mets le bât sur la mule.

– Je vais pas me refaire tirer dessus pour tout le whiskey du Kentucky.

– T'es payé pour une journée de boulot et c'est ce que j'attends de toi, dit McGoffin. Y a trente-cinq ans que je sors de la gnôle de ce vallon et je me suis encore jamais fait tirer dessus. Je crois qu'y savent bien qu'y vaut mieux pas prendre McGoffin pour cible. Y font ça une seule fois, et je te la leur incendie, leur foutue forêt.

Avant que l'avion atteigne l'extrémité du vallon, il vira sur l'aile, prit de l'altitude et se laissa glisser latéralement, porté par le vent, au-dessus de la crête voisine. Les ailes jaunes étincelèrent sous le soleil avant de disparaître hors de vue au-delà de la ligne des arbres.

– Les fédéraux, y z'ont des lunettes à leurs fusils. Y pourraient nous descendre à huit cents mètres, dit Combs.

– Je dis que ce serait une sacrée erreur de leur part.

McGoffin se saisit d'une carabine appuyée contre le mur et l'enfila à l'épaule par la bandoulière. C'était un vieux .30-40 Kraig, non automatique, avec chargeur sur le côté droit de la chambre.

– Je continue à dire, on largue le chargement. Il en vaut pas la peine, dit Combs.

– Je t'ai mis dans le coup pour cette cuvée parce que tu peux plus trouver de travail ailleurs. Maintenant, si tu refuses de faire ce que je dis, tu peux descendre de cette montagne et oublier ce que t'as vu ici, dit McGoffin. J'ai pas de temps à perdre avec toi.

– Un homme, ça aime pas se faire tirer dessus.

– J'entends plus l'avion, dit Perry.

– Peut-être qu'y veut juste nous faire croire qu'y nous a pas vus, dit Combs.

– C'est vrai, ça, ou alors peut-être qu'il pissait un coup tout là-haut dans une boîte à conserve et qu'il ne regardait pas du tout en bas. Charge-moi c'te foutue carne. Perry, cache-moi le refroidisseur au milieu des rochers du torrent.

Perry ôta la cheville de bois du fond de la barrique et vida l'eau bouillante sur le sol de la caverne ; puis il détacha le bras du bouilleur et chargea la barrique sur l'épaule. Une odeur forte de moût de maïs distillé flottait dans l'air. Il s'engagea entre les arbres sur les lits de feuilles mortes jusqu'au torrent. La lumière qui perçait les hêtres et les peupliers colorait de vert le sol de la forêt, et l'eau coulait brune sur les rochers du ruisseau. Il plaça la barrique entre deux rocs calcaires, couvrit le trou de branches et de feuilles et retourna à la grotte.

Combs avait posé deux sacs de jute sur le dos de la mule et il plaça le bât sur les sacs avant de serrer la sangle autour du ventre de la mule. La mule gonfla ses poumons pour résister au sanglage et McGoffin lui allongea un grand coup de pied dans les côtes.

– Je devrais te passer à la marmite et te changer en colle de peau, saloperie, dit-il.

– Vous ne voulez pas emporter le bouilleur ? dit Perry.

– Qu'ils se le gardent. Ça vaut que dalle, de toute façon. Vide le moût et enterre-le avec les sacs de sucre. On aura l'impression que personne a fabriqué de whiskey ici depuis des mois.

Perry dégagea les étais de chêne qui entouraient les barriques de moût et renversa celles-ci d'un coup de pied. Le maïs s'étala en pâte humide sur le sol et s'écoula du bord de la grotte jusque dans le vallon. L'odeur brûlait les yeux de Perry. Qui prit une pelle à tranchée de l'armée et balança la majeure partie de la pâte de maïs dans le sous-bois avant de recouvrir le reste de terre. Puis il plia le fer à la perpendiculaire du manche, en position de houe, et dégagea un trou dans le sol pour y enterrer les sacs de sucre. Au fond de la grotte se trouvait un tronc de peuplier équarri, que des bûcherons avaient creusé des années auparavant pour en faire une auge à animaux. McGoffin l'avait coincé sous la résurgence de la source dans le calcaire afin d'y collecter l'eau pour l'alambic. Perry le bascula en arrière d'une main et le traîna à l'extérieur jusqu'au creux d'un buisson.

– J'entends à nouveau cet avion, dit Combs.

– T'entends rien du tout, dit McGoffin. Attrape-moi ces bidons et mets-les sur la mule. On a du retard.

Perry leva les yeux vers le sommet de la crête près de l'entrée du vallon, cherchant à repérer un signe du fils du vieillard.

– Petit, va pas croire que j'ai les yeux derrière la tête, dit McGoffin. Je serai le premier à te dire si y a quelqu'un qui arrive depuis la rivière.

Ils chargèrent les jerrycans de whiskey sur les bâts de bois en X de la mule. Les pattes de l'animal chassèrent vers l'extérieur sous la charge. Ils dégagèrent l'entrée des branches et descendirent la pente au milieu des ombres vertes. Combs était incapable d'avancer au rythme des autres, et il s'accrochait à la bride de la mule.

– Vous ne pouvez plus voir votre fils s'il essaie de vous prévenir, dit-il.

– Il a un fusil de chasse avec lui qu'on peut entendre jusque dans le comté voisin, dit le vieil homme.

– On aurait dû déménager pendant la nuit, dit Combs.

– Remonte jusqu'à la grotte et installe-toi. Le môme et moi, on sortira la cargaison, dit McGoffin.

– J'ai pas dit que je voulais retourner.

– Je le sais bien. Mais je te laisse ici si je t'entends encore ouvrir le bec.

– Ç'a pas de sens d'avancer en plein jour.

– Noah, je te l'ai déjà dit une fois. Je suis pas venu te chercher pour ce boulot. Tu savais à quoi tu t'engageais quand t'es venu me voir.

La carabine Kraig en bandoulière collait au dos du vieil homme.

Ils atteignirent le lit du torrent qu'ils suivirent en aval. Dans les zones d'ombre épaisse, la mousse couvrait les rochers et le lichen poussait sur les troncs d'arbres. La brise était fraîche dans la pénombre et Perry sentait la terre sombre et humide sous les feuilles. La mule essaya de boire au ruisseau, et McGoffin lui tira sauvagement la tête d'un coup de rênes. La pente se faisait plus raide et le vallon se rétrécissait à l'approche de son embouchure dans la falaise. Au loin, Perry vit le pont naturel dans la montagne et les lueurs de soleil en arrière-plan. Au sommet du pont se trouvait une piste à chevaux shawnee, taillée dans le roc, qui pointait dans la direction de la mine de John Swift. Son impression en creux, taillée aux outils de silex, était aussi large que la main de Perry et profonde de huit centimètres. Il avait souvent grimpé au sommet de la crête pour s'y étendre, à plat sur la corniche de calcaire, et viser à l'aide d'un bâton à travers la piste le versant opposé du vallon pour y repérer tous les endroits possibles où la mine aurait pu se trouver. Il savait que quelque part dans la montagne un rocher de la taille d'une barrique à sel verrouillait l'entrée de la galerie, au-delà de laquelle se trouvaient les restes des hommes assassinés par Swift.

– Elle est pas là. Je l'aurais trouvée si elle y était, dit McGoffin. Y a pas un coin de ce vallon que je connais pas.

– De quoi parlez-vous ? dit Perry.

– Rien, petit.

– J'ai mieux à faire que de poursuivre une mine que personne a jamais vue.

– Je pense bien. Ça vaudrait vraiment pas le coup qu'un homme aille perdre son temps à chercher deux cent mille dollars en argent.

Perry rougit d'embarras.

– Pourquoi c'est pas votre fils qui conduit la cargaison ? dit-il.

– Parce que toute la police de la route entre ici et le Michigan le connaît. Il s'est fait arrêter un jour qu'il emmenait sa famille à un match de base-ball à Cincinnati.

– Faut que je me repose, dit Combs.

Sa figure était blanche, emperlée de sueur, et il avait le souffle court. Il s'accrochait au flanc de la mule et s'essuya le front de la manche.

– On peut pas t'attendre longtemps, dit McGoffin. Si tu y arrives pas, tu peux te poser ici et repartir après.

– Je veux pas rester ici. Donnez-moi une minute.

– Y peuvent rien te coller sur le dos simplement parce que tu te trouves dans le vallon.

– Je m'attendais pas non plus à rien quand y m'ont chopé sur la route dans ma voiture. Ils se sont mis à tirer sans prévenir.

Son poignet pendait mollement à son bras estropié.

– J'étais juste en haut de la montée quand j'ai vu leurs carabines cracher. Et le pare-brise a volé et j'ai senti tout le côté de mon visage qui partait en morceaux.

McGoffin plissa les yeux à travers les arbres en direction de l'entrée du vallon. Des yeux aussi durs et aussi gris qu'un schiste sous les sourcils blancs.

– T'aurais dû laisser le syndicat faire son dynamitage lui-même, dit-il. Y z'ont fait quoi pour toi depuis que tu t'es fait tirer dessus ?

– Je leur en veux pas pour ça. Ils peuvent pas employer un infirme à la mine.

– Par Dieu, y seraient en dette avec moi si je m'étais fait exploser le cul pour eux, dit McGoffin. Ces mecs du syndicat là-bas dans le Nord te volent autant de pognon que l'association. Y sont pas ici parce qu'y z'aiment bien l'odeur du mineur. Ils se font plus d'argent en un an que toi dans toute une vie, et tout ça sans jamais aller au charbon. Je donnerais même pas un gros glaviot pour un paquet de ces gens-là.

– Jamais on n'avait de vrai salaire avant qu'ils organisent les mines, dit Perry. On ne toucherait pas cinquante *cents* de l'heure si y avait pas le syndicat.

– Et t'as quoi aujourd'hui ? dit McGoffin. Tu peux travailler nulle part au Kentucky sauf si tu fais le jaune. Tu transportes du whiskey et tu cours le risque de te retrouver en taule pour cinquante dollars. Ton papa s'est fait écraser les poumons là-bas en Virginie et y lui ont pas donné cinq *cents* pour ça. Et je te parie qu'y a pas eu un seul membre du syndicat à aller rendre visite à ta mère pour essayer de savoir si les petits manquaient de rien.

– T'as jamais travaillé à la fosse, dit Combs. Tu sais

rien de ce qu'y avait dans le temps, avant le syndicat, quand on travaillait dans le gaz sans ventilation.

– Je me dis que j'ai assez de cervelle pour pas descendre au trou avant mon heure, et j'ai pas besoin de personne au nord pour veiller sur moi.

Il réajusta sa carabine dans le dos et tourna ses regards sous le rebord baissé de son chapeau vers l'extrémité la plus éloignée du vallon. Les marbrures de soleil à travers les arbres s'accrochaient à ses favoris blancs au poil raide.

– On a pas beaucoup de temps. On se bouge.

– J'ai pas repris mon souffle, dit Combs.

– On peut pas rester plus longtemps. L'avion pourrait bien refaire un passage au-dessus du vallon, et nous, on va rester là, la quéquette à l'air.

Il claqua la mule sur le flanc et ils s'engagèrent dans la descente, les jerrycans de whiskey se cognant les uns aux autres aux flancs de la mule. Le sang avait quitté le visage de Combs, complètement épuisé. Il crocheta la main dans la bride pour se donner un point d'appui ; puis il laissa filer la bête et suivit d'un pas lourd et incertain. Finalement, il dut s'arrêter pour s'appuyer contre un tronc d'arbre. Une ligne de sueur dégoulinait sur le plastron de sa chemise.

– On pourrait peut-être lui donner un peu plus de temps pour se reposer, dit Perry.

– On va pas se coller dans la panade en restant là où qu'il est. Occupe-toi de tes propres problèmes. S'ils nous attrapent, ils vont me recoller à Atlanta, et ils t'enverront à la ferme-prison pour un an.

– Jamais y me colleraient au pénitencier.

– Continue à traîner tes miches à cause de Combs et tu vas te retrouver à bosser pour le Service des forêts sur les pistes en compagnie des papas-papys, sauf que tu toucheras pas un *cent* et que tu rentreras pas chez toi le soir.

Ils atteignirent le fond du vallon et entamèrent une montée abrupte qui menait à l'entrée entre les falaises. L'ouverture dans la montagne était étroite et tarabiscotée et les flancs rocheux montaient jusqu'au sommet de la crête. Le sol était érodé, marqué d'empreintes de mule et de cheval. Le soleil n'arrivait jamais au fond de l'ouverture, et le calcaire portait encore une pellicule de glace. Tandis qu'ils approchaient du sommet de la pente, Perry se retourna pour contempler la vaste étendue du vallon, les fûts dressés des arbres, la ligne tranchée des falaises sur fond de ciel, et le brouillard de gouttelettes au-dessus de la cascade au bas du ruisseau.

– Nom de Dieu de foutu salopard ! Le voilà qui revient, dit McGoffin. Fais-moi passer c'te mule derrière la falaise !

Perry ne voyait pas l'avion cette fois, mais il entendait le vrombissement du moteur se répercuter en écho dans le vallon. Il ramassa au sol une branche noueuse de peuplier et en fouetta le scrotum de la mule.

– Un de ces quatre, quand j'aurai rien de mieux à faire, je vais m'en tirer un de ces salopards, dit McGoffin en tirant sur les rênes.

Les sabots de la mule firent voler feuilles et terres. Perry enfonça les chaussures dans la terre molle et remonta péniblement en direction de la fissure dans la montagne. Il glissa, tête en avant, et s'agrippa à quelques petits buissons pour se remettre debout.

– Dépêche-toi ! Il arrive au-dessus des arbres, dit McGoffin.

– Il verra Combs.

– Merde pour Combs. Le pilote a rien à faire de lui. Ce qu'il cherche, c'est un mec chargé de whiskey.

Ils ramenèrent la mule dans l'ombre entre les parois de la falaise. La pierre sentait le froid et l'humidité, et la glace en train de fondre dégouttait lentement au sol. Loin au-dessus de leur tête, ils apercevaient une longue bande de ciel bleu par la trouée dans la montagne. McGoffin tendit une oreille au vent pour écouter le bruit de l'avion tout en se remplissant un côté de la bouche d'une chique de Red-Man en vrac. Il s'éclaircit la gorge et cracha.

– Je sais pas pour toi, mais faut que je fasse pleurer le petit, dit-il.

– Descendons à la voiture.

– Y a pas de meilleur endroit où se planquer qu'ici jusqu'à ce que cet avion retourne à Winchester.

Le vieil homme urina contre un rocher.

– Bon Dieu, il survole tout juste la crête. Où qu'il est, votre fils ?

– Il s'est creusé un trou sous une vire. T'as pas à te faire de bile pour lui.

– Comment il s'est débrouillé pour faire trois séjours derrière les barreaux ?

– Il est jamais resté plus de quinze mois, et c'est pas mal pour un gars qui transporte le whiskey jusqu'à Detroit depuis plus de vingt ans. Mon pote, je peux dire qu'y a rien de meilleur que de pisser un coup.

– Regardez dans le vallon. Y a Combs qui arrive, dit Perry.

– Je ne sais pas ce qui m'a causé le plus d'ennuis, lui ou cette merde de bonne à rien de mule. Je mérite de retourner à Atlanta pour l'avoir engagé. Baisse-toi, espèce de connard stupide, sinon tu vas les amener droit sur nous ! hurla-t-il à l'adresse de Combs.

– Il ne peut pas vous entendre, dit Perry.

Combs gravissait lentement la pente, la tête relevée vers le ciel, à regarder l'avion.

– J'ai presque dans l'idée de l'abattre et de l'enterrer sur place, là où il se trouve.

– Il a la trouille et il veut pas être abandonné seul. Ses mains tremblaient quand on a vidé la grotte. Vous ne pouvez pas lui en vouloir d'avoir peur parce qu'il s'est fait mitrailler.

– Y a intérêt que je peux, nom de Dieu ! Y me reste plus beaucoup d'années à vivre, et pour sûr que je vais pas les passer en prison parce que quelqu'un m'aura fait foirer le coup. Y feront rien du tout à Combs parce qu'il est infirme. Il peut sortir du tribunal sans même une amende, mais par le Ciel, c'est sur toi et moi que ça va retomber. Tu m'entends, Combs ! Couche-toi le nez au sol !

– Voici l'avion, dit Perry.

– Colle-toi contre la paroi. Regarde par terre et ne bouge pas.

McGoffin poussa la mule tout contre la falaise de tout son poids et tint les rênes serrées près du mors. La mule remuait des fers et secouait la tête. Le vieillard la frappa du poing dans la tête.

– Bouge pas, espèce de merde, sinon je te coupe les couilles.

Ils restèrent immobiles dans les ombres bleues, tandis que l'avion sortait du ciel en virant en demi-tour pour voler à basse altitude au-dessus de l'entrée. Le bruit du moteur ressemblait au grondement d'un train entre les falaises et Perry crut sentir le souffle de l'hélice. Le bruit diminua, et il leva les yeux au ciel pour apercevoir l'appareil qui remontait à l'oblique contre les nuages.

– Je sais qu'y nous a vus, dit Perry. Il volait sur l'aile quand il est passé.

– Ç'a aucune importance qu'y nous ait vus ou pas. Dans dix minutes, le whiskey sera dans la voiture et tu seras au volant, sur la route de Newport, et moi, je m'installerai au bord de la rivière avec ma canne à pêche au cas où quelqu'un de l'ABC voudrait savoir si ça mord. Allez, vas-y.

– Peut-être qu'il va refaire un passage.

– Je lui pisse dessus. Y a déjà trop longtemps qu'on est dans ce vallon. Si on traîne encore ici, ce foutu Combs va réussir à faire plus, du genre mettre le feu aux bois ou grimper sur la montagne pour que tout le monde puisse le voir d'ici à la Virginie.

Ils menèrent la mule par l'entrée étroite en direction du soleil près de la rivière. La brise qui en soufflait était fraîche, et Perry voyait le vert des cimes sur la pente qui descendait vers l'eau. D'épais lierres poussaient sur le haut des falaises, touché par le soleil. Sur un affleurement rocheux au-dessus de sa tête, une profonde empreinte de corbeau était creusée dans la pierre, ses angles émoussés et lisses, pointant vers l'arrière du vallon. Perry y frotta la main au passage.

– Ça pointe point sur une mine, môme, dit McGoffin. Je crois que les Shawnees s'étaient installé un boxon dans une grotte là quelque part, et c'était leur manière de faire des panneaux de signalisation.

Ils sortirent de la trouée entre les falaises et se dirigèrent vers la rivière au milieu des arbres. La canopée en surplomb était bien moins épaisse que dans le vallon, et le soleil marbrait les bidons de whiskey. Perry regretta de n'avoir pas pris le parti de Combs en insistant pour cacher la cargaison jusqu'à la nuit. Les troncs d'arbres étaient bien écartés, le sol dénudé, en l'absence de sous-bois, et il savait qu'on pouvait les repérer à cent mètres. Leurs pas résonnaient sur les feuilles mortes dans le silence de la forêt.

– J'espère que votre fils a bien camouflé le camion, dit Perry.

– Tu crois pas qu'il connaît son boulot ?

– Je n'ai pas dit ça.

– T'as vu une voiture quelque part ?

– Elle est bien où qu'on l'a laissée, non ?

– Regarde droit devant à environ soixante-quinze mètres et tu verras des branches de hêtre étalées sur deux gros rochers. Si tu n'arrives pas à voir une voiture à l'intérieur, t'as pas à te faire de bile, y a personne qui pourra la trouver.

– Vous m'avez toujours pas dit où je largue la cargaison, dit Perry.

– Tu quittes la route inter-États à la dernière rue avant le pont de l'Ohio et tu t'arrêtes à la première station-service. Il y a un plan de la ville de Newport sous le siège. Il est marqué. Quand tu arriveras là, t'as rien à leur dire. Ils connaissent la voiture et, après ça, ils s'occuperont de tout.

– Combien vous payez un gars pour qu'il amène la cargaison jusqu'à Detroit ?

– J'engage pus de mec pour faire tout le trajet, ça, c'est fini. Si un chauffeur se fait arrêter après son départ de Newport, il a aucune idée de quel endroit du Kentucky y vient, ce whiskey.

– La police remontera directement jusqu'à votre fils avec la voiture.

– Non, pasqu'y a pas un seul numéro sur le moteur, et les plaques, elles viennent d'un tas de voitures différentes. La semaine prochaine, le petit viendra récupérer son véhicule et il le ramènera vide jusque chez lui, avec les bonnes plaques. On gagne moins d'argent de cette façon que dans le temps, mais on ne court pas non plus de gros risques de se retrouver au pénitencier.

La pente se fit plus abrupte, et le poids de son chargement faillit faire basculer la mule en avant. Perry se laissa glisser une partie du chemin jusqu'à l'endroit où la Chevrolet était cachée. L'humidité à la surface des grands blocs calcaires remontait en brume au soleil. La voiture était placée en marche arrière entre deux rochers, couverte de branches et d'une grande toile de camouflage de l'armée. Un agent fédéral aurait dû marcher dessus pour en distinguer les contours sous les feuilles. Au fond entre les arbres, Perry voyait des marques de pneus au sol ; elles se terminaient à l'endroit où le fils de McGoffin avait étalé brindilles et feuilles mortes pour les masquer.

– Dégage-moi tout ça et sors-la qu'on puisse charger, dit McGoffin.

Il attacha la mule à un arbre et commença à soulever les lourds bidons du bât. Les veines de sa gorge se gonflaient sous l'effort.

Perry se saisit d'un coin de la bâche goudronnée et la dégagea de la voiture avant d'escalader un rocher et d'ôter les branchages du toit. Le soleil se réfléchit sur le pare-brise, et il leva les yeux vers le ciel, attendant de voir réapparaître l'avion au-dessus de la crête de la montagne.

– Allez, sors-la-moi de là ! dit McGoffin. On a pas le temps de glander ici. S'ils nous attrapent, c'est ici que ça se passera. Je me suis encore jamais fait pincer dans le vallon. Je me suis toujours fait prendre sur le chemin de la sortie.

Perry démarra le moteur et avança la Chevrolet d'entre les gros rochers. Les deux tuyaux d'échappement rugirent lorsqu'il frôla l'accélérateur. La voiture avait un levier de vitesses à quatre rapports au plancher, un nouveau moteur GMC à double carburateur, un arbre à came modifié, des pistons surdimensionnés et un système de chauffage électrique. Il lui fallait garder l'embrayage enfoncé pour empêcher la voiture de bondir de l'avant.

La partie supérieure de la banquette arrière se relevait sur deux ressorts et la cloison de séparation d'avec le coffre avait été découpée. Le verrou du coffre avait été délibérément écrasé de sorte qu'on ne pouvait plus l'ouvrir de l'extérieur. Perry chargea les bidons un à un dans la voiture, répartissant la charge au-dessus des essieux de sorte que l'arrière ne s'abaisse pas de manière notable, et replaça le siège. Il faisait plus doux maintenant, et il se mit à transpirer.

– Tu crois toujours que tu pourras te débrouiller ? dit McGoffin.

– Je vous le dirai quand vous m'aurez donné mes cinquante dollars.

Le vieil homme sortit un portefeuille de la poche de poitrine de sa salopette et décompta les billets du pouce.

– C'est pas grand-chose pour les risques qu'on court, mais y m'en reste même pas tant que ça, une fois que j'ai réglé tout le monde entre ici et Detroit, dit-il. Je t'en donnerais plus si je pouvais.

– Je demande pas plus que ce que touchent les autres.

– Y a une série de plaques de l'Ohio et du Michigan planquées sous le tableau de bord. Dis aux gars de la station-service que je veux qu'y z'enlèvent les plaques du Kentucky avant de traverser la rivière.

– Est-ce qu'y en a au péage qui connaissent la voiture ?

– T'as pas besoin de passer par un guichet de péage. Reste sur la route du comté qui longe la rivière et remonte sur Winchester par Boonesborough. J'ai pus grand-chose à te dire d'autre, sauf que je t'ai vu mettre le revolver sous le siège ce matin.

– Qu'est-ce que ç'a à voir ?

– Mon gamin a investi deux mille cinq cents dollars dans cette voiture, et y veut pas voir de trous dedans. Et je veux pas non plus te voir troué, toi. Si l'ABC se lance à tes trousses, range-toi et laisse-les prendre la cargaison. Va pas prendre une balle dans la peau pour du whiskey de maïs qu'on pourra toujours faire passer chaque fois qu'on en aura envie.

– J'ai pas pris c't'arme pour tirer sur l'ABC.

– Je crois savoir pourquoi tu l'as. J'ai entendu dire que le shérif t'a mis la main dessus devant le bureau de l'exploitant. C'est tes oignons et ça me regarde pas, même si je suis d'avis que t'as le droit d'en vouloir aux hommes qui ont tué Woodson. Mais je veux pas que tu dégaines une arme sur personne tout le temps que tu travailles pour moi.

– Le soleil est au-dessus de la montagne. Et les équipes de bûcherons vont pas tarder à arriver, dit Perry. Faut que je me mette en route.

– Très bien, petit. Mais fais en sorte que ce revolver reste à sa place.

Perry sortit la Chevrolet du couvert des arbres, évitant les rochers et les arbres morts, avant de passer en seconde en entamant la dernière partie du versant qui aboutissait au chemin de terre longeant la rivière. Le poids du chargement dans le coffre fit toucher le châssis à plusieurs reprises. Les arbres commencèrent à s'éclaircir, et il aperçut les eaux vertes du torrent en bord de rive. À côté de lui, posé sur le siège, se trouvait son paquetage en toile des Job Corps avec un change de vêtements, deux côtes de porc frites avec du pain et une boîte de cartouches magnum calibre .22. La voiture rebondit en bas de la pente avant d'entamer la zone lisse et dénudée près de la rivière, et il écrasa l'accélérateur, direction le chemin de terre, sous le vrombissement de son échappement.

Une fois sur l'asphalte, il passa en quatrième et doubla toutes les voitures sur sa route. Le soleil étincelait sur le vert des prairies et des sommets montagneux, et il laissait le vent lui balayer le visage en rafales par la vitre ouverte. Le tabac nouveau dans les champs atteignait une bonne dizaine de centimètres, et les fermiers l'avaient protégé de mousseline tendue entre des pieux de bois afin de protéger la plante de la pluie et d'une chute éventuelle de grésil. L'air était sucré des parfums de printemps, et, au loin, il voyait les montagnes dérouler leurs vallonnements qui diminuaient au fur et à mesure, en bordure du plateau de Cumberland. La lumière d'est noyait les vallées d'ombres profondes, et les arbres bleuissaient au passage des nuages dans le ciel. Ses oreilles commencèrent à bourdonner au changement d'altitude, et il rétrograda en troisième lorsque la route s'infléchit en pente douce vers le plat pays en contrebas des montagnes.

Il franchit la Kentucky River à Boonesborough. À travers les poutrelles du grand pont métallique, il regarda les bateaux à moteur baratter les eaux en laissant un sillage blanc dans le courant loin en contrebas ; des gens en costume de bains mouillé étaient étendus sur la plage sableuse. Quelque part dans les montagnes, tout là-haut, se trouvaient les restes pourris du fort de Daniel Boone, que celui-ci avait bâti pour protéger les premiers colons blancs des terribles attaques des Shawnees. Devant lui s'étiraient les terres sans relief, doucement vallonnées, couvertes de pâturin, le pays du *blue grass*. La route était bordée de clôtures en pierre sèche montées sans mortier par les esclaves qui avaient nettoyé les champs avant la guerre de Sécession. La terre était riche ici, l'herbe haute avec ses reflets bleu-vert. Perry n'avait encore jamais vu cette partie du Kentucky. Les ruisseaux couraient d'eau limpide, il n'y avait pas d'ordures sur les versants des collines, les zones forestières restaient intactes, sans mines à ciel ouvert ou à flanc de montagne, les bâtiments de fermes étaient peints, les granges pleines de foin, les jardins plantés de mimosas et de massifs de rosiers et, dans les champs, paissaient de beaux chevaux de course et s'alignaient des rangées de ruches blanches. Il se demanda comment un homme pouvait avoir assez d'argent pour s'acheter une terre comme celle qu'il avait devant les yeux, où le tabac était payé quatre mille dollars l'hectare et le maïs montait à deux mètres dès la mi-saison.

Un gars pouvait travailler et économiser toute son existence et être incapable de rien pouvoir s'offrir d'une telle terre, se dit-il. Ce n'était pas de ces choses qu'on se gagnait à la sueur du front. On la possédait pour l'avoir volée aux Indiens, on la gardait en volant les autres de leur dû, en offrant des salaires de misère pour la plantation et la coupe du tabac. Un gars ne se trouve jamais rien qui vaille la peine d'être gardé par son simple travail. On n'arrive même pas à liquider sa dette auprès du magasin. On devient propriétaire d'une terre comme celle-là lorsqu'on est assez malin pour faire faire le travail par d'autres en s'arrangeant pour qu'ils vous reversent leur salaire. Les compagnies minières du Nord savaient ce qu'elles faisaient en venant s'installer au Cumberland.

Perry suivit la bande étroite d'asphalte qui traversait les collines basses jusqu'à Winchester. C'était samedi, les rues étaient pleines de voitures et de monde. Winchester était, avec Mount Sterling et Richmond, la seule ville en bordure du plateau à autoriser la vente d'alcool, et les bars et salles de billards étaient pleins de montagnards, en salopettes et blue-jeans en haillons, arrivés au volant de leurs tas de ferraille automobiles après des kilomètres de routes en lacet pour boire, se battre pour des putes à trois dollars, et finir par perdre conscience, ivres morts, abrutis par l'alcool, derrière une taverne un dimanche matin. Plusieurs policiers en uniforme réglaient la circulation au centre-ville, et Perry sentit des perles de sueur se former sur son front et sa lèvre supérieure tandis qu'il franchissait lentement les files de voitures. Le moteur avait un ralenti réglé trop haut, et les tuyaux d'échappement jumeaux grondaient comme les cheminées d'un camion Diesel. Il n'avait pas de permis de conduire, et si un policier l'arrêtait pour aller inspecter un silencieux défectueux, il savait qu'il se retrouverait en cellule, la voiture reconnue comme véhicule de transport illicite et fouillée. Il essuya son front moite en remontant la main dans les cheveux. La circulation se fit plus fluide une fois le centre-ville franchi et, en passant devant le dernier policier sur la portion de voie qui menait à la grand-route, il débraya et lâcha l'accélérateur pour assourdir le rugissement de ses échappements. Il laissa filer en roue libre aussi longtemps qu'il put, jusqu'à être sûr d'être hors de portée d'ouïe du policier, avant de repasser en seconde et d'écraser l'accélérateur au plancher. La Chevrolet tangua, arrière baissé, suspension écrasée, les pneus brûlant leur gomme sur l'asphalte, le nez de la voiture relevé, les deux carburateurs à quadruple corps aspirant l'air goulûment, et il s'arracha sur la grand-route, laissant défiler clôtures et poteaux téléphoniques comme dans une bande de film en accéléré.

Il reprit la route inter-États à quatre voies en direction de Lexington. Le moteur bourdonnait sous le capot, le vent frais coulait par la vitre ouverte, et il posa une main molle sur le haut du volant tandis que filaient les panneaux de signalisation. Il n'avait rien pris pour son petit déjeuner que du café, avant le lever du jour, dans la grotte, et il mangea une des côtes de porc frites et un morceau de pain. Devant lui, une voiture était rangée sous la voie en surplomb, le coffre ouvert, une roue posée contre le pare-chocs arrière. Il freina doucement pour ralentir la Chevrolet sous la vitesse limite et, en passant sous le pont, il vit le policier derrière le volant de sa voiture de patrouille, le gyrophare rouge sur le toit masqué par l'abattant du coffre ouvert.

Perry atteignit les abords de Lexington vers midi, et il prit au nord vers Cincinnati. Des deux côtés de la route s'étiraient des fermes d'élevage de chevaux de course au milieu de pâturages bleus jusqu'aux contreforts des collines. Les clôtures étaient blanches, les granges bâties de pierre, les écuries aussi hautes que des maisons à un étage. Des chevaux noirs à la robe luisante, qui rapportaient jusqu'à vingt-cinq mille dollars d'honoraires à leur propriétaire pour une saillie, trônaient dans les champs et d'énormes maisons d'avant la guerre de Sécession, en retrait de la route, s'abritaient au milieu de bouquets de chênes. Des Nègres soignaient et ferraient des pur-sang à l'extérieur des écuries, et Perry vit une femme arborant une étrange tenue de cavalière avec une casquette à visière, qui montait une jument sur une piste d'entraînement. Il ne connaissait pas les noms de Spendthrift ou Calumet Farm ou Keeneland et il n'avait encore jamais rien vu approchant un tel étalage de richesse. Les granges abritant les poulains étaient plus belles que toutes les maisons du plateau de Cumberland, et l'argent que rapporterait le whiskey dans sa voiture n'aurait pas suffi pour acheter la peinture nécessaire à une de ces grandes maisons de planteurs à colonnades.

Il entra dans la pointe sud de la vallée de l'Ohio et, petit à petit, les terres se firent plus plates de chaque côté de la route. Les haras qu'il laissait derrière lui s'amenuisaient dans le lointain, remplacés maintenant par des fermes proprettes plantées de maïs, des étangs bruns artificiels créés pour l'irrigation, de petits bouquets de caroubiers sur les hauteurs, des affleurements grisâtres de calcaire là où la route venait couper au travers des collines basses. Le vent était fort ici, ridant la surface des étangs en lourdes rafales qui secouaient son automobile. Le ciel était sans nuages, et les nouvelles feuilles du maïs vert avaient des reflets bleus, ondulant sur leur tige aussi loin que l'œil pouvait voir.

L'odeur de printemps et la brume douce du soleil sur les pâturages rendaient Perry somnolent ; lorsqu'il remarqua dans le rétroviseur une Plymouth neuve qui restait sur ses arrières depuis plusieurs kilomètres. Il accéléra lentement et augmenta sa vitesse de vingt kilomètres ; la Plymouth fit de même. Il relâcha l'accélérateur, échappement vrombissant sous la pression des gaz, et remarqua que l'autre voiture ralentissait elle aussi. Dans le rétroviseur, il vit deux hommes en chapeau derrière le pare-brise de la Plymouth. Y a pas que les gars de la station-service qui connaissent cette voiture, songea-t-il. L'ABC l'a probablement vue passer par ici tellement souvent qu'ils n'ont même plus besoin de l'arrêter pour savoir ce qu'elle transporte.

Il garda la même vitesse pendant les vingt-cinq kilomètres suivants, et la Plymouth resta à distance derrière lui. Il y avait des travaux de réfection de la chaussée près de Cincinnati, et un homme agitant un drapeau fit arrêter la file de véhicules tandis qu'un bulldozer déplaçait un tas de terre vers le bas-côté en contrebas. La circulation obligea la Plymouth à s'immobiliser pratiquement au niveau de Perry, lequel tourna la tête et regarda les deux hommes à l'intérieur. Ceux-ci gardèrent le regard droit devant, l'air de rien, et l'un d'eux alluma une cigarette d'un geste naturel ; mais Perry vit la petite antenne pastille destinée à un émetteur radio mobile sur l'aile arrière. Ils me suivent jusqu'à l'endroit où je livre, se dit-il. Ils ont dans l'idée de me tomber dessus à la station-service pour choper l'autre transporteur et aussi l'alambic. Eh bien, mon pote, j'espère que t'as un moteur qui allume sous le capot, pasque je vais pas jouer à ton genre de base-ball. Tout en attendant que l'homme au drapeau libère la file de voitures, il étala la carte routière d'une main sur le siège voisin et chercha la prochaine sortie avant Newport.

Quinze kilomètres avant la rivière Ohio, il commença à doubler les voitures pour avoir le plus grand nombre de véhicules entre lui et la Plymouth ; puis il vit le panneau de sortie Erlanger et écrasa le champignon. Dans son rétroviseur, il vit la Plymouth qui se faufilait dans la circulation en train de bouchonner, car l'accès au pont sur l'Ohio se faisait à une seule voie. Les pneus de la Chevrolet couinèrent lorsque Perry s'engagea sur la sortie à cent dix kilomètres heure. Il rétrograda, débraya et freina un bref instant juste avant d'arriver au panneau de stop en dérapage latéral ; puis il rétrograda en seconde sur un double débrayage et brûla le croisement. Un vieux camion s'arrêta brutalement pour le laisser passer et se fit emboutir par la voiture suiveuse, et, un instant, Perry vit plusieurs piétons remonter sur le trottoir d'un bond, bouche béante et yeux écarquillés. Les rangées de maisons en brique, les arbres, les jardins défilaient en accéléré, les gens occupés à arroser leur pelouse ou à travailler sur leurs parterres de fleurs relevaient brièvement les yeux sur lui au bruit de son échappement répercuté en écho sur les façades. Il freina à l'extrémité de la rue, vira séchement à droite, l'arrière chassant sous le poids du whiskey, et repassa en troisième.

Il roula à quatre-vingts à l'heure dans la petite rue, grilla trois stops et faillit arracher la portière d'une voiture garée. S'ils m'attrapent maintenant, se dit-il, ils vont me coller en cellule et souder la porte à demeure. Mais, par le seigneur, il va falloir qu'ils méritent leur salaire avant de me coller derrière les barreaux. Il laissa filer le moteur sans accélérer et coupa dans une allée étroite entre deux rangées de maisons. Une aile toucha une poubelle et l'aplatit sous le choc contre le garage. Un vieux chiffonnier nègre, en train de fouiller un tas de boîtes en carton, s'écarta du chemin d'un bond au passage de la voiture. Perry jaillit de l'allée et s'engagea dans une autre rue en réduisant lentement sa vitesse. Il savait qu'on avait probablement déjà appelé la police municipale après ses pétarades vrombissantes dans ce quartier tranquille de la ville, et toutes les voitures de patrouille possédaient vraisemblablement son numéro d'immatriculation et une description de la Chevrolet. Il vira à plusieurs reprises, à la file, en restant sous la vitesse limite, et revint sur ses pas vers les voies menant à la route inter-États.

Avant d'arriver à l'entrée de la route à quatre voies, il se dirigea vers une station-service et engagea sa voiture sur le pont de graissage inoccupé. Ils peuvent toujours me chercher sur la route maintenant, se dit-il, ils seront bigleux d'ici à ce qu'ils me retrouvent. Un employé obèse en uniforme bleu tacheté, une casquette à visière laquée sur la tête, des chiffons sales dans les poches, sortit du bureau.

– Il y a une voiture avant vous. J'allais juste la faire monter.

– Je veux rien qu'une vidange. Ça vous prendra pas dix minutes, dit Perry.

Avant que l'employé put répondre, Perry passa sous la Chevrolet et mit en place les arceaux du pont mobile.

– À l'odeur, on dirait que le moteur chauffe, dit l'employé.

– La courroie du ventilateur patine. Z'avez un

tournevis ? J'ai pas encore mis mes nouvelles plaques de l'Ohio.

– Je crois qu'on a une courroie qui devrait aller.

– J'ai pas le temps. Faites-monter le pont, dit Perry.

Il sortit les plaques de l'Ohio de sous le tableau de bord.

– Je remplacerais la courroie si j'étais vous. Y a de la vapeur qui siffle du radiateur.

– Donnez-moi simplement un tournevis.

Perry regarda entre les pompes à essence le flux de la circulation dans la rue. Il aperçut les deux hommes de l'ABC qui passaient lentement dans la Plymouth. Le conducteur parlait au microphone de sa radio. Perry rabattit sa casquette sur les yeux et tourna le dos à la rue. L'employé poussa le levier hydraulique et monta la Chevrolet sur le pont tandis que le compresseur à air au fond de la station peinait sous la pression.

– Z'avez des portes coulissantes nouveau modèle. On n'en voit pas beaucoup par chez nous, dit Perry

Il baissa la porte en partie, jusqu'à masquer à la vue l'arrière de la voiture.

– Ouvrez cette porte. Il fait déjà trop chaud comme ça ici.

– Elle est coincée. Vaudrait mieux que ce soit vous.

Perry suivit des yeux la Plymouth qui s'engageait sur la rampe d'accès de la grand-route avant de repartir plein sud direction Lexington.

Il mit ses plaques de l'Ohio en place et jeta celle du Kentucky dans une poubelle ; puis il se roula des cigarettes et fuma, attendant que l'employé en termine. Au cours de la demi-heure qui suivit, passèrent deux voitures de la police municipale, mais les hommes qui se trouvaient à l'intérieur paraissaient indifférents à tout, le bras posé négligemment sur la portière, et Perry comprit qu'ils avaient probablement cessé de le rechercher.

– Vous devez avoir un gros chargement dans le coffre à voir comment l'arrière est affaissé, dit l'employé.

– Je transporte une cargaison de briques pour un gars. Z'en avez fini ?

– Ouais, mais vous feriez bien .de surveiller c'te moteur. Je sentais la chaleur jusque dans le carter d'huile.

– J'ai encore quinze kilomètres à me faire de la bile, après elle pourra prendre feu et brûler sur roues, dit Perry.

Une fois l'employé réglé, il dégagea la voiture du pont en marche arrière, passa en première et s'engagea sur la route inter-États direction Newport. De vastes avions argentés approchant de l'aérodrome descendaient lentement à l'oblique au-dessus de la route, le soleil blanc sur les ailes, et de superbes hôtels et restaurants occupaient les hauteurs des collines. Des panneaux publicitaires vantaient bière allemande et whiskey du Kentucky au long de la route, et une file de voitures s'étirait devant le pont de l'Ohio. Il voyait les petites villes de banlieue, leurs maisons proprettes avec pelouses vertes et châtaigniers ; il n'y avait pas trace de cahutes en bardeaux, cabinets en rondins ou épaves de voitures empilées l'une sur l'autre dans de sales terrains vagues.

La circulation commença à ralentir lorsqu'il franchit un sommet de côte, et il aperçut alors, par une trouée dans la colline, le large pont sur l'Ohio, la longue étendue de rivière bleue qui déroulait ses méandres au milieu des pentes vertes, et les lignes brisées de Cincinnati à l'horizon, surplombant la vallée. Le long des berges, dans les quartiers anciens de la ville, des immeubles allemands, étroits, bâtis en brique, avec cheminée sur chaque mur pignon, se pressaient les uns contre les autres en longues rangées, presque comme des boîtes en carton écrasées, et des arbres bordaient tous les blocs de la ville. Sur les collines surplombant la cité, il voyait des maisons en brique, de style européen du dix-neuvième siècle, avec vérandas en bois, installées en retrait au milieu de chênes et de peupliers. Sous le pont, un énorme bateau avec roue à aubes barattait les eaux de la rivière en aval, ses ponts remplis de monde installé sur des transats, et les deux cheminées métalliques avec motifs en volute laissaient filer sous le vent des nuages sombres. Au loin, Perry aperçut les gradins de Crosley Field, où les Reds devaient rencontrer les Dodgers ce week-end-là, les rampes et passerelles en béton blanc pleines de voitures se rendant au match. Les poutrelles et étançons du pont se détachaient comme des lignes gravées sur le bleu au-dessus de la ligne d'horizon, et des fragments de nuages déchirés s'accrochaient au lointain dans la brume verte et opulente de la vallée de l'Ohio.

Un jour, c'est là qu'il vivrait, après avoir réglé tous les problèmes à la maison, se dit-il. Il abandonnerait définitivement la mine, se trouverait un métier avec un salaire qui lui permettrait de vivre, et il se promènerait sur ces larges boulevards bordés d'arbres après le travail, le soir, au printemps, en pantalon de toile kaki fraîchement repassé et chemise en jean, le chèque de salaire dans la poche revolver. Cela prendrait du temps, rien d'autre. Et il s'en irait retrouver Popcorn au match de base-ball, et ils rentreraient à la maison en se traînant à quatre pattes après la fête.

Juste avant le pont, il quitta la route inter-États et entra dans Newport, quartier ouvrier sale et délabré côté Kentucky de la rivière. Les anciens immeubles allemands s'étaient transformés en taudis, les rues étaient souvent jonchées de journaux et de boîtes de bière, et on y trouvait des rangées entières de bars et de salles de billards crasseux, dans lesquels jeux, stupéfiants et prostitution n'étaient pas reconnus par la police locale. Il était censément interdit de vendre de l'alcool le dimanche ou après deux heures du matin dans cette zone du Kentucky, mais la loi n'était pas appliquée depuis si longtemps que l'interdiction était considérée comme une plaisanterie. Des hommes, à l'allure très semblable à celle des habitants des collines, étaient postés aux coins de rues et à l'entrée des bars se tenaient des femmes douteuses avec cheveux teints et grands sacs à main. La plupart des véhicules garés en bordure de la route étaient immatriculés dans les comtés reculés du plateau, et la ville à proprement parler était aussi sinistre et déprimante d'aspect que Harlan ou Hazard.

Perry trouva la station-service à l'endroit décrit par McGoffin. Il se rangea sur le côté du bâtiment et vit l'employé lever les yeux sur la voiture par-dessus son journal derrière la fenêtre du bureau. Perry sortit le pistolet de sous le siège et l'enferma dans son sac. L'employé sortit par la porte latérale, un mince mégot de cigare coincé entre deux dents. Il avait les cheveux longs, couverts de graisse, la peau d'un côté de la mâchoire inférieure tirée et fripée à l'endroit où l'os manquait. Son uniforme à rayures était effrangé aux manchettes et aux manches, son T-shirt sale de crasse à l'encolure. Les yeux étaient sans expression, mais Perry sentait qu'ils l'examinaient.

– Qu'est-ce que vous voulez ? dit-il en sortant le cigare de sa bouche pour cracher.

– Je me disais que j'allais vous la laisser.

– Revenez demain si vous voulez qu'on y fasse quelque chose. Je ne peux pas m'en occuper aujourd'hui.

– On m'a dit de la déposer ici. Je crois que vous devez savoir de quoi je parle.

– Non, je ne sais pas, m'sieur.

– Écoutez, j'ai pas de temps à perdre. Les autres plaques, elles sont sous le tableau de bord.

– Vous devez vous tromper de personne.

– Je travaille pour le vieux McGoffin. Est-ce que ce nom vous dit quelque chose ?

– Qu'est-ce qu'y fait ?

Perry ramassa son sac en toile et sortit de la voiture.

– Je sais pas qui vous vous attendiez à voir, mais moi, je reste pus ici à attendre, dit-il. J'ai été suivi presque tout le temps depuis Lexington, et je me dis que c'est à un autre de faire joujou avec eux maintenant. J'ai fait ma part de boulot, et j'en ai plus rien à foutre si vous virez cette bagnole dans la rivière.

– Doucement, vous excitez pas. Entrez.

Perry le suivit dans le bureau où s'empilaient pneus et caisses de bouteilles de soda vides.

– À quoi il ressemble, ce McGoffin ?

– Je vous ai dit que je n'avais pas de temps à perdre ici.

– Vous n'avez quand même pas un avion privé ou quelque chose qui vous attend ?

La bouche de l'employé s'étira en sourire sur ses dents gâtées.

– Il a deux têtes et une bosse dans le dos. À quoi vous croyez donc qu'y ressemble, nom d'un chien ?

– Okay. Pas la peine de faire la gueule. Y faut qu'on soit prudent, c'est tout. L'ABC a arrêté un transporteur il y a quelques semaines de ça et ils ont placé un de leurs hommes dans la voiture. Ils ont arrêté cinq mecs à Covington. Où est-ce qu'ils vous ont repéré ?

– Ils m'ont suivi jusqu'à Etlanger, et, après, je les ai pris de vitesse.

– Z'êtes sûr que vous n'avez pas une filoche aux trousses ?

– Y m'ont pus jamais vu une fois que j'ai quitté la grand-route, mais je bougerais pas c'te marchandise pendant quelques jours.

Au-dehors, un autre employé emmena la Chevrolet dans un garage en tôle sur l'arrière.

– On va s'occuper de tout ça. Oubliez juste que vous avez mis les pieds dans cette station-service.

– Mon pote, j'ai déjà oublié à quoi vous ressemblez, dit Perry qui franchit la porte, le sac à la main.

Il descendit la rue le long des bastringues et crèches minables à un dollar la nuit. Il se sentait bien d'avoir abandonné l'automobile, les bidons à l'odeur âcre de whiskey, le souci de sentir l'ABC à ses trousses. Il n'avait pas fermé l'œil la nuit précédente, et les événements de ces deux dernières journées ne restaient pas en bon ordre à sa mémoire. Il avait la tête fatiguée avec l'impression qu'il s'était écoulé des semaines depuis le jour où il avait déménagé le whiskey dans le vallon en compagnie de McGoffin, tandis que l'avion balayait le ciel au-dessus de leurs têtes, avec Noah qui traînait derrière eux son corps raide et ses mouvements d'infirme. Au coin de la rue se trouvait un stand de barbecue et un bar à bière, et son estomac vide lui fit mal lorsqu'il sentit la sauce piquante sur le porc fumé et vit une serveuse tirer des bocks de bière fraîche pour les ouvriers, attablés devant assiettées de travers de porc et chapelets de saucisses. Il voulait entrer et manger les morceaux de pain à l'ail beurrés et le bœuf saignant, et faire glisser le tout de bocks et de bocks de bière ; mais l'argent qu'il avait dans la poche lui avait fait encourir trop de risques pour qu'il le dépense pour lui-même, et il éprouvait toujours un sentiment de culpabilité de s'être enivré en dépensant une partie de ses économies des Job Corps après l'achat du revolver.

Le pont sur la rivière se dressait haut au-dessus de sa tête et il attaqua la rue pavée qui montait en pente raide vers le chemin piétonnier le long de la route inter-États. La journée était chaude maintenant, et il ôta sa vareuse de l'armée à grosses poches et la balança sur l'épaule. Il avait toujours dans les narines l'odeur de cuisine du barbecue, et il voulait s'arrêter manger la côte de porc et le morceau de pain qui lui restaient dans son sac, mais il ne lui resterait rien alors pour le trajet de retour. Des voitures en route pour le match de base-ball bloquaient l'entrée de la grand-route à quatre voies, et un officier de police nègre était posté au milieu du croisement et dirigeait la circulation. Perry alla jusqu'au milieu de la rue et se posta à côté de lui.

– Où est-ce qu'un mec peut se prendre le bus pour repartir à Richmond ? demanda-t-il.

Le policier avait un sifflet vissé aux lèvres, le regard rivé aux voitures.

– Je veux rentrer chez moi. Où est-ce que je peux trouver un bus ?

– Richmond où ? dit le Nègre, le visage toujours tourné vers la circulation, les mains s'agitant dans les airs à gestes rapides.

– Dans le Kentucky. Y en a pas d'autres excepté en Virginie.

– J'en ai jamais entendu parler. Dégagez la rue avant de vous faire accrocher. Allez demander au dépôt à Cincinnati.

Perry entama la traversée du pont, la tête prise de vertiges lorsqu'il regardait l'eau bien loin en contrebas. Il entendait le vent chanter dans les étançons et les câbles au-dessus de lui, et la longue étendue de pont lui donnait l'impression de vaciller sous ses pas. Il se demanda bien comment des hommes pouvaient construire quelque chose d'aussi grand et d'aussi extraordinaire au-dessus d'une aussi vaste étendue d'eau. Des tourbillons blanc et vert bouillonnaient à l'entour des fondations de béton en contrebas, et il sentait la force de la rivière vibrer dans la rambarde le long du chemin piétonnier. La ligne d'horizon de Cincinnati se dressait plus haut encore qu'auparavant. Les immeubles lui paraissaient aussi élevés sur leur fond de nuages que la ligne de crête des montagnes de Cumberland, et on y trouvait des restaurants qui servaient de la nourriture venue du monde entier, des enclos de châtaigniers autour des kiosques à journaux, un grand parc d'attractions avec grandes roues et montagnes russes sur la plage en bordure de la rivière, et la brise qui soufflait dans la vallée avait une odeur d'herbe mouillée mêlée au parfum des premières fleurs de printemps.

Un moment, il songea à oublier le dépôt de bus. Il

avait presque cinquante dollars dans son portefeuille, ce qui lui suffirait jusqu'à ce qu'il trouve un boulot quelconque. Il pourrait louer une chambre et se trouver un emploi, garer les voitures, travailler dans une station-service, faire un travail d'ouvrier d'atelier à suer son gagne pain. Il n'y avait plus de travail aujourd'hui sur le plateau, et sa famille s'en porterait bien mieux s'il restait en ville et leur adressait une partie de son salaire. Il n'y aurait plus de J.W. dans les parages dont il lui faudrait se soucier, plus de longues soirées dans le baraquement à contempler sa mère fixer le feu d'un regard vide, plus de haine tranquille ni d'anticipation de violence soudaine à se retrouver à côté d'un jaune ou d'un homme de la compagnie à un coin de rue.

# 9

Le trajet de retour en bus cette nuit-là lui prit sept heures, et Perry ne parvint pas à trouver le sommeil avant le lever du jour, lorsque le soleil perça au-dessus des montagnes et se mit à briller en plein sur son visage par la vitre. Il se sentait le corps épais de fatigue, le visage pâle et marqué. Au dépôt de Richmond, il mit la tête sous le robinet et laissa l'eau froide l'asperger.

La matinée était fraîche tandis qu'il se dirigeait vers la grand-route et l'air avait une odeur de propreté après les sept heures passées dans le bus. Il se fit prendre en chemin par un camion jusqu'au comté voisin où il habitait et il s'allongea sur le plancher métallique du plateau non bâché, mit son sac sous la nuque et contempla les bandes de nuages filer au-dessus de sa tête. Il sentait le contour dur de son arme à travers la toile et il se redressa en se rappelant soudain que les six chambres du barillet étaient chargées. Le camion s'engagea en altitude dans les montagnes et le soleil se mit à chauffer sur les falaises calcaires. La route étroite déroulait ses lacets de vallon en vallon, traversait les torrents sur des ponts de bois à sens unique pour finalement aboutir à la crête du plateau. Lorsque le camion s'engagea vers le siège du comté, Perry cogna du poing.

C'était dimanche, salles de billards et tavernes étaient fermées, et les rues pratiquement désertes à l'exception de quelques familles, vêtues de leurs meilleurs habits, qui se dirigeaient vers la bâtisse en bardeaux de l'Église de Dieu sur la colline. On entendait au loin le son étouffé des cantiques et de la musique d'orgue. Le shérif ouvrait la porte de la cellule en grès, et les ivrognes arrêtés le soir précédent s'amassaient derrière les grilles d'acier. Ils sortirent, chancelants, sous le soleil lumineux, les traits tirés par la gueule de bois. Un homme était toujours incapable de marcher droit et le shérif le fit pivoter par un bras avant de le raccompagner à l'intérieur de la prison.

Perry s'apprêtait à traverser la rue lorsqu'il entendit la voix du shérif derrière lui.

– Attends une minute. J'ai un mot à te dire.

Il attendit tandis que le shérif traversait la pelouse dans sa direction. Il se sentait mal à l'aise du fait de son revolver dans le sac, qu'il posa près de son pied avant de se rouler une cigarette. Son poids énorme obligeait le shérif à marcher jambes légèrement à l'écart, et la journée avait beau être encore fraîche, il avait le visage empourpré comme s'il avait travaillé sous un soleil d'été.

– Faut que je rentre à la maison, dit Perry.

– Une minute de ton temps, ça te fera point mal du tout. Noah Combs s'est saoûlé en ville hier soir et il a fallu que je le reconduise chez lui.

Perry roula la feuille de cigarette autour du tabac et lécha le bord encollé.

– Il racontait des tas de choses dont y se souvient probablement pas ce matin, dit le shérif.

– Ç'a rien à voir du tout avec moi.

– Si, ç'a à voir, si tu travailles pour le vieux McGoffin.

– Je travaille pour personne.

– Combs m'a dit que du whiskey a été déménagé hier et que c'était toi le transporteur.

– Vous me voyez pas en train de conduire une voiture, pas vrai ? J'ai même pas de permis de conduire.

– Tu crois que cinquante dollars, ça vaut le coup d'aller en prison ?

– Je peux rien vous dire du tout pour ce que Combs vous a raconté. Je cherchais un boulot à Lexington.

– Et tu n'aurais pas par hasard largué une cargaison de whiskey au passage tant que tu y étais ?

– Si z'êtes sûr que j'ai travaillé avec Combs et le vieux McGoffin, comment que ça se fait qu'y sont pas en prison ?

– Je sais que McGoffin a un alambic quelque part dans ce vallon, et je sais que la moitié de l'alcool clandestin de ce comté en sort. Si j'étais décidé à l'arrêter, je pourrais faire ça sans beaucoup de problèmes. Mais je me dis que l'ABC est payé pour faire ce genre de trucs, et j'en ai assez à faire comme ça pour ne pas être obligé d'aller passer la nuit entière dans une grotte afin de coller en prison un vieillard et un infirme.

– Faut que j'y aille maintenant. Y a un gars plus haut sur la rue qui peut me ramener à la maison en voiture.

– Attends donc que j'en aie fini. L'ABC ou les fédéraux, y vont pas se contenter de simplement te parler. Y se fichent pas mal de ce qu'il peut arriver à ta famille si tu te retrouves derrière les barreaux à Atlanta. Ça fera pas la moindre différence à leur chèque de paie. Pas un sou de plus ou de moins. Ou alors, s'ils te trouent la peau d'une ou deux balles, ils te feront ça plus vite que tu peux cracher, pasqu'y a suffisamment de leurs gars qui se font descendre par ici pour qu'y se sentent un peu nerveux quand y tombent sur un alambic.

– Dites-moi donc où est-ce qu'un homme peut se gagner un peu d'argent aujourd'hui ? L'association nous interdit l'accès à toutes ses mines, et il y a un piquet devant tous les indépendants. Le tabac ne sera pas bon à couper avant la fin de l'été, et le Service des forêts recrute pas parce que les papas-papys font tout le boulot d'entretien des pistes.

– Tu peux demander les secours de l'assistance. Il y a plein de gens qui vivent là-dessus.

– Pas ma famille. Z'avez déjà vu mon père faire la queue devant le bureau de l'assistance ?

– Parfois t'as pas le choix des choses, Perry.

– Par le Seigneur, si, j'ai le choix. On peut prendre soin de nous aut' sans demander d'aide à personne.

– Ça sert vraiment pas à grand-chose d'essayer de te parler, pas vrai ? dit le shérif. T'es incapable de rien comprendre à part ce que t'as décidé dans ta propre petite tête. Monte dans ma voiture, je te ramène à la maison.

– Merci. Mais j'ai envie de marcher.

– Sur onze kilomètres. Tout ça parce que t'es passionné par la marche, nom de Dieu, dit le shérif.

Perry balança le mégot de sa cigarette dans la rue, ramassa son sac en toile et balança sa vareuse de l'armée sur l'épaule. Jamais encore il ne s'était senti aussi fatigué, pas même après avoir fait deux postes de huit heures d'affilée à la mine. Il avait le dos et le cou raides d'avoir essayé de dormir dans le bus, ses jambes flageolaient en pas maladroits, comme s'il était resté un long moment dans la même position. Il marcha jusqu'aux limites de la ville et remonta le chemin rural qui conduisait à sa corniche. Il était tombé une averse la nuit précédente, et les arbres à bois dur de la forêt avaient pris un vert bleuté plus profond. Au bout de trois kilomètres de montée, ses jambes se firent douloureuses et il s'assit dans un bouquet d'érables surplombant une profonde faille. Le soleil était maintenant au sud et brillait au travers des arbres en quadrillant le sol de carrés d'ombre et de lumière. Il s'étendit sur l'herbe fraîche, la vareuse sous la tête, et observa les écureuils qui couraient sur les ramures en surplomb. La lumière commença à se diffuser à travers les feuilles, et, en quelques instants, il s'endormit.

Dans ses rêves, il revit l'homme sur le dépôt de charbon. Il se détachait sur fond d'horizon noir, le visage figé par la terreur, la peau aussi blanche que l'os, puis Big J.W. démarrait le moteur de la voiture, l'étincelle jaillissait, bondissant au long du câble, et, une fois encore, flammes et fumée explosaient sur la face de la montagne. Le hurlement persista dans l'esprit de Perry jusqu'à ce qu'il se retourne, le nez dans l'herbe. Il se vit alors debout à un coin de rue en ville sous le crépuscule violet juste avant l'obscurité. L'air était brûlant et immobile, même les trottoirs irradiaient de chaleur. Les boules de billard cliquetaient dans la salle avec un bruit métallique dans l'air sec, et la porte s'ouvrit avec fracas, laissant apparaître les trois hommes qui avaient assassiné son père avant qu'ils ne s'engagent dans la rue. Leurs trois visages étaient identiques, tordus, cireux, les dents pourries, les yeux brillant d'une lueur folle comme des morceaux de verre brisé. Il sentait le poids pesant, bien équilibré, du revolver au creux de sa paume. Il mit le pouce sur le chien qu'il releva, prêt à faire feu, en prenant en ligne de mire le visage du premier homme. Aucun des trois hommes ne paraissait lui prêter attention.

– Je suis le fils de Woodson James et, ce soir, je vais vous envoyer en enfer.

Ils continuaient pourtant à ne lui prêter aucune attention. Il raffermit sa prise sur le revolver, le métal froid contre sa paume, et fit feu en plein dans la figure du premier homme. L'explosion de la cartouche magnum fut assourdissante, et le recul lui remonta brutalement l'avant-bras. Puis il releva le chien une nouvelle fois et continua à tirer dans les visages qu'il avait devant lui. Il sentait l'odeur de poudre brûlée, et la fumée bleue flottait en brume devant ses yeux ; il savait que les balles à tête creuse avaient pénétré les chairs, déchiquetant muscles et os de ces visages abominables qu'il n'aurait plus jamais à regarder. Mais, lorsque la fumée s'éclaircit, il les vit qui grimaçaient à son adresse en rictus abominables. Il vida les douilles sur le trottoir en manœuvrant le levier d'éjection et commença à enfoncer de nouvelles cartouches dans le barillet. Les trois hommes se mirent à lui ricaner à la figure, petits sourires lents d'abord, plissant les visages comme papier froissé, puis gros éclats de rire tonitruant, les larmes dégoulinant sur les joues, au point qu'ils s'en tenaient les côtes.

– Fiston, tu ne sais pas bien le moment de laisser tomber, dit l'un d'eux. Il se pourrait qu'on se trouve forcés de te couper les couilles maintenant.

Perry s'éveilla brusquement. Il était en sueur, les cheveux plaqués mêlés d'herbes et de brindilles, et il constata que sa main serrait le revolver à travers la toile du sac. Un instant, il ne fut plus sûr de savoir où il était, et il regarda aux alentours, à la recherche des trois hommes, des trottoirs, des bâtiments sales de la ville, avec la conviction qu'il aurait dû encore faire crépuscule. Lentement, les choses reprirent leur place dans sa tête, et il comprit qu'il se trouvait sur la corniche surplombant un vaste vallon où le printemps était en pleine floraison, avec ses écureuils qui couraient au milieu des nouvelles feuilles d'érables.

Il remonta la route sur près de deux kilomètres avant de se faire prendre en voiture le restant du chemin. Au début, Perry crut qu'un représentant de la compagnie minière était de retour afin de se faire régler un arriéré de loyer ou de crédit au magasin, lorsqu'il aperçut la plaque d'immatriculation officielle à l'arrière. Il remonta la piste de terre tout en zigzag au milieu de boîtes rouillées, sacs de grain moisis et verre brisé. L'ABC a réussi à me retrouver, se dit-il. Ils ont dû faire une descente à la station-service après mon départ ou peut-être bien qu'ils ont chopé le vieux McGoffin. Mais y peuvent toujours pas me coller quelque chose sur le dos. Un mec, faut qu'ils l'attrapent avec le whiskey avant de pouvoir le mettre en prison.

Deux de ses frères plus jeunes, pieds nus, en salopette, couraient sur le côté du baraquement. Ils avaient les mains et le visage couverts de poussière, et leurs longs cheveux leur pendaient devant les yeux. Ils avaient beau avoir un an d'écart, ils se ressemblaient néanmoins suffisamment pour être jumeaux. Leurs cheveux couleur de paille, de la même texture, de la même teinte que ceux de Perry, avaient commencé à s'éclaircir sous le soleil.

– Pourquoi qu'y faut qu'y partent, Perry ?

– Qui ça ?

– Y z'emmènent Irvin, Mal et Collie.

– Qu'est-ce que vous racontez ?

– 'Man, elle dit qu'y faut qu'y z'aillent quelque part à Richmond.

– Ç'a ni queue ni tête, ce que vous racontez. Rentrez à la maison dit Perry.

– 'Man, elle veut pas qu'on rentre tant que les gens y sont pas partis.

– C'est qui, les gens qui sont là-dedans ?

– Je ne sais pas. Lâche-moi le bras.

– D'où viennent-ils ?

– De Richmond, je crois. Laisse-moi aller.

Perry franchit le perron et ouvrit la porte-moustiquaire bien abîmée. À l'intérieur de la maison, il vit Irvin et deux de ses sœurs en train de manger tranquillement à la table, le nez dans leur assiette. Les filles avaient revêtu leurs meilleurs habits, que leur mère ne leur mettait jamais hormis pour les réunions de l'Église de Dieu auxquelles elles assistaient une ou deux fois par mois. Un homme et une femme que Perry n'avait jamais vus auparavant étaient assis, mal à l'aise, sur les chaises en bois, à remuer et à changer de position de temps à autre sur leur siège aux planches dures. Perry éprouva à leur égard cette méfiance instinctive qui était la sienne face à tous les inconnus. En outre, ils portaient des vêtements de prix et n'étaient pas non plus à leur place dans ce baraquement, et il savait que la raison de leur présence allait entraîner des ennuis à sa famille. Rares étaient les étrangers au comté à venir jusque sur ces corniches, à moins qu'ils ne représentent la loi, l'association des patrons ou une compagnie financière. L'homme était mince, le cheveu clairsemé sur le sommet du crâne, et le nœud papillon à agrafe qu'il arborait n'était pas assorti à sa veste de tweed. À ses pieds était posée une serviette porte-documents. La femme avait une cinquantaine d'années, les cheveux gris marbrés de reflets bleutés, la poitrine pigeonnante dans son tailleur bleu.

Mme James prit une marmite sur le poêle à bois et déposa des cuillérées de bouillie de maïs dans les assiettes des enfants. Elle avait le visage fatigué, le regard terne et sans lumière.

– Voici madame Lester et monsieur Call, fils, dit-elle.

Son regard ne croisa pas celui de Perry.

– Ils viennent de Richmond.

L'homme se leva pour lui serrer la main, et la femme lui offrit un sourire agréable, mais Perry ne regarda pas dans leur direction.

– Qu'est-ce que c'est que cette histoire comme quoi on emmène Irvin et les filles ? dit-il.

– Mets-toi à table et je te servirai ton dîner.

– J'ai pas faim.

– T'as rien pris d'autre avec toi que les deux côtelettes de porc.

– Pourquoi qu'Irvin et les filles sont pas dehors à jouer avec les autres ?

– Ces personnes sont des services de l'assistance, et ils ont un foyer où on prendra soin comme il faut des petits.

Elle regarda la table et se mordit la lèvre inférieure.

– Le programme peut être vraiment quelque chose de bien pour les enfants, dit M. Call.

– Je vous cause pas à vous.

– C'est un bon foyer, Perry, dit Mme James. Les enfants ont toute la nourriture qu'il leur faut, et y z'ont des docteurs pour s'occuper d'eux.

– On a pas besoin des gens de l'assistance.

– Je ne pense pas que vous le prendriez aussi mal si vous voyiez notre foyer, dit Mme Lester.

– J'envisage pas d'aller le voir, et mes frères et sœurs non plus y vont pas le voir. Alors remontez dans votre voiture et repartez droit sur Richmond.

– C'est pas bien de parler aux gens comme ça dans notre maison, dit Mme James.

– Y z'ont pas à rester.

– On ne traite pas les gens comme ça dans notre maison.

– Vous ne pouvez pas subvenir aux besoins de tous ces enfants sans un emploi, dit Mme Lester.

– J'ai cinquante dollars, et les Job Corps me doivent encore de l'argent.

– Aimeriez-vous retourner aux Job Corps ? demanda l'homme.

– Z'êtes pas obligé de rien faire pour moi. Si je veux y retourner, tout ce que j'ai à faire, c'est d'appeler le camp en PCV et mon billet me sera envoyé par retour du courrier.

– Qu'allez-vous faire quand vous n'aurez plus d'argent ? dit l'homme.

Perry s'assit à une chaise près de la table et se roula une cigarette. Il sentit la fatigue lui envahir le corps.

– Je ne vois pas en quoi c'est vos affaires, m'sieur.

– Nous aimerions aider votre famille, si vous le voulez bien, dit Mme Lester. Notre programme peut améliorer un peu les choses, pour votre mère comme pour les enfants.

– Je crois que vous avez pas écouté grand-chose à ce que j'ai dit. Les membres de cette famille restent ensemble, et vous avez brûlé quelques litres d'essence pour rien.

– Nous n'essayons pas de briser votre famille, dit la femme. Vous pourrez rendre visite aux enfants chaque fois que vous le voudrez, et vous n'aurez pas à attendre longtemps pour les récupérer.

– Vous croyez que votre argent vous donne le droit d'entrer ici et de nous dire qu'y faut qu'on change de vie. Même pour dix minutes, ça vous plaît pas de vous installer dans un baraquement comme celui-ci. Z'avez même jamais habité une maison qui coûtait moins de dix mille dollars, mais vous imaginez que z'avez le droit de nous faire vivre comme vous voulez.

– Je veux plus t'entendre parler comme ça, Perry, dit sa mère.

– Je vais pus être obligé, pasqu'y s'en vont.

Il craqua une allumette de cuisine sur l'ongle du pouce et alluma sa cigarette.

– Est-ce que vous savez qu'Irvin a besoin d'aller en hôpital ? Il pourrait bien souffrir de tuberculose, et tous autant que vous êtes, vous y avez été exposés, dit M. Call.

– Si les gens de votre espèce sont tellement portés sur la charité, pourquoi vous avez rien fait pour lui avant ?

– Parce que nous ne disposons pas toujours des facilités nécessaires, mais je vous garantis que ce garçon recevra un traitement, dit l'homme.

– Y a pas un hôpital sur tout le plateau où on peut s'occuper de lui, dit Perry.

– Nous avons ce qu'il faut à Lexington, dit Mme Lester.

– C'est moi qui le conduirai s'il en a besoin. Et maintenant, j'en ai fini de discuter avec vous.

– Je crains que non, dit M. Call.

Les veines bleues battaient à ses tempes tandis qu'il sortait quelques formulaires de sa serviette.

– Je n'aime pas faire usage de ceci, mais nous avons l'autorisation signée par votre mère d'emmener les enfants à notre foyer, et c'est elle, légalement parlant, le seul adulte dans cette maison.

Mme James baissa les yeux au sol, serrant les mains au point que ses ongles firent des marques blanches sur ses paumes. Perry fixa son regard sur elle.

– T'as fait ça ? dit-il.

– Je dirais qu'on a pas vraiment le choix, fils. Y a pas assez à manger pour tous les enfants et je m'attends pas à ce que les choses s'améliorent.

– Les mines vont ouvrir tôt ou tard, et le syndicat dit qu'une fois qu'on aura obtenu une élection, ils vont augmenter notre salaire, dit-il. C'est pas comme si j'allais rester au chômage pour le restant de mes jours.

– Y a vingt-cinq ans que j'entends la même chose, et ça s'est jamais amélioré. Au moins quand Woodson vivait encore, on avait son salaire de papa-papy, mais on a même pus ça aujourd'hui.

– Bee Hatfield dit qu'un homme de Washington vient dans deux semaines, et y vont faire rouvrir les mines. Y aura pus de grèves, et l'association des patrons pourra pas nous empêcher de travailler. Avec tous ces wagons à charbon vides qui s'alignent sur les voies, on fera des heures sup tous les soirs.

– Bee y en sait pas plus que ce que les autres lui racontent, et même ça, il l'entend pas bien la moitié du temps, dit-elle. Même si les mines ouvrent, tu passeras plus de temps dans les piquets que dans le trou. Y a trop longtemps que je vois ça. Le syndicat a jamais rien fait pour ton papa, et y va rien faire du tout pour nous aujourd'hui, excepté nous prendre une partie du salaire.

– Par le Seigneur, ça empêche pas, y vont pas prendre les petits, dit Perry. M'sieur, le papier que vous avez à la main signifie rien pour moi. Remettez-le dans votre serviette et reprenez la route.

– Perry, je peux pas te laisser parler comme tu fais, dit sa mère.

– Regarde les petits. Tu crois qu'ils veulent partir ?

– C'est difficile, je sais, mais votre frère et vos deux sœurs s'en porteront mieux, dit M. Call.

– Allez, sortez d'ici. Je vous le redirai pas.

– C'est un droit dont vous ne disposez pas, dit M. Call.

– Si, monsieur, c'est mon droit. Et maintenant, voyons un peu à quelle vitesse vous êtes capable de dévaler cette corniche.

– Je vais partir parce que Mme Lester m'accompagne, mais je reviendrai un peu plus tard.

– Vous allez plus remettre les pieds dans cette maison, et vous aurez tout le temps de réfléchir à ça pendant le trajet de retour à Richmond.

Perry suivit des yeux les deux personnes descendant à pas rapides la pente raide qui menait à leur voiture, puis il s'installa sur le perron et fuma une nouvelle cigarette. Au loin, la poussière de leur automobile restait accrochée dans les airs au-dessus de la corniche. Dans les profondeurs du vallon, les troncs des bouleaux tranchaient de blanc sur le vert des flancs de colline. Un peu plus bas sur la route, une famille habitant le bas de la montagne remontait vers sa maison, bâtie de caisses, de rondins et de papier goudronné. L'homme ouvrait la marche, son épouse et ses cinq enfants en file indienne sur ses talons. La femme avait le dos voûté, et les enfants étaient vêtus de toile de sac ou de bleus recoupés. Ils vivaient dans un hameau appelé Rachel's Hollow – le vallon de Rachel – où personne n'était sûr de savoir qui était propriétaire des terres et où les hommes gagnaient leur vie en distillant le whiskey clandestin avant de le revendre ou en volant des pièces d'automobiles ou de machines agricoles. Des individus originaires de Caroline du Nord, de Virginie de l'Ouest et du Tennessee, habituellement recherchés par la police, occupaient momentanément les baraquements, puis disparaissaient, et, du fait de la fréquence des fusillades dans le vallon, le shérif et l'ABC y pénétraient rarement. Ces gens de l'assistance sociale, c'est là qu'y devraient transporter leur foutue charité, songea Perry. Sauf qu'ils se feraient taillader les pneus et peut-être même qu'on les balancerait dans le trou à miel, en plus.

Sa mère ouvrit la porte-moustiquaire et posa à côté de lui une assiette de gruau et un morceau de jambon sans dire un mot.

– Je suis désolé d'avoir été impoli devant toi et les petits, dit-il.

Elle s'essuya les mains sur sa robe et s'apprêta à rentrer dans la maison.

– C'est juste que j'ai rien affaire avec des gens de c't'espèce, dit-il. Ils nous regardent de haut et y z'ont pas plus de vrai sentiment pour les petits que pour le chien à qui y donnent à manger sur le perron du jardin.

– Et tu crois que c'est facile pour moi de laisser partir mes propres enfants ? dit-elle.

– Tu n'aurais pas signé ces papiers s'y ne t'avaient pas convaincue de le faire.

– Je n'arrive plus à les regarder, jour après jour, en sachant qu'y a pas assez de nourriture pour eux. Une personne a pas le droit de garder des enfants quand les choses, al sont comme ça.

– Ça va jamais tellement mal au point qu'y faut qu'on abandonne une partie de notre famille.

– Tu peux pas empêcher ce qui doit arriver, fils. On était juste pas faits pour que les choses elles aillent comme on le voulait.

– Y'a rien du tout qui va arriver, en tout cas pas de la part de ces gens-là.

Mais une heure plus tard, la vieille berline de l'adjoint du shérif remontait la corniche à toute vitesse en faisant gicler le schiste sous ses pneus, M. Call assis à côté du conducteur, sa mallette d'homme d'affaires sur les genoux. Perry les regarda peiner sur la piste sous le soleil d'après-midi. L'adjoint, Bud Winston, travaillait à mi-temps au bureau du shérif et les vendredis et samedis soir, il jouait du banjo et du violon dans un groupe de *blue grass* à Mount Sterling. Il avait le visage maigre et jeune, rougi par le soleil, et sa grande carcasse étriquée paraissait toujours gauche sous ses vêtements. En guise d'uniforme, il portait ses vieux treillis de l'armée, les manches dégarnies de leurs galons de caporal. Le lourd revolver d'officier calibre .45 pendait à sa ceinture dans son étui. Ses yeux bleus étaient pleins de conviction, sûrs de leur fait, mais l'homme ne regarda pas Perry en face lorsqu'il approcha du perron.

– Je pensais pas que t'allais remonter jusqu'ici avec lui, dit Perry.

– Je fais ce que le shérif me dit de faire, Perry. Ce gars-là a des papiers qui disent comme quoi il doit emmener trois des petits dans un foyer à Richmond, dit Winston, le regard tourné vers le côté tout en parlant.

– J'les ai déjà vus.

– Alors tu sais qu'il a légalement le droit.

– Je me dis que j'aurais dû les lui déchirer ses papiers avant de le virer de la maison, dit Perry.

– Ça n'aurait fait aucune différence. Mme James a donné son consentement.

– Tu le laisserais emmener tes frères et sœurs ?

– Ça ne me plaît pas de venir ici comme ça. En fait, j'ai dit au shérif que je voulais rien avoir affaire avec ça.

– Alors dis à c't'homme qu'il a rien à faire dans ce comté. Y te paie pas ton salaire, dit Perry.

– Je ne vois pas vraiment l'intérêt de revenir là-dessus, dit M. Call.

Il avait le visage mouillé par la transpiration d'être monté à flanc de colline, et les veines bleues de ses tempes étaient gonflées sous la peau.

– Vous êtes même pas là, m'sieur.

– Il représente le gouvernement de l'État et il a l'autorité pour emmener les petits, dit l'adjoint.

Il cracha son jus de tabac dans la poussière.

– Et qui est-ce qui lui a donné, c't' autorité ? Je l'ai jamais vu avant, et toi non plus. Il débarque d'on ne sait où avec son paquet de paperasses, et le voilà qui peut ramener la loi jusque chez nous.

– Je touche cinquante dollars par semaine pour ce boulot et c'est pas cher payé. Et si j'avais su que j'aurais à faire ça aujourd'hui, je serais peut-être parti chercher un autre boulot, dit Winston. Mais y va falloir que tu laisses sortir les petits.

– Y sortiront dès qu'y sera parti.

– C'est pas comme ça que ça va se passer.

Son regard croisa celui de Perry, bien en face.

– T'as rien à voir avec ça. C'est pas ta famille qu'il essaie d'emmener.

– Faut que je fasse ce qu'on me dit de faire, même si ça me plaît pas. J'estime que t'as dû comprendre ça depuis le temps.

– Je change rien de ce que j'ai déjà dit.

– Fais-les sortir, Perry, dit l'adjoint.

Sa mâchoire dessinait une ligne dure contre sa joue.

– Ça, c'est une chose que je vais pas faire.

– Mon pote, t'es en train de me coller entre le marteau et l'enclume. Je ne veux pas être obligé d'entrer et de les faire sortir moi-même.

– Va falloir que tu prennes ta décision une bonne fois. Mais je dirais que c'est pas la bonne chose à faire, dit Perry.

– Le shérif m'a dit qu'un jour il a dû te désarmer et je sais que ton revolver, tu l'as sur toi et tu l'as à portée de main. Si tu t'imagines que tu vas m'arrêter de cette manière-là, tu auras pus jamais l'occasion de te relever de la marche où t'es assis.

– Y a rien de tout ça qui va se passer dans cette maison, dit Mme James. J'ai perdu un mari et un fils déjà, et je vais pas attendre de voir Perry se faire abattre ou expédier au pénitencier. Emmenez les enfants.

Elle tira Irvin et les deux filles qui franchirent le seuil pour apparaître sur le perron.

– Fais-les rentrer dans la maison, dit Perry.

– Je veux plus qu'y ait de chagrin dans cette famille, et je vais pas te laisser en être la cause, dit-elle. Emmenez-les, Bud. Il ne fera rien pour vous en empêcher.

– Reste où t'es, dit Perry.

– Il y a des années de ça, je me suis retrouvée à la gare et je les ai regardés qui sortaient le corps de ton frère du train. Ton frère dans une caisse. À ce moment-là, une partie de ma vie est sortie de mon âme, comme si je la sentais qui se vidait tout doucement dans l'air. La même chose est arrivée lorsque j'ai regardé ton papa dans son cercueil. Y me reste plus grand-chose à donner, et, si tu m'obliges à revivre une chose pareille, y aura pus personne pour s'occuper des enfants.

L'adjoint monta sur le perron et prit les enfants par la main. Il avait les yeux brillants, et une rigole de sueur marquait le plastron de sa chemise là où elle était boutonnée. Perry commença à se mettre debout.

– Reste où t'es, dit Mme James. Si tu lèves la main sur Bud, y va falloir que tu me frappes d'abord.

– Papa voudrait pas que tu laisses faire ça. Y se soucierait pas de savoir que les temps sont difficiles.

– Je suis sérieuse, fils. Écarte-toi de son chemin.

– Tu peux pus rien y faire, Perry, dit l'adjoint. Même si tu pouvais me faire partir ou tirer sur moi, un autre viendrait.

– Y va tirer sur personne, dit Mme James.

Bud Winston passa devant Perry et fit descendre les enfants du perron. Son visage suait à grosses gouttes. Il surveillait Perry du coin de l'œil. Les enfants avançaient, la tête tordue en arrière, le regard fixé vers leur mère sur le perron.

– Vous aut', vous nous faites encore plus de mal que les truands armés de la compagnie, dit Perry.

– Vous changerez certainement d'avis dans l'avenir, dit M. Call.

– M'sieur, vaudrait mieux pas que je vous croise sur le même trottoir que moi, dit Perry.

– Pourquoi qu'y nous emmènent ? dit Irvin.

– C'est un endroit où vous serez bien, comme je vous l'ai dit, dit Mme James.

Elle avait les yeux mouillés de larmes qu'elle essuya de la paume de la main.

– Va avec Bud et je viendrai tous vous voir dimanche. Très bientôt, vous allez pouvoir revenir à la maison, et Perry vous emmènera dans le vallon chercher des pointes de flèches.

– Je veux pas y aller.

– Faites-les monter en voiture et quittez cette montagne, Bud, dit Mme James.

Ses yeux gris se voilaient, et la chair mince aux commissures des lèvres était pincée en ligne tendue.

– J'oublierai pas ce que vous avez fait, vous aut', dit Perry.

Mais l'adjoint et l'employé de l'assistance sociale avaient déjà descendu une partie du chemin, et ils ne se retournèrent pas. Perry regarda d'un air stupide les visages des enfants qui ne le quittaient pas des yeux. Peu importait ce qu'il pourrait faire en représailles contre Bud Winston, M. Call ou Mme Lester, il savait qu'ils avaient de leur côté ce monde de papiers, de signatures légales, d'autorité, et qu'ils étaient à même dès lors d'affecter l'existence de sa famille de la manière qu'ils jugeraient opportune chaque fois qu'ils le désireraient. Épuisé comme il était, il les voyait détenir le même pouvoir que l'association minière, laquelle, par simple caprice, pouvait, sans crier gare, expulser sa famille du baraquement, mettre un terme à leur crédit de nourriture au magasin, le licencier sans forme de procès, le placer sur une liste noire auprès de toutes les mines sur le plateau, tuer son père et, finalement, enlever son frère et deux de ses sœurs à leur foyer.

Il resta assis sur le perron tout l'après-midi dans la chaleur immobile, le regard perdu au loin, au-dessus des grands espaces du vallon en contrebas. Au crépuscule, il descendit la route de schiste vers le vallon de Rachel où il acheta une pinte de whiskey de maïs pour cinquante *cents* à un distillateur clandestin qui habitait avec sa femme et ses trois enfants dans une cahute au sol de terre couverte de toile goudronnée imitant la brique. Un peu de matière jaunâtre s'était déposé au fond de la bouteille, et le goût de maïs broyé était tellement âpre qu'il en sentit son estomac se retourner. Le crépuscule mauve commença à s'obscurcir au-dessus des crêtes, et les hirondelles tournoyaient dans les airs au-dessus des cimes des arbres. Plus tard, après que les dernières rougeurs du soleil eurent diminué dans le lointain, la lune pleine se leva au-dessus des falaises de calcaire en se reflétant sur la route blanche. Il marcha dans l'obscurité vers son baraquement, sirotant sa bouteille, écoutant les oiseaux de nuit s'appeler de leurs cris loin en dessous de lui. L'air était frais, et il sentait l'odeur de l'eau courant sur les rochers du lit du ruisseau. Au sommet de la route, il termina sa bouteille et la jeta. Elle siffla dans les airs volant cul-par-dessus-tête jusqu'au fond du vallon.

Lorsqu'il parvint finalement au perron en façade, son cœur battait à rompre, le whiskey tournoyait dans son cerveau, et bien qu'il ne s'en souvînt plus par la suite, il sortit son revolver de son sac de toile et descendit à pas malaisés la pente qui descendait au torrent derrière la baraquement. Les embouchures des grottes étaient noires au clair de lune, le lierre vert poussait au-dessus des rives qui en surplombaient les entrées. Les ramures de chênes blancs et de bouleaux s'étalaient sur fond de ciel au-dessus de sa tête et, par endroits, l'eau du torrent jetait à son passage des éclairs de vif-argent sur les galets lisses. Perry arma le revolver, prit sa visée à deux mains tremblantes sur une grotte et appuya sur la détente. Les flammes explosèrent au sortir du canon et des flancs du barillet, la balle ricocha en couinant sur les parois de la grotte, le fracas de la détonation se répercutant le long du torrent. Il franchit le ruisseau à grandes éclaboussures et tomba, nez en avant. Le froid envahit l'intérieur de ses vêtements et de ses bottes, et il roula sur lui-même sur le sol humide de la rive. Ses cheveux lui pendaient dans les yeux, et la terre tout entière, les arbres, les rochers se mirent à tournoyer. Il essuya la boue du barillet du revolver, mit les coudes en appui sur le sol, et tira les cinq balles restantes sur la paroi rocheuse de l'autre côté du torrent. Le rugissement des balles de magnum retentit comme un tonnerre à ses oreilles, et il sentit des particules de plomb gicler de l'arrière du barillet et lui brûler la peau du visage. Il avait visé trop bas et deux balles frappèrent la surface du torrent en faisant jaillir l'eau jusqu'à la cime des arbres. Il continua à armer le chien et à écraser la détente même après que le percuteur n'eut frappé que des chambres vides ; il perdit connaissance alors, un bras sous le visage. Il se réveilla seulement aux lueurs blanches du soleil dans le ciel au-dessus de la crête.

# 10

Trois semaines durant encore, les piquets de grève restèrent à leur poste devant les mines syndiquées, et les indépendants poursuivirent leur lock-out plutôt que de signer des contrats de travail. Il y eut plusieurs fusillades, une tentative de dynamitage d'un quai de chargement de la C&O près du dépôt de charbon, et l'agent du syndicat à Hazard fut passé à tabac par deux gardes de la compagnie et laissé pour mort derrière son bureau. Puis le Comité national des relations de main-d'œuvre de Washington ordonna par décret la réouverture de toutes les mines du plateau, et l'on envoya des représentants officiels dans tous les comtés du Kentucky et de Virginie de l'Ouest, à charge pour eux de superviser les élections syndicales. Quelques heures seulement après l'annonce du décret, la Fraternité des ouvriers du train qui avait assuré jusqu'au bout sa part des piquets de l'UMW se représentait au travail, et les premiers wagons à quitter le Cumberland depuis des mois, pleins de charbon de la C&O, prenaient la route du nord, en direction de Dayton et de Pittsburgh. Bars et salles de billards de la ville se retrouvèrent soudain vides, et de longues files d'hommes se mirent en attente devant les cahutes du bureau de la compagnie afin de signer pour le premier poste de huit heures dans la fosse.

Le soleil ne s'était pas encore levé au-dessus des

montagnes, et l'aube grise était encore fraîche lorsque Perry arriva, avec deux heures d'avance, à la mine. Il prit place dans la file qui démarrait à la porte fermée du bureau de la compagnie. Il portait son casque, sa vareuse de l'armée et des brodequins à coques ferrées, sa gamelle de déjeuner à la main. La brume luisait sur le tas de charbon près du dépôt, et les nuages s'accrochaient bas sur les vastes cicatrices qui défiguraient la face de la montagne. Le sol était couvert de schiste et de calcaire pulvérisés, et la fumée du terril, portée par le vent, revenait sur la file d'hommes. Pendant la grève, la plupart des fenêtres des cabanes-bureaux avaient été brisées par jets de pierre, et des pancartes de piquets de grève, mal orthographiées, restaient encore, clouées aux portes.

Une heure plus tard, le soleil était monté au-dessus de la crête des montagnes en jetant des ombres profondes au creux du vallon, et personne de la compagnie ni du syndicat n'était arrivé. Les mineurs buvaient du café de leurs Thermos et se repassaient des pintes de whiskey de maïs sous sac en papier, et, si un homme se voyait forcé de se soulager, il déboutonnait son pantalon et urinait sur le sol plutôt que de risquer de perdre sa place dans la queue. Pratiquement la moitié des hommes présents étaient des jaunes et des ouvriers de mines à ciel ouvert étranger à l'État, et Perry savait que la compagnie essaierait probablement de gonfler les urnes de l'élection par des bulletins de non-syndiqués. Les jaunes restaient regroupés entre eux, silencieux, le visage vide, et s'arrangeaient toujours pour que leur regard ne croisât jamais les yeux d'un autre. Perry entendait la voix de Big J.W. en tête de la file et son rire gras qui évoquait quelque chose d'obscène. Little J.W.

se tenait à côté de son frère, le visage dur et impassible, à se curer les ongles de la pointe de son couteau bowie. Il avait une petite chique de tabac au creux de la joue et suçotait de temps à autre ses dents avant de cracher une bulle de salive brunâtre accrochée à la pointe de sa langue. Trois jaunes originaires du Tennessee étaient derrière les J.W., à quelque distance des deux hommes dans la file, le regard fixé au sol ou sur le flanc de la montagne.

À sept heures trente, les contremaîtres de la compagnie, le pointeur et le patron remontaient la route de schiste jusqu'à la cahute dans trois automobiles. Quatre gardes de la compagnie, en uniformes gris tachés, le pistolet à la hanche, suivaient dans un camion des surplus de la marine. Perry les avait déjà vus, lorsqu'il participait au piquet, et deux d'entre eux avaient, par le passé, tabassé trois mineurs à coups de manche de hache lorsqu'ils avaient surpris les trois hommes à verser du sable dans les réservoirs de carburant des camions de la compagnie. Le pointeur ouvrit le bureau et sortit une table en bois, une chaise et un registre. Les manchettes de sa chemise blanche étaient remontées sur ses bras minces, son pantalon flottait sur son derrière et il fumait des cigarettes à la chaîne. Son visage donnait toujours l'impression qu'il était contrarié, à l'image de l'employé du magasin de la compagnie proche du baraquement de Perry, et il parlait avec les mêmes accents d'autorité, abrupts et tranchants. Deux gardes étaient postés derrière lui comme des jumeaux, leurs lourds ceinturons en cuir armés de pistolets tendus sur le ventre, leurs grosses mains posées sur les hanches.

– Vous croyez que z'avez assez de puissance de feu

pour tenir à l'œil les jaunes qu'y a là-bas ? dit Big J.W. J'ai entendu quelqu'un dire qu'y en a queq'z'uns des gars de Virginie de l'Ouest qui pourraient se retrouver passés à la moulinette et changés en pâtée pour chiens.

– Est-ce que vous voulez travailler dans cette mine ? dit le pointeur.

– Mon pote, je suis prêt à charger la première berline qui sortira de ce trou ce matin. Contente-toi de mettre mon nom sur ton cahier, dit Big J.W.

– En ce cas, feriez bien de comprendre une chose tout de suite. Dans cette mine, y a pas de jaunes. Le boulot est ouvert à tous les hommes qui veulent travailler.

– Les trois qu'y a là-derrière, y ressemblent pourtant bien à des jaunes. Je parierais qu'y z'ont pris le boulot des syndiqués dans toutes les mines du plateau. Qu'est-ce que vous avez à répondre à ça, mes gaillards ?

Les trois hommes du Tennessee détournèrent la tête d'un air inquiet. L'un d'eux avait le front mouillé de transpiration, malgré la fraîcheur de la matinée.

– Je crois bien qu'y z'ont rien à dire, dit Big J.W. Y doivent être probablement en train de réfléchir à la manière qu'y vont voter ce soir – s'y ressortent du trou.

– Sortez de la file, dit le pointeur.

– Écoute-moi ça, petit frère. C'est sa chemise blanche qui lui donne le droit de nous faire quitter la queue.

– Il y a cinquante hommes derrière vous, et j'ai pas de temps à perdre avec vous deux, dit le pointeur.

– Je parierais qu'on te paie plein d'argent pour rester assis derrière un bureau avec deux gros bras armés en renfort contre les syndiqués. Tu touches probablement deux fois plus que nous sans même te salir ta belle chemise blanche.

– Arrête de discuter avec ces salopards et qu'on en finisse, dit Little J.W.

Il égalisa le bord de l'ongle du pouce sans relever les yeux en parlant.

– Écris Big J.W. et Little J.W. Sudduth dans ton livre. Après notre élection, je crois que tu veilleras à ne plus trop ouvrir ton petit bec intelligent d'homme de la compagnie.

Les deux J.W. passèrent à côté de la table et des deux gardes de la compagnie, se dirigeant vers l'accès de la mine où ils grimpèrent dans une berline vide derrière le conducteur. Le soleil était monté haut dans le ciel et la brise continuait à souffler la fumée du terril en amont du vallon. Perry resta dans la file, attendant que vienne son tour de signer le registre.

– Savez-vous écrire votre nom ? dit le pointeur.

– Oui, monsieur, bien sûr que je sais. Voici ma carte de syndiqué.

– Ça signifie rien du tout par ici.

– Quel est le salaire minimum ?

– Encore un mot qui n'a pas cours par ici. Vous touchez un dollar et quart comme tout le monde.

– Ils ont dit qu'on aurait deux dollars.

– Signez votre nom là-dessus si vous voulez travailler.

– Pourquoi qu'on a pas droit à ce que le contremaître nous a dit en ville ?

– Y a dix hommes pour un poste dans cette mine. Vous pouvez retourner en ville tout de suite, vous ne nous manquerez pas.

Perry signa le registre. Le pointeur regarda la

signature et consulta une colonne de noms imprimés sur une feuille de papier qu'il suivit du doigt.

– Vous travailliez à la Blue Belle numéro deux quand on a dynamité le dépôt, n'est-ce pas ? dit-il.

– La moitié des gars de cette file a travaillé dans cette mine.

– Mais je crois que vous avez été l'un de ceux qui ont été incarcérés par le shérif.

Le pointeur tapota son bureau du crayon. Il se sentait en position dominante.

– J'ai été arrêté pour rien du tout. Il s'est contenté de me parler. Et ça veut rien dire, dit Perry.

– Il vous a enfermé pour passer le temps. C'est bien ça ?

– Allez lui demander.

– C'est à vous que je parle pour l'instant, dit le pointeur.

Perry sentit la moutarde qui commençait à lui monter au nez.

– Les deux gars qu'y avait avant moi en tête de file ont été conduits chez le shérif avec moi. Vous leur avez rien dit, à eux.

– Y sont pas sur ma liste.

Un représentant de la compagnie était sorti de la cahute pour se poster derrière les deux gardes. Il portait des gants de cuir jaune, sa cravate imprimée de motifs colorés rabattue sur l'épaule de sa chemise blanche.

– Laissez-le passer sinon il va aller courir chez l'arbitre de la commission de main-d'œuvre et nous accuser de discrimination.

– Je vais courir chez personne.

– Vous êtes vraiment un cas dans votre genre, hein ? dit le pointeur. Une pointure. D'ici quelques jours, on aura pus à engager de mecs dans votre genre par ici. Allez, direction la mine.

– Qu'est-ce que vous voulez dire, des mecs dans mon genre ? dit Perry.

– Ne vous faites pas de souci pour ça, contentez-vous de nous faire huit heures bien pleines, dit l'homme aux gants jaunes.

– Je travaille aussi dur que n'importe quel mineur du coin.

– Vous bloquez la file, dit le pointeur.

– Vous vous appelez comment ? dit Perry.

– Des gars comme vous, j'en ai vu passer des centaines. Alors, un de plus, un de moins. J'en ai rien à faire.

– Vous autres, vous traitez un homme comme un moins que rien parce qu'il a besoin d'un boulot.

– Rayez son nom s'il ajoute encore quelque chose, dit l'homme aux gants jaunes.

Perry se dirigea vers les berlines où il monta avec deux autres hommes. Son visage le brûlait, ses mains tremblaient lorsqu'il se roula une cigarette. Il fixa d'un regard noir les dos du pointeur, des gardes, du représentant de la compagnie, et la furie qu'il sentait en lui lui faisait l'effet d'une corde entortillée autour de sa poitrine. Il tira bouffée sur bouffée de sa cigarette jusqu'à sentir les cendres près de ses lèvres.

– Doucement, dit l'homme à ses côtés. On tombera sur le râble d'un de ces merdeux en ville un de ces soirs.

– On est pas obligés de faire ça, dit l'autre homme dans la berline. Après notre élection, on le fera virer de son poste et on l'obligera à quitter son comté.

– Je dirais que les J.W. ont en projet mieux que ça pour lui, dit le premier. Peut-être bien qu'ils le choperont dans c'te cahute un soir avant de mettre le feu, à la baraque et au bonhomme.

La rangée d'hommes défila devant la table du pointeur jusqu'à ce que tous les postes soient pourvus, et cinquante hommes se virent annoncer qu'ils pouvaient se représenter le lendemain au cas où il y aurait des offres d'emploi supplémentaires. La filée de berlines était pleine de mineurs casqués, avec frontale alimentée par batterie, pics, pelles et barres à mine pour les explosifs. Le conducteur démarra le moteur, et les berlines s'engagèrent sur les rails dans l'embouchure sombre de la mine. On avait fait sauter à l'explosif le calcaire du flanc de la montagne, et de grands troncs de chêne étayaient le toit autour de l'entrée. Perry sentit l'air frais et humide le frapper au visage lorsqu'ils passèrent sous le rebord de calcaire, les narines pleines de l'odeur d'eau stagnante au fond de la galerie. Sous la filée d'ampoules électriques alimentées par générateur, les couloirs donnaient l'impression de s'étirer sans fin au cœur de la montagne, et Perry se sentit sombrer à l'intérieur de lui-même devant les rails en lacet entre les parois rocheuses. Le toit était étayé de vérins d'acier tous les soixante centimètres ; un jour, Perry avait vu un caillou glisser d'entre les étais et briser le dos d'un homme. Au cours des dix-huit mois qu'il avait passés à travailler dans les mines, il n'était jamais parvenu à s'habituer à entrer au trou ; chaque voyage était le premier. La peur tranquille était toujours là, au creux de l'estomac, et il sentait en son for intérieur quelque chose de non naturel qu'il était incapable de décrire. À certains égards, la mine avait l'odeur d'un tombeau ouvert, et une part de son être, primitive, hors du temps, se rebellait contre son entrée sous la terre. La masse des pierres au-dessus de lui semblait l'écraser de tout son poids, et la taille en spirale de la galerie lui faisait perdre son équilibre comme s'il se précipitait tête en avant vers les profondeurs du centre de la terre. Après une heure passée à charger le charbon et à attaquer la veine au marteau-piqueur, la peur commençait à disparaître ; mais le lendemain, au poste de huit heures, il lui faudrait une nouvelle fois surmonter cette terreur, assis immobile et silencieux contre les parois de métal dur de la berline.

La peur était là, aussi, sur les visages des autres hommes, même si nombre d'entre eux avaient passé la moitié de leur vie sous terre. Ils mâchonnaient leur chique, la bouche sèche, fumaient leurs roulées en quelques bouffées, se frottaient le front au revers du poignet, et, lorsqu'ils parlaient, c'était à voix forte et tendue. Quelqu'un balança une bouteille d'une pinte vide contre la paroi, et le bruit du verre qui se brisait retentit comme une explosion dans la galerie. Tous les mineurs éclatèrent de rire, et l'écho se mit à rouler au long des tunnels adjacents et des grottes désertées, là où les veines n'étaient plus rentables. Les berlines s'enfoncèrent plus profond encore dans la montagne, au rythme de leurs cliquetis sur les rails, et Perry sentit une goutte de sueur se former sur sa tempe et couler sur le côté du visage.

– Sûr qu'il y a de ces berlines qui sentent pas bon, dit Big J.W.

Il avait la peau jaune sous les lumières, et les grains de poussière enchâssés sous la peau à l'entour des yeux et du front prenaient une couleur violacée, comme un hématome.

– Je parierais qu'y en a parmi les jaunes qui ne sont

pas lavés. Y z'ont encore l'odeur du boxon qui leur colle à la peau.

Les trois non-syndiqués originaires du Tennesse étaient assis, silencieux, dans la berline derrière les J.W.

– En fait, ça sent exactement comme une pute en rut, pas vrai, petit frère ? dit Big J.W. Y se pourrait bien qu'on soit obligés d'offrir à queq'z'uns de ces garçons un petit bain là où c'est inondé, au fond du trou.

– Je t'ai dit de pas perdre ton temps avec ces fils de pute, dit Little J.W. Y vont pus travailler bien longtemps dans cette mine.

– Regarde les trois qu'y a derrière nous, dit Big J.W. Y viennent de loin pour faire les jaunes. Je dirais qu'y pensent bien rester un moment.

– Y resteront ici de façon permanente s'y z'essaient de refaire les jaunes après notre élection, dit Little J.W.

Il ne releva pas les yeux un instant tandis qu'il se curait les ongles.

– On vous a rien fait à vous z'aut', dit l'un des hommes du Tennessee.

Il était plus grand que ses deux amis, le corps mince, les mêmes traits durs de montagnard qu'on rencontrait chez les hommes par tout le Cumberland. Il avait les mains posées sur le haut de son manche de pic. Ses yeux mouchetés de vert et de brun regardaient droit dans les yeux de Big J.W.

– T'estimes que c'est rien du tout que de prendre le boulot d'un homme ? dit Big J.W.

– On a été engagés comme tous les autres. Ça m'intéresse pas de savoir si c'te mine est sous contrat syndiqué ou pas. Je vais juste là où y a du boulot.

– Y a trois mois que tu passes les piquets pour te ramasser un salaire de briseur de grève, dit Big J.W.

– Y nous donnent jamais plus d'un dollar et quart. Et on est pas des briseurs de grève. J'ai une famille à nourrir à la maison et, si je travaille pas, y z'ont rien à manger.

– Qu'est-ce que tu crois qu'elles mangent, nos familles, pendant qu'on est au piquet ? dit un autre.

– C'est pas mes oignons, dit l'homme du Tennessee. J'ai ma propre famille et je dois veiller sur elle. J'ai rien à faire avec vous z'aut'.

– Tu te fais de l'argent pendant qu'on gagne rien, et ç'a rien affaire avec nous ? dit Big J.W. On t'a fait venir ici de l'extérieur pour nous prendre nos boulots, et les gens de ton espèce, on va vous faire décamper. S'y vous arrive que ça.

– On m'a jamais fait décamper d'un boulot, et y a pas un homme capable de me faire ça. Dehors, je vous ai rien dit, les mecs, mais vaudrait mieux pus trop penser à me menacer. Je vais pas rester sans bouger le petit doigt beaucoup plus longtemps.

– Y a des tas de salles obscures au fond de ce trou, dit Big J.W.

– Mon pote, je te promets une chose. C'est toi qu'on retrouvera avec moi là-bas si tu me pousses.

– Ferme-la, le jaune, dit Little J.W. Tu feras rien du tout, sauf peut-être que t'auras droit à ton ticket de bus pour t'en retourner d'où tu viens. T'as de la chance que quelqu'un t'ait pas déjà réglé ton compte.

– Si jamais tu veux essayer, vaudrait mieux que tu te trouves un cageot à pommes. Pour être à la bonne hauteur, dit l'homme du Tennessee.

Little J.W. releva rapidement les yeux. Il tenait son

couteau au creux de la main, le pouce au bout calleux posé à la base de la lame. Son regard s'était durci, les yeux sombres, ses traits ronds soudain figés.

– Tu veux ressortir d'ici cet après-midi ? dit-il.

– Je pense pas que ça va être toi qui vas m'en empêcher.

– Je suis vraiment à deux doigts de t'ouvrir la tronche en deux. Là, tout de suite.

L'homme du Tennessee posa la pointe de son pic sur le rebord de la berline et empoigna l'autre extrémité d'une main. Ses veines étaient tendues sur les os du poignet.

– Tu peux essayer, mais faudra te porter pour te sortir de cette berline, dit-il.

– Ça te servira à quoi, de te retrouver borgne ? dit Little J.W.

– À toi de choisir, mon pote.

– Ça suffit, vos conneries, là-derrière, dit le conducteur, contremaître syndiqué. On a notre élection ce soir, ensuite, on n'aura plus besoin de tout ça. Faut que ces berlines soient chargées et sorties avant dix heures, et y aura pas de bagarres pour retarder le travail.

– Tu bosses pour te retrouver en chemise blanche dans c'te cahute ? dit Little J.W.

– Quand je m'engage à livrer, la livraison se fait dans les temps, dit le conducteur. À dix heures, je sors le chargement, et celui qui me mettra en retard pourra aller se chercher un autre boulot.

Little J.W. remit son couteau dans l'étui et replaça le tout dans la poche poitrine de sa salopette. Il passa tout le restant du trajet à fixer sans ciller l'homme du Tennessee.

Ils commencèrent à charger le charbon, enfoncés de

près de deux kilomètres dans la montagne. Deux bons centimètres d'eau couvraient le fond de la galerie et, dans certaines des salles adjacentes, l'eau montait à hauteur de genou d'homme. Le tunnel était étroit, le plafond bas, et l'humidité était visible sur les affleurements de calcaire. Le froid commença à pénétrer les chaussures de Perry, et il regretta de n'avoir pas consacré trois dollars à l'achat de surbottes en caoutchouc. Tout en chargeant charbon et schiste dans les berlines vides, il sentit remonter en lui la peur des profondeurs de la terre. L'eau suintait par trop entre les rochers, il n'y avait pas de ventilateur pour aspirer gaz et air vicié des tailles, des morceaux de calcaire s'étaient détachés du soutènement en surplomb, le toit semblait gronder à son adresse et, après quelque temps passé à charger, il sentit la poussière de charbon au fond de ses poumons. Lui revinrent en mémoire les récits d'explosions rugissant au long des galeries, assourdissant les hommes à huit cents mètres du cœur du brasier en leur causant un traumatisme crânien. Il avait vu un jour une mine non syndiquée qui s'était effondrée dans le comté de Letcher. Les mineurs touchaient dix dollars pour un poste de huit heures et ils passaient la majeure partie du temps à genoux dans des tailles étroites, à abattre du charbon de mauvaise qualité. L'étaiement du toit avait été incorrectement installé et, lorsque la mine s'était effondrée, un long affaissement en forme de V avait marqué son emplacement sur le flanc de la montagne. Il fut impossible d'accéder aux hommes à l'intérieur et les gens en vinrent à se convaincre qu'ils étaient morts au bout du compte d'asphyxie ou de faim.

Perry connaissait d'autres récits d'explosions et d'éboulements, d'hommes noyés dans les galeries inondées, de coups de grisou qui incinéraient des équipes entières ; mais la pire des histoires qu'il lui avait été donné d'entendre était celle de deux hommes enterrés vivants deux semaines durant dans une mine de Virginie. À la fin de la première semaine, l'eau avait brisé la paroi de la galerie, et les deux mineurs avaient été donnés pour morts. Lorsqu'on était finalement parvenu à dégager l'éboulement, l'équipe de sauveteurs avait trouvé les deux hommes assis contre une paroi, de l'eau jusqu'à la poitrine. Leur peau s'était parcheminée, fripée comme du papier mouillé, et ils étaient fous à lier, incapables d'une pensée cohérente.

L'équipe de Perry finit de charger la caillasse stérile dans les berlines, et le conducteur dirigea son convoi en marche arrière vers l'entrée. Perry ramassa le marteau piqueur, coinça sa masse pesante à l'oblique contre la veine de charbon et entama son martèlement, la mèche s'enfonçant dans la paroi. Les vibrations de l'engin faisaient cogner son casque contre son front, et il était obligé de serrer les dents pour les empêcher de claquer. Au bout de quelques minutes, il avait les paumes douloureuses sous les gants de treillis métallique. La poussière formait un nuage autour de lui et collait à sa peau moite. Le charbon se détachait de la paroi et tombait dans l'eau à ses pieds. Il travailla sans désemparer une demi-heure durant, avant d'être forcé de s'arrêter et d'essuyer la buée sur ses lunettes de protection.

– Ne fais pas dégringoler tout ce mur d'un seul coup, dit l'homme du Tennessee. Y z'ont pas encore étayé le toit.

– Ça, c'est parce que c'est une mine à jaunes, elle suit pas les règlements de sécurité, dit Big J.W.

– Ç'a pas d'importance, quel genre de mine c'est, si ça te tombe sur la tête.

– On aurait pas à se tracasser pour savoir si le toit est bien soutenu si l'équipe d'inspection du syndicat était ici, dit Big J.W. Y sont jamais venus dans ce trou pasque la compagnie a tout le temps réussi à faire venir de l'extérieur des jaunes comme toi, et un jaune, y se soucie pas de l'endroit où qu'y travaille.

– Comme je t'ai déjà dit, mon pote, j'ai jamais eu le choix de là où je travaillais, dit l'homme du Tennessee. Et on m'a jamais non plus demandé de voter dans une élection, et je leur ai rien demandé de mon côté. Je me dis qu'un dollar et quart, c'est mieux que rien.

Perry prit entre les doigts une boulette de tabac en vrac coupé long et la plaça au creux de la joue. Il rabattit ses lunettes sur les yeux, cracha dans une flaque d'eau à ses pieds, et replaça le marteau piqueur en position.

– Abats pus rien, dit un autre mineur. Ton marteau, y résonne comme un train en marche dans ce cul-de-sac. Y nous paient pas assez pour qu'on travaille aussi dur ou qu'on risque de faire s'ébouler tout ce mur.

– Le contremaître a dit qu'y veut que la veine, elle soit nettoyée jusqu'à la taille voisine.

– Pisse-lui dessus, dit Big J.W. Y sera pas là si la montagne nous dégringole dessus. Il est en train de boire son café au jour, et tout ce qu'il entendra, c'est un grand craquement dans le trou.

– J'ai signé pour une journée de boulot, dit Perry. Vous pouvez vous reculer jusqu'au coin si vous pensez que la paroi va nous dégringoler dessus.

Il pressa de tout son poids sur la poignée du marteau piqueur et enclencha l'arrivée d'air comprimé. Il ne releva pas les yeux vers Big J.W. ou les autres, bien qu'il les sentît le regarder. Il y avait longtemps qu'il n'avait pas manié le marteau piqueur et ses mains s'étaient ramollies. À une époque, chacune de ses paumes se marquait d'une crête de cals durs mais aujourd'hui, les vibrations de sa machine lui entaillaient les mains comme s'il portait de profonds hématomes sous la peau. Le charbon tombait par plaques du mur d'abattage jusqu'à lui monter jusqu'aux genoux. Finalement, il fut incapable de soutenir le poids du marteau piqueur plus longtemps contre la veine et coupa l'arrivée d'air avant d'ôter casque et lunettes.

Après que le conducteur eut emporté la cargaison suivante, les hommes s'assirent sur les tas de schistes et déjeunèrent. Leurs doigts laissaient des plissures sombres sur le pain des sandwichs, et la poussière de charbon flottant dans les airs se déposait au creux des tasses de Thermos. Une odeur moite de sueur régnait dans la galerie, et les vêtements que portaient les mineurs étaient pratiquement trempés. Little J.W. était assis face à Perry et pelait soigneusement une orange. Le couteau était affûté sur les deux tranchants avec une garde pour le pouce à la base de la lame. Little J.W. avait passé la matinée à installer un éclairage dans une salle inondée, et sa salopette était sombre jusqu'à hauteur de poitrine.

– Pourquoi est-ce que tu me regardes comme ça ? dit-il.

– Je m'occupais pas du tout de toi.

– Tu me regardais comme si t'avais quelque chose à me dire.

– Je t'ai pas adressé la parole ce matin, et c'était pas dans mon idée de changer d'avis.

– Je me suis laissé dire que t'avais beaucoup causé

en ville, pourtant. Comme quoi t'aurais rabattu leur caquet aux J.W. Je me trompe ?

Perry baissa les yeux et porta à la bouche un morceau de pain et jambon. Il mâcha lentement et essuya ses doigts gras sur le pantalon. Laisse pas démarrer un truc pareil maintenant, se dit-il. C'est que des mots. Il va rien essayer avec tout ce monde autour.

– Quelqu'un a dit que tu nous avais virés du bar, dit Little J.W.

– J'ai parlé de vous à personne. Ce que racontent les gens, c'est pas mes oignons.

– Par le Ciel, ça me regarde, moi, quand on vient raconter qu'un Sudduth s'est fait virer par un gamin.

– Je vous ai rien fait. Ce que t'as contre moi, c'est que dans ta propre tête.

– Et qui à ton avis est allé raconter à tous ces gens que les J.W. avaient battu en retraite ?

– Va leur demander, en ville. J'ai rien eu à voir avec ça. Rien du tout. T'as commencé à me chercher des crosses sans motif, et je t'ai dit une fois que je voulais juste que tu me laisses tranquille.

– Je crois que t'es un foutu menteur qui raconte des trucs dans le dos des gens et qui a pas le cran de le reconnaître.

Perry sentit un sursaut à l'intérieur de lui et posa involontairement le plat de la main sur le dessus de la poche où se trouvait son couteau. Il regarda la haine dans les yeux de Little J.W., la bouche serrée, la poussière de charbon sur son visage barrée de coulures de sueur.

– Un homme me traite pas de ce nom-là.

– T'en as un autre ?

– Je sortirai de ce trou avant d'avoir des problèmes

avec toi, mais tu vas pas me redire une chose pareille en face.

– Qu'est-ce que tu as dans c'te poche ? Sors-le et voyons un peu si tu sais t'en servir.

– J'ai rien à te prouver. Rien du tout. Je t'ai pas cherché d'ennuis d'aucune manière, j'ai pas fait courir de bruits en ville, et si j'avais su que vous bossiez tous les deux dans ce trou, je serais pas descendu ici. Alors arrête de m'asticoter.

– T'as la figure en sueur, dit Little J.W.

– C'est pas à cause de toi.

– Je pense pas que t'aies les couilles pour aller avec ta grande gueule.

– Fiche-lui la paix. Y t'a pas cherché, dit l'homme du Tennessee.

– T'occupe pas de ça, le jaune, dit Little J.W.

– Ch't'ai entendu commander et donner des ordres toute la matinée. T'es pas contremaître, et j'en ai ma claque d'écouter tes menaces.

– Je dirais qu'y se pourrait bien que tu reprennes pas le bus pour rentrer chez toi, finalement, dit Little J.W.

– Je bosserai dans c'te mine aussi longtemps qu'y voudront bien m'engager, et quand je déciderai d'aller voir plus loin, ç'aura rien à voir avec toi, dit l'homme du Tennessee.

– Le gamin et moi on a un compte à régler, et quand j'en aurai fini avec lui, t'auras droit à ta part toi aussi, dit Little J.W.

– J'ai rien du tout à régler avec toi, pasque je travaille plus avec toi dans les parages, dit Perry.

Il remit son déjeuner dans sa gamelle et s'engagea sur les rails à berline dans la galerie, pataugeant dans les flaques d'eau au milieu des éclaboussures.

– Il est parti plus vite que je l'aurais cru, dit Big J.W.

– Je quitte pas ce boulot ou un autre à cause de vous deux, dit Perry. Je vais juste avec une autre équipe où je serai pas obligé d'être à côté de vous.

– On se reverra quand tu sortiras du trou. Tu vas pas nous échapper comme ça, dit Little J.W.

Perry suivit les méandres du tunnel et remonta jusqu'au poste de travail suivant où il trouva le contremaître en train de déjeuner avec une autre équipe. La poussière de charbon y était plus épaisse parce que l'air était moins chargé d'humidité et les parois moins suintantes. Les hommes avaient le visage complètement noir hormis à l'entour des yeux, à l'emplacement de leurs lunettes de protection.

– Je veux plus travailler dans la poche du fond, dit Perry.

– Tu travailles là où on te dépose. Cette poche est pas plus dangereuse qu'une autre.

– Ç'a rien à voir avec c'te poche. Je veux être dans une autre équipe.

– Y a autre chose que tu veux ? Peut-être bien une augmentation de salaire ou des vacances, dit le contremaître.

Les hommes assis contre la paroi éclatèrent de rire.

– J'ai signé pour une journée de boulot, pas pour les ennuis. Je vais pas refaire un poste avec les J.W.

– Les conneries ont recommencé ? Par le ciel, d'ici ce soir, j'aurai viré une demi-douzaine d'hommes si j'entends encore parler de ça. Et maintenant retourne là où est ta place et dis aux autres de se bouger le cul.

– Vaudrait mieux me virer tout de suite en ce cas, parce que j'en ai ma dose des mecs comme eux. Je travaillerai au marteau piqueur et je chargerai autant de berlines que n'importe qui, mais le boulot paie pas assez pour que je supporte ces deux-là toute une journée.

En temps normal, le contremaître aurait congédié Perry parce que celui-ci lui avait répondu, mais l'élection était prévue pour le soir même et il savait que le syndicat ne pouvait se permettre de perdre des votes face au nombre de jaunes qui étaient descendus dans le trou ce matin-là.

– Très bien, tu peux rester avec cette équipe-ci, mais t'iras pointer au chômage si j'entends encore des merdes du même genre.

Perry travailla au niveau supérieur le restant de la journée. Les ampoules de ses mains éclatèrent, et l'épiderme tendre s'arracha à ses paumes tandis qu'il pelletait les tas de schiste. À force de travailler plié, il avait le bas du dos douloureux, et la poussière de charbon devint si épaisse qu'il la sentait au fond de sa gorge. Quelques-uns des mineurs plus âgés toussaient par quintes, les profondeurs de la poitrine déchirées des raclements de silicose. Un homme posa sa pelle et se dirigea vers l'entrée, un mouchoir sur la bouche. Le labeur écrasant de la journée se poursuivit, et Perry cessa de penser au poids de la montagne au-dessus de sa tête, aux fissures au plafond à l'entour des étais d'acier, à l'éventualité d'une paroi tendre qui pouvait toujours s'ébouler sans prévenir. Il ne songeait qu'à la douleur, de ses mains, de son dos, à l'odeur fétide des corps des mineurs et de l'eau stagnante dans les tailles inondées, au cliquetis des berlines sur les voies, approchant pour un nouveau chargement. À la fin de la journée, ses ampoules saignaient et c'est tout juste s'il put ôter ses gants. La chaleur rayonnait de son corps en vapeur suspendue dans l'air moite, et ses brodequins mouillés lui avaient râpé à vif la peau des chevilles. Lorsque le coup de sifflet de dix-sept heures retentit au-dehors répercuté faiblement en échos le long des galeries, il était trop fatigué pour se soucier de savoir si les J.W. l'attendaient bien au jour ou pas.

Le soleil d'après-midi brillait sur les peupliers et les érables pourpres du vallon lorsqu'il sortit du trou dans le train de berlines en compagnie du reste de l'équipe. Il s'abrita les yeux jusqu'à ce qu'ils s'adaptent à la lumière. Le vent frais à l'ombre de la montagne lui soufflait au visage, et il sentait la sueur sécher sur sa peau.

Il se racla la gorge et se vida la bouche en crachant sa salive au goût de poussière, pour respirer la bonne odeur de l'air estival. Les montagnes étaient vert et bleu au lointain, et il voyait les eaux blanches dévaler sur les rochers au lit des torrents. Des rangées de nuages violacés s'étaient formés sur l'horizon, et les rais obliques du soleil frappaient de lumière d'or les chênes blancs qui s'alignaient sur les crêtes des falaises.

Le scrutateur du Comité national des relations de main d'œuvre avait installé deux tables près du bureau de la compagnie en prévision de l'élection, et les files de gueules noires attendant de déposer leur bulletin s'étiraient jusqu'à l'entrée de la mine.

Perry alla jusqu'au robinet près de l'une des cabanes d'outillage et l'ouvrit en grand. Il ôta casque et chemise, s'agenouilla et laissa l'eau couler sur sa tête. La poussière de charbon coula de ses cheveux et de sa figure sur son T-shirt et ses jambes de pantalon. Il trouva un vieux morceau de savon et essaya de récurer la saleté qui imprégnait les pores de sa peau, mais il savait qu'il ne pourrait jamais tout enlever même à la brosse d'acier. Il présenta ses paumes au jet d'eau pour nettoyer ses ampoules éclatées de leurs peluches de coton et de leur poussière, puis il s'essuya le visage et les bras de l'envers de sa chemise et se dirigea vers la file de votants.

Chaque homme avait droit à deux bulletins, l'un portant « syndiqué », l'autre « autonome ». On demandait aux mineurs d'en plier un et de le glisser dans l'urne à leur passage, mais ils étaient nombreux à être incapables de lire les mots imprimés, et l'agent de l'UMW arpentait les files avec, à la main, un bulletin « syndiqué » bien déplié jusqu'à ce que le scrutateur dise qu'il essayait d'influencer le vote et lui ordonne de cesser. Six gardes supplémentaires de la compagnie étaient de service, arborant chacun pistolet et matraque au ceinturon de cuir, et s'ils ne disaient mot aux mineurs, ils allaient et venaient au long des files d'hommes, fixant souvent un visage au passage d'un regard dur. Les jaunes et les ouvriers de mines à ciel ouvert constituaient des groupes séparés, et, lorsqu'il regardait les visages alentour, dont nombre lui étaient inconnus, Perry se demandait si le syndicat aurait suffisamment de votants en sa faveur pour remporter l'élection. Il avait entendu dire que si la mine passait autonome, les jaunes auraient droit à tous les emplois et recevraient une augmentation de salaire pour être restés loyaux envers la compagnie. Aucun ouvrier syndiqué ne serait autorisé à descendre. Quelques-uns parmi les mineurs syndiqués se roulaient une cigarette, d'autres se coupaient des tranches de carotte à chiquer à l'aide de couteaux de poche soigneusement affûtés, en bavardant assez fort pour être entendus des jaunes.

– Je m'a laissé dire qu'y z'avaient encore descendu deux jaunes de plus à Letcher. Y se sont fait choper sur la route un soir et y se sont fait allumer dans une grotte. Y en avait plein les murs. On dit qu'on savait pus qui y z'étaient à leur voir la figure.

– On raconte qu'y a un jaune à Sterns, il a volé tellement de chaînes qu'il a été incapable de traverser le lac Cumberland à la nage. On a mis trois jours avant de le retrouver jusqu'à ce qu'un mec agite un chèque de l'association des patrons au-dessus de l'eau. Et là, son bras est sorti pour essayer de le récupérer.

– Et le gars qui s'est fait brûler sur le dépôt de la Blue Belle ? Y avait pas assez de ses restes calcinés pour remplir un sachet de tabac Bull Durham. Il a dû se faire prendre par les flammes comme si on l'avait trempé dans l'essence.

– Je me dis quand même que rien de tout ça pourrait arriver dans c'te mine-ci. Tous les hommes qu'y a là ont l'air de savoir comment voter s'y veulent pas avoir de problèmes en se promenant dans les rues à la nuit tombée.

À une occasion éclata une bagarre entre un jaune et un syndiqué. Les deux hommes roulèrent dans la poussière, à se marteler à coups de poing et, avant que les gardes de la compagnie aient pu les séparer, le syndiqué avait ramassé une pierre plate et assommé son adversaire. L'homme resta étendu au sol, bouche grande ouverte, une grosse bosse écorchée au-dessus d'un œil. Deux autres jaunes le ramassèrent et l'emportèrent jusqu'au robinet et le scrutateur monta alors sur une chaise, déclarant qu'il fermerait le scrutin s'il se produisait de nouvelles bagarres ou si un garde ou un syndiqué allaient simplement jusqu'à s'approcher des files en attente.

Perry attendit son tour pour glisser son bulletin syndiqué dans l'urne, puis il attaqua la longue marche en côte sur la route de montagne en direction de son baraquement dans le crépuscule. Une voiture remonta la chaussée gravillonnée dans sa direction, mais Perry aperçut les deux J.W. sur le siège arrière et fit signe au conducteur qui ralentissait pour le faire monter de poursuivre sa route.

– On se verra dans le trou demain matin, dit Little J.W. par la vitre arrière.

Il cracha en l'air à son passage.

Tout en continuant son chemin, les yeux sur le nuage de poussière, Perry songea au lendemain, puis au jour suivant, puis à toutes les semaines sans fin qui devaient suivre. Chaque nouvelle journée à la mine serait la même. Les J.W. seraient toujours là, à proximité, avec leur haine et leurs menaces, la peur serait toujours là, froide au creux de son estomac, chaque fois qu'il retournerait dans l'entrée sombre, la poussière lui couvrirait l'intérieur de la bouche, ses brodequins seraient durs et raides à cause des flaques d'eau sur le sol des galeries, et, chaque jour, les fissures du toit paraîtraient plus larges sous les tonnes de roche écrasantes au-dessus de sa tête. Il songea à Cincinnati sous le soleil de printemps, ses rangées d'érables devant les étroites maisons allemandes, la belle envolée du pont d'acier surplombant la rivière. Il se demanda s'il y retournerait jamais, loin des mines, des terrils, de cette odeur d'hommes entassés dans les profondeurs de la terre, de l'ennui d'un labeur qui ne changeait pas, jour après jour, des peurs qui le taraudaient et dont il ne ferait jamais l'aveu à quiconque. Il n'existait aucun moyen de dire le temps qu'il lui faudrait pour retrouver les hommes qui avaient assassiné son père et, ce problème là une fois réglé, il lui faudrait probablement affronter des années d'emprisonnement, voire la mort, dans le pénitencier d'État. C'est comme s'il n'avait pas son mot à dire, quelle que soit la manière dont les choses tournent, songea-t-il. La loi, la compagnie, les J.W. le tenaient entre leurs mâchoires, et il n'y avait rien à faire, excepté prendre la fuite, et ça, il ne pouvait pas. Il n'avait pas le choix. En rien.

Le vendredi soir, on procéda au décompte des bulletins de vote, et pratiquement toutes les grandes mines du plateau, y compris celle de Perry, avaient voté syndiqué. L'association des exploitants se trouvait forcée de signer des contrats d'embauche, payer au tarif syndical, autoriser des visites d'inspection dans ses mines, cotiser à un fonds de secours pour les mineurs blessés, installer des systèmes de ventilation dans les galeries à grisou et payer les heures supplémentaires au-delà de quarante heures à cent cinquante pour cent. Des centaines de mineurs étaient venus directement en ville, une fois leur travail terminé, écouter le décompte du vote proclamé devant le bureau du syndicat, et dès dix heures, bars et salles de billards étaient pleins d'hommes ivres, dont beaucoup étaient encore noirs du charbon de la mine. Ceux qui n'avaient pas d'argent en empruntaient à l'agent du syndicat sur leur paie à venir, et le shérif avait été obligé de placer quatre adjoints supplémentaires en protection des jaunes qu'on bousculait des trottoirs d'un coup d'épaule, qui se faisaient malmener dans les saloons ou qui retrouvaient tailladés les pneus de leur voiture garée dans la rue. Des bouteilles éclataient sur le béton, des vitres volaient en éclats, un mineur reçut une balle dans la jambe, tirée par une prostituée du boxon, et la cellule du shérif se retrouva pleine dès avant minuit. Les hommes chancelaient sur les trottoirs d'un bar à l'autre, et un fabricant de whiskey clandestin du vallon de Rachel vendait son breuvage translucide en bouteilles d'une demi-pinte à même la rue. Cinq jaunes se virent obligés de quitter un café, chassés par des syndiqués, et, alors qu'ils tentaient de quitter la ville, leur voiture se trouva encerclée par des mineurs ivres, qui se contentèrent au départ de menaces et d'insultes ; puis ils se mirent à balancer le véhicule jusqu'à faire toucher le chassis sur la chaussée. Un homme fracassa une bouteille de bière contre une vitre qui se fissura en toile d'araignée, un autre sectionna l'embout de valve des pneus, un troisième versa de la terre dans le réservoir d'essence. À l'intérieur de la voiture, les hommes avaient les traits tirés par la peur. Ils s'écartaient des fenêtres, s'accrochant au tableau de bord et aux sièges. Le conducteur démarra le moteur, et la voiture s'éloigna lourdement sur ses jantes, les pneus en lambeaux. Les syndiqués éclatèrent de rire et balancèrent de nouvelles bouteilles contre la lunette arrière et le coffre.

Perry était lui aussi venu à la ville pour savoir si le syndicat avait gagné sa mine. Il était dans ses intentions de retourner à son baraquement de bonne heure, mais, au milieu de la foule d'hommes sous la lumière veloutée devant le bureau du syndicat, il but une gorgée de la bouteille de Bee Hatfield puis une autre. Le whiskey lui réchauffa l'intérieur du corps, emportant avec lui la longue journée à la mine, la fatigue et la lassitude de ses muscles. Il acheta une bouteille d'alcool de maïs à un revendeur clandestin qui offrait sa marchandise dans la cabine de son camion, et il fallut peu de temps à Perry pour se retrouver aussi ivre que tous les autres. L'horloge au-dessus de la banque affichait dix heures, et il se promit de reprendre le chemin de la maison à onze heures. Il avait l'impression de garder l'œil sur l'heure, constamment mais, soudain, ce fut minuit et il était incapable de se rappeler ce qu'il avait fait au cours de l'heure écoulée. Il trouva une demi-bouteille de mauvais vin dans la poche latérale de sa vareuse, le banjo et le violon sur l'estrade du bar jouaient dans le microphone, et Bee Hatfield était debout à ses côtés, à agiter une bouteille de bière pleine en l'air et à hurler à l'adresse des gens alentour. La mousse éclaboussa le plancher. Bee avait les yeux rouges, la voix rauque et râpeuse couvrant la musique hillbilly.

– Par le Seigneur, tous les syndiqués vont se faire vingt-deux dollars par jour, dit-il. Le syndicat nous a gagné une grande victoire, les gars. On les a battus, les jaunes et les briseurs de grève, et l'association des patrons va plus jamais nous marcher dessus. Bon Dieu, allez, encore un coup à boire.

Perry retourna la bouteille de vin et la passa à son oncle. Un homme s'effondra sur une table pleine de boissons, et l'un des adjoints du shérif le traîna sur le sol par les bras jusqu'à la porte.

– J'ai travaillé toute ma vie pour le syndicat et j'ai toujours su qu'un jour on allait se gagner toutes ces mines, rien que pour nos membres, dit Bee. Y restera plus un jaune sur le plateau lundi.

– Y en aura plus un de vivant, dit un autre.

– Apporte-nous de quoi boire par ici, nom de Dieu, hurla Bee.

Perry raffermit sa position et regarda les trois hommes qui buvaient à l'extrémité du comptoir. À travers son brouillard d'ivresse, il vit leurs visages de brutes qui ricanaient de lui, leurs expressions de mort au-dessus des dosettes de whiskey. Il les avait souvent vus dans ses rêves, et il savait que c'était les hommes qu'il recherchait. Il sentait leur haleine de pourriture, l'odeur âcre de dynamite explosée qui s'accrochait encore à leurs vêtements. Dans le reflet de leur regard, il voyait le bâtiment de l'école rugir en un brasier de flammes la nuit au sommet de la montagne. Son coude renversa la bouteille de bière de Bee sur le comptoir.

– Faut que tu me ramènes à la maison. Que je prenne mon revolver, dit-il.

– Quoi ? dit Bee.

– C'est eux qui ont fait ça.

– Qu'est-ce que tu racontes, petit ? Ils ont fait quoi ?

– Les trois-là, au bout du comptoir. C'est eux qui ont fait sauter l'école.

– C'est les frères Caudill. Y travaillent dans le même trou que toi.

Perry respirait avec difficulté, le souffle haletant, le corps tremblant de l'intérieur.

– Je connais les Caudill. Ramène-moi à la maison.

– Assieds-toi dans ce fauteuil. T'as dû acheter de la sacrément mauvaise gnôle ce soir, dit Bee.

– Je les prendrai au couteau si je peux pas avoir mon revolver.

– Tais-toi donc. J'aurais dû te prendre ton tord-boyaux. Tout ce qu'y vendent au vallon de Rachel, y z'y mettent de l'amidon dans le moût.

– Y raconte qu'y veut couper qui, là-bas ? dit l'un des frères Caudill.

– Il est ivre. Y sait même plus où il est, dit Bee.

– Par le Ciel, on aurait bien cru que c'est de nous qu'il parlait, dit le même frère Caudill.

Ses yeux enflammés par le whiskey ressortaient de sous son casque métallique. Il portait les manches recoupées aux coudes et arborait des tatouages de femmes nues sur les deux bras.

– Espèce de foutu sale fils de pute, assassin de la compagnie, dit Perry.

– Mon pote, c'était pas la chose à dire, dit Caudill.

Il se leva de son tabouret de bar et fit le tour du comptoir pour se diriger vers Perry.

– Reste où t'es, dit Bee. Y veut rien dire de mal après vous aut'. Il vous prend pour d'autres personnes.

– Ç'a pas d'importance. Il a pas à me parler comme ça.

– Je l'emmène prendre l'air. Son papa a été tué et il arrive pas à se le sortir de la tête. C'est juste qu'on s'est pris un peu trop de mauvais whiskey Rachel ce soir.

– Y reste là jusqu'à temps que je lui dise de s'en aller.

– Non, monsieur, pas question. Essaie pas non plus de lui faire de mal, sinon ta carte de syndiqué, on te la déchirera d'ici demain matin.

– Nom de Dieu, c'est eux qui…

– La ferme, et n'ouvre plus la bouche, dit Bee en traînant Perry devant les frères Caudill.

Perry renversa une chaise et se cogna à une table avant que Bee pût le faire sortir du bar.

– Je l'ai mis sous mon lit.

– Monte dans la voiture, dit Bee.

Il poussa Perry sur le siège avant et reclaqua la porte.

Les lumières des néons au-dessus des bars se reflétaient sur les éclats de verre brisé jonchant les trottoirs. Un mineur gisait, ivre mort, dans le ruisseau, et une fille du boxon marchandait avec deux hommes dans l'embrasure du seul hôtel de la ville. Perry posa la tête sur le tableau de bord et sentit le sang tourbillonner dans son cerveau. La voiture s'engagea dans la rue et prit la direction de la route gravillonnée qui conduisait hors de la ville. La tête de Perry roulait d'avant en arrière sur son bras, et il se dit que les mouvements de la voiture allaient le rendre malade. Le vent lui soufflait au visage au sortir de l'ouïe d'aération. Bee toussa et essuya la salive à ses lèvres de la manche de sa chemise.

– T'as pas assez de problèmes comme ça pour aller chercher des crosses aux Caudill ? dit-il.

Perry essaya de parler, mais il fut incapable de remuer les lèvres, voyant toujours en son for intérieur les trois visages ricanants à l'extrémité du comptoir. La lune était bleue au-dessus des arbres sur la montagne, et la route de schiste s'étirait toute blanche à la lueur des phares tandis qu'ils franchissaient vallons calcaires et collines. Il bascula latéralement contre la porte et sa tête vint cogner le montant de la fenêtre. Puis les ténèbres des collines parurent se refermer autour de lui comme s'il tombait comme une pierre dans un puits jusqu'au fond de la mine.

⁂

Deux semaines plus tard, Perry recevait son premier chèque de salaire au tarif syndical. Au fur et à mesure que les hommes sortaient en file du trou, le pointeur appelait chaque nom et tendait les enveloppes marron. Perry remarqua que le pointeur semblait nerveux et évitait de croiser directement les regards. Le soleil chauffait le dos de Perry, brillant d'une lumière jaune au-dessus de la ligne d'ombre sur les falaises de calcaire. Perry avait l'intention de consacrer une partie de sa paie pour emmener sa mère en autocar rendre visite le lendemain à Irvin et à ses deux sœurs à l'orphelinat d'État de Richmond. Il voulait aussi rentrer à la maison se récurer le corps dans le ruisseau derrière le baraquement pour en chasser toute la poussière de charbon.

– Qu'est-ce que c'est que cette merde ? dit un mineur à ses côtés.

L'homme avait ouvert son enveloppe de paie, et il tenait à la main une bande de papier ronéotypée. Il la regardait comme s'il n'en comprenait pas les mots.

Perry était trop épuisé par sa journée de travail pour lui prêter la moindre attention, et il remit son chèque de salaire dans sa poche revolver dont il boutonna le rabat. Il balança sa vareuse sur l'épaule et se dirigea au milieu des groupes d'hommes vers la route.

– Ça dit que je travaille pus ici, entendit-il de la bouche du mineur. Nom de Dieu, qui est-ce qui a mis ça dans mon enveloppe ?

Perry vit alors que les autres hommes avaient eux aussi des bandelettes de papier à la main, la même expression de stupéfaction sur le visage. Il sortit son enveloppe, la déchira à une extrémité et eut devant les yeux la même note agrafée à son chèque. Elle disait :

> Du fait de l'introduction de nouvelles machines dans votre mine et d'une réduction de la production, vous

êtes temporairement licencié. Dans l'attente d'une augmentation de la main-d'œuvre requise, votre adhésion aux Mineurs unifiés d'Amérique est elle aussi temporairement non avenue. Nous regrettons cette situation imposée par les circonstances – UMW Antenne 442.

– Où est passé ce foutu pointeur ? dit un mineur.

– Qu'est-ce que ça veut dire ? dit un autre.

– Ils nous virent, dit Perry, les yeux toujours fixés sur le morceau de papier, la même expression d'incrédulité sur le visage que tous les autres.

– On a notre contrat. Y peuvent pas nous licencier.

– Amenez-moi ce foutu pointeur ici, dit le premier mineur.

– Ça vient pas de la compagnie. C'est signé par l'antenne locale, dit Perry. Y nous reprennent notre carte.

– Y peuvent pas reprendre sa carte à un syndiqué. Dites à ce pointeur de se sortir les fesses de sa cahute.

Les mineurs qui n'avaient pas été renvoyés se dirigèrent vers leurs automobiles. La plupart avaient les yeux fixés au sol et ne s'adressaient pas aux hommes en colère en train de se regrouper.

– Y en a parmi les jaunes qui conservent leur boulot, et pas nous, dit un homme.

– Y vont pas me virer de c'te mine. J'ai attendu quatre mois qu'elle ouvre. Ma famille va pas recommencer à crever de faim.

– Je vais mettre c'te cahute en pièces si ce foutu pointeur ne se sort pas de là. T'entends, mon salaud ! Sors de là et viens nous dire qu'on est virés !

– Colle-lui une de ces briques dans sa fenêtre.

– Je vais faire mieux que ça, mon pote. Je vais te le sortir de là par la peau des fesses et lui défoncer le crâne.

La porte du bureau de la compagnie s'ouvrit, et le pointeur sortit, suivi de deux gardes en uniforme de la compagnie. Il avait ôté sa cravate, sa chemise était mouillée de sueur sous les bras. La peur se lisait sur son visage tandis qu'il regardait les cinquante hommes qui lui faisaient face. Les gardes avaient dégagé les rabats de cuir de leurs étuis à pistolet. Un homme roula en boule son avis de licenciement et le balança aux pieds du pointeur.

– Viens me dire bien en face que je travaille pus dans ce trou, dit-il.

– La débauche est temporaire. Il se pourrait que nous réengagions des équipes complètes d'ici quelques semaines, dit le pointeur.

Sa voix se brisait presque lorsqu'il parla.

– C'est un foutu mensonge. Vous ramenez plus de machines pour nous prendre notre boulot parce qu'on est payé au tarif maintenant.

– On dirait qu'il a l'intention de retourner son pantalon, pas vrai ? dit un autre mineur.

– Je travaille ici tout comme vous autres, dit le pointeur. J'ai rien à voir avec votre débauchage.

– Je vois que t'as viré des syndiqués avant qu'on ait eu notre contrat.

– Ça vous est déjà arrivé de vous faire débaucher. Vous savez que vous retrouvez toujours du travail, dit le pointeur.

Sa voix était tendue, ses mains malhabiles.

– Ça dit ici que nos cartes de syndiqués sont annulées, dit Perry.

– L'association a rien à voir avec ça, dit le pointeur. C'est venu de l'agent d'affaires à l'antenne locale.

– Le syndicat s'en prend pas à ses propres membres. C'est vous, les fils de pute, qui êtes derrière tout ça, dit un autre homme.

– Allez trouver votre agent et demandez-lui qui vous a pris vos cartes. Vous n'auriez pas tous ces problèmes si vous étiez restés avec la compagnie.

– Pourquoi qu'on le fait pas descendre jusqu'à la dernière taille inondée ? On lui apprendrait à nager.

– Et les gardes, y me paraissent bien sales, eux aussi. Je connais un trou bien profond où z'auraient tout à fait leur place, tout au fond du deuxième niveau.

– Vous ne pouvez pas rendre la compagnie responsable de ce qui vous est arrivé, dit le pointeur.

Les gardes avaient la main sur leur revolver. Ils changèrent de position, mal à l'aise devant la foule de mineurs.

– Cette mine ne peut pas rester ouverte et vous payer tous en même temps au tarif syndical. La compagnie a pas l'argent, c'est aussi simple. Vous pouvez travailler quarante heures par semaine à un dollar et quart et vous mettre dans la poche un chèque de paie tous les vendredis soirs, ou vous pouvez ne rien avoir du tout. C'est pas le syndicat qui vous a engagés, et c'est pas le syndicat qui vous fait votre chèque. Allez voir si cet agent d'affaires s'intéresse à vos problèmes maintenant. Ils ont emporté l'élection, et y z'ont plus besoin de vous z'aut'. Votre carte, elle vaut pas plus qu'un emballage de chewing-gum par terre.

– Espèce de salaud de menteur. Z'aviez tout prévu dès la réouverture de la mine.

– Allons voir l'agent, dit Perry.

– Je crois qu'on devrait d'abord régler son affaire à ce mec-là.

– Ça vous servira à rien. C'est un rien du tout. Ils le remontent tous les matins comme un jouet à ressort et ils lui disent quand y doit ouvrir la bouche et quand y doit la fermer, dit Perry. On a fait notre devoir pour le syndicat, et y faudra bien que l'agent réponde parce qu'on nous a repris nos cartes.

– C'est vrai, par le Ciel. Ce salopard peut rien nous apprendre. Il a tellement la trouille qu'y sait même pas de quoi y parle.

– Tout le monde en voiture, on se retrouve à l'antenne du syndicat, dit quelqu'un.

– On te reverra au premier poste demain matin, pointeur, dit un autre mineur. Et c'est pas non plus tes gardes qui vont nous empêcher d'aller au trou.

Les mineurs s'entassèrent dans leurs vieilles voitures déglinguées et leurs camionnettes, et quelques-uns d'entre eux s'installèrent sur les marchepieds, le bras crocheté autour des montants des vitres. Les voitures se dirigèrent dans le vallon par la route de schiste et un nuage d'alcali blanc se leva au-dessus de la cime des arbres. Perry était assis entre deux hommes sur la banquette arrière d'un coupé Ford. Les pierres claquaient sous les ailes, et la poussière soulevée par les autres automobiles entrait par les vitres ouvertes. Un homme ouvrit une bouteille de whiskey de maïs qu'il fit passer à la ronde, et, au fur et à mesure qu'ils avalaient leur deuxième gorgée, la fatigue des visages des buveurs semblait disparaître, et leur regard se faisait plus brillant et plein d'allant. Les voitures atteignirent le fond du vallon et s'engagèrent sur la route goudronnée en direction de la ville. Les vieux moteurs Ford et Chevrolet grondaient au sortir de silencieux percés, répercutés par la chaussée, et quelques-uns des véhicules donnaient de la bande dans les virages au bas des montagnes. Les hommes debout sur les marchepieds étaient penchés vers l'intérieur des voitures, les bras pressés serrés contre les panneaux de portières.

Une rangée de voitures était déjà garée en double file dans la rue principale lorsque les hommes de la mine de Perry arrivèrent en ville. Une centaine de mineurs au moins étaient postés sur le trottoir devant le bureau du syndicat, d'autres s'y dirigeaient depuis les rues adjacentes où ils avaient laissé leurs voitures. Quelques-uns tenaient à la main leur avis de débauche. Le soleil couchant se réfléchissait sur leurs casques métalliques et leurs frontales, la transpiration luisait sur leurs nuques, salies de poussière de charbon. L'air était plein d'une odeur rance d'hommes pressés les uns contre les autres et, tandis qu'il se frayait un chemin au milieu de la foule, Perry sentit les relents de sueur, de goudron surchauffé sur la chaussée, de fumées de terril sur les vêtements, d'haleines au whiskey et au vin bon marché.

La porte du bureau du syndicat était verrouillée, les persiennes tirées.

– Il y a quelqu'un là-dedans. Tapez sur la porte jusqu'à ce qu'ils sortent, hurla un homme à l'arrière de la foule.

– Y a une demi-heure qu'on attend l'agent.

– Peut-être qu'y z'ont fermé de bonne heure quand y z'ont su qu'on venait.

– Y sont partis nulle part. Y doivent probablement se cacher dans le fond.

Un homme monta les marches en béton jusqu'à

l'entrée et frappa à la porte. N'obtenant pas de réponse, il se mit à la marteler à coups de poing.

– Deux de vous aut', là devant, ouvrez-moi ça à coups de pied. On va pas rester plantés en plein soleil.

– Arrachez-la des montants. Ils s'offrent un salaire avec l'argent qu'on leur paie et c'est pas eux qui vont nous fermer la porte au nez.

Deux autres hommes gravirent l'escalier et commencèrent à défoncer la porte à coups de brodequin coqué d'acier. Un panneau vola en éclats dans le bas de l'ouvrant.

– Reculez-vous, les gars, et je vais vous envoyer cette saleté jusqu'au fond de la bâtisse, dit un homme.

Il se mit en position, leva le pied et frappa le bois du plat de la semelle. La porte pivota sur ses gonds avec violence et vint se fracasser contre le mur intérieur.

L'agent du syndicat et un homme d'affaires en complet se tenaient juste à l'entrée. L'agent avait pour nom Bert Ramey, et il portait toujours des vêtements d'ouvrier en toile kaki amidonnée et un insigne Lima de conducteur de machines à sa chaîne de montre, bien que nul ne l'eût jamais vu travailler sur un chantier ou dans une mine. Il était petit et obèse, chauve sur le sommet du crâne. Il arborait toujours un chapeau de pluie marron quand il était au-dehors, et son front se marquait d'une ligne de coup de soleil un peu rosée. L'homme en complet était inconnu à Perry. Ses cheveux clairsemés et grisonnants étaient gominés et coiffés en arrière, et il portait une cravate de soie avec épingle en or au travers de son col blanc. Il affichait une attitude décontractée et confiante en regardant par-dessus les têtes des hommes postés dans la rue.

– Je suis resté un moment au téléphone, les gars.

L'inter-urbain. C'était pas la peine de me défoncer la porte à coups de pied, dit Bert Ramey.

– On se fiche pas mal de ce que tu faisais. Qui est-ce qui a fait mettre ces papiers dans nos enveloppes ?

– Nous pouvons vous l'expliquer si vous nous en donnez le temps, dit Ramey.

– Vaudrait mieux vous y mettre vite, alors.

– M. Hendricks ici présent vient du bureau central de New York, et il a une déclaration à vous lire, dit Ramey.

– Nom de Dieu, on est pas restés plantés là pendant tout ce temps pour des conneries de ce genre. Et nos cartes, alors ?

– Il n'y a pas que dans notre comté que c'est arrivé, dit Ramey. Ils suppriment des postes sur tout le plateau et aussi en Virginie de l'Ouest.

– T'as encore rien dit. Qui est-ce qui a envoyé ces bouts de papier ?

– L'association est en train de mettre en place de nouvelles machines dans toutes les grandes mines alentour, et c'est juste qu'il y a plus autant de boulot pour tout le monde, dit Ramey. Le syndicat veut pas vous laisser tomber, mais ils ne peuvent pas envoyer d'hommes sur des postes qui existent pas.

– Nos cartes d'assistance sont plus valables non plus, alors.

– Le fonds de secours est à sec depuis un an, dit Ramey. Vous le savez tous. Il y a plus d'hommes qui reçoivent une allocation pour incapacité qu'on a d'argent dans les caisses.

– Y a seize ans que je suis au syndicat, et j'abandonne pas ma carte, dit le mineur qui avait fracassé la porte d'entrée.

– Tous, on a participé aux manifs et aux piquets par tout le Kentucky. Tout ça pour vous, dit une voix.

– J'ai passé deux ans au pénitencier de Frankfort pour le syndicat et, par le Seigneur, c'est pas l'UMW qui va me déchirer ma carte aujourd'hui.

– Écoutez, c'est pas moi qui ai fait ça, dit Ramey. L'ordre vient de New York. J'ai travaillé avec vous autres, les gars, sur toutes les grèves qu'il y a eues dans le coin, et ça me plaît pas de savoir qu'on vous a laissés tomber.

– Z'avez bien pris notre cotisation sur la paie d'aujourd'hui. Vous vous payez sur notre argent, sur notre sueur.

– C'est pas comme ça que ça se passe. Ils pourraient tout aussi bien me laisser tomber comme ils ont fait pour vous, dit Ramey.

– Et c'est pour ça que toi et ce gars de New York, vous vous étiez bouclés à double tour dans le bureau.

– Je peux pus rien vous dire de plus. Aucune des antennes du coin ne vous aurait repris vos cartes. C'est juste qu'on a même pas eu notre mot à dire, dit Ramey.

– T'as passé un marché avec les patrons. Tu nous as soutenus jusqu'à ce que toutes les mines soient syndiquées et, ensuite, tu as tout fait boucler pour nous laisser sur le carreau.

– C'est pas vrai, dit Ramey.

– Merde que c'est pas vrai. Vaudrait mieux pour toi que tu te tires les fesses de ce comté ce soir.

– Ainsi que vous l'a dit Bert, le syndicat n'aime pas les réductions de main-d'œuvre, mais il y a presque un quart de million de dollars de nouvelles machines qui arrivent dans toutes les grandes mines de l'association, et il n'existe aucun moyen d'arrêter l'automatisation et ses effets sur la main-d'œuvre, dit Hendricks.

Ses joues rasées de près brillaient au soleil.

– Vous êtes qui, vous, bon Dieu ?

– Je représente le secteur sud de l'UMW. Il y a longtemps que cette réduction de main-d'œuvre vous pendait au nez. Tous les mineurs ici présents ne peuvent pas faire le travail de trois nouvelles foreuses. Cela ne nous plaît pas, mais il n'y rien que le syndicat puisse y faire.

– Pourquoi tu fermerais pas ta petit gueule de yankee beau parleur ? Personne t'adressait la parole.

– Je parierais que t'es jamais descendu au trou.

– Tout ceci ne nous avancera à rien, ni les uns ni les autres, dit Hendricks. Il faut que vous compreniez tous que nous n'avions aucun autre recours.

– J'ai passé trente ans sous terre, et tu viens me raconter que je peux pus travailler.

– On peut pus travailler aujourd'hui sauf comme jaunes ou dans des mines à ciel ouvert pour huit dollars par jour.

– Ma famille habite un baraquement de la compagnie, et ils vont nous jeter dehors si je ne paie pas le loyer d'un mois.

– Notre crédit à la boutique est pas valable si on travaille pas.

– Ça te fait ni chaud ni froid, pas vrai ? Toi, tu descends dans un motel de Richmond, avec l'air conditionné et, demain matin, tu auras ton billet d'avion pour te ramener dans le Nord.

– Reculez-vous. Ça ne vous servira à rien de vous en prendre à moi, dit Hendricks.

– Tu crois pouvoir nous dire de nous transformer en jaunes pour survivre ?

– Y a six mois qu'on fait la grève à attendre cette élection. Tu vas pas reprendre ce qu'on a gagné.

– Reculez-vous, tous autant que vous êtes. Cela ne changera pas votre situation, dit Hendricks.

– Sortez-moi ce salopard d'ici.

Sous la pression de la foule qui avançait, l'agent de l'union courut vers le fond du bureau. Un grand mineur en casque et salopette, sans chemise, poussa Hendricks jusqu'en bas des marches sur le trottoir. Le verre du bracelet-montre de Hendricks se brisa, la manche de sa veste se déchira au coude. Le sol était couvert de jus de chique, et des taches brunâtres marquaient son pantalon et la paume de ses mains. Il se remit debout et recula, dos au mur du bâtiment.

– Ça ne vous rendra pas vos emplois. Ce sera juste quelque chose que vous regretterez demain, dit-il.

Son col s'était ouvert, ses cheveux gominés lui tombaient sur les tempes. Une bouteille de vin vola par la fenêtre du bureau, d'autres bouteilles suivirent, s'écrasant dans la pièce devant l'entrée. Le mineur sans chemise bouscula à nouveau Hendricks, qui retomba au sol, puis il s'agenouilla à côté de lui et lui déchira le dos de la veste en deux.

– Je crois que tu reviendras plus par ici pour nous dire qu'on a plus de boulot, dit le mineur.

Le soleil blanc se réfléchissait sur la chaussée et les sourcils du mineur étaient chargés de sueur. Il tira Hendricks par la chemise et le remit assis avant de le repousser violemment contre le mur. Les échos d'une sirène retentirent, se répercutant sur les façades des bâtiments à l'extrémité de la rue. Le mineur regarda par-dessus son épaule lorsque la voiture du shérif s'immobilisa en bordure de la foule, puis il se redressa, regardant Hendricks au sol de toute sa hauteur.

– Vous êtes un salopard qui a bien de la chance, m'sieur, dit-il. Essayez de garder ça en tête pendant tout le trajet jusqu'à New York.

# 11

La chaleur de cette fin de juillet s'était installée sur le plateau et frémissait en vagues sur les corniches. Pas le moindre souffle de brise dans les vallons, les arbres à bois dur immobiles dans l'air humide. Criques et torrents étaient à sec, leurs lits de sable couverts d'essaims de taons. Vipères cuivrées et serpents à sonnettes se faufilaient dans les herbes cuites, en quête d'eau, et le tabac commençait à jaunir dans les champs et à se flétrir au soleil. En ville, les mineurs sans emploi qui avaient espéré trouver du travail à couper le tabac étaient installés sous les auvents de toile devant les saloons et salles de billards, maudissant la chaleur et essuyant la sueur à leur front d'une manche de chemise. Personne n'avait souvenir d'une aussi longue sécheresse sur le plateau, et, au fil des semaines, les sillons labourés commencèrent à durcir et à se craqueler, et les fermiers considérèrent leurs récoltes comme perdues. Les tiges de maïs s'étiolaient et cliquetaient avec un bruit sec dans les champs, et les corbeaux se nourrissaient des nouveaux épis gisant tout flétris sur le sol.

Perry travaillait un jour ou deux par semaine dans une mine à ciel ouvert, où il lui fallait se présenter tous les matins à sept heures avant de pouvoir savoir s'il avait un boulot ou non pour la journée. Il passait des heures assis dans le bureau de chômage de Richmond, pour se voir fermer le guichet à seize heures trente sans même qu'on eût appelé son nom. Il se proposa pour nettoyer les toilettes des bars et des stations-service, laver les voitures, racler l'intérieur des barils de pétrole, ramasser les poussins pour cinq cents la pièce dans un élevage de volailles. Il passait ses après-midi à arpenter sans but les rues de la ville, à écouter d'autres hommes parler des indemnités de chômage qu'ils ne touchaient plus, du travail qu'on trouvait dans l'Ohio, les boulots à dix dollars la journée à la mine à ciel ouvert, les allocations des services d'assistance du comté qui ne suffisaient jamais pour nourrir une famille.

Deux semaines durant, la compagnie coupa tout crédit à Perry au magasin parce qu'il n'avait pas réglé la facture du mois précédent et n'avait plus d'emploi. Il n'y avait rien dans le baraquement qu'il aurait pu mettre au clou ou vendu excepté son revolver ; et le patron de la compagnie financière de Richmond n'avait même pas accepté sa demande de prêt. Sa mère fabriquait du pain de maïs à partir de lait en poudre et de farine distribués au centre fédéral de surplus alimentaires, et, au petit jour, Perry tuait des lapins en bordure des flaques d'eau rougie dans le fond des anses du torrent. Il vidait et dépiautait les lapins qu'il suspendait sur le perron de façade, sous l'avant-toit, pour vider leurs carcasses de leur chaleur et de leur sang au cas où ils auraient été porteurs de fièvre. Le soir, sa mère les faisait bouillir en ragoût qu'elle versait sur des morceaux de vieux pain que le magasin vendait à moitié prix. Au petit déjeuner, ils mangeaient le même ragoût, mais la graisse et le gras étaient épais dans leurs assiettes et le pain rassis plus dur à mastiquer et à avaler. Puis les lapins se firent de plus en plus rares dans le lit du torrent et les restes d'eau s'évaporèrent, s'infiltrant dans les craquelures sèches. Certains jours, la famille James faisait trois repas de gruau mélangé à du lait en poudre.

Perry songea à transporter le whiskey pour le vieux McGoffin une nouvelle fois, mais l'ABC avait encore capturé sept nouveaux passeurs au cours des trois derniers mois, et tous avaient été condamnés à au moins une année de prison. Qui plus est, les agents fédéraux avaient réduit en miettes des alambics sur tout le plateau et expédié plusieurs distillateurs à Atlanta. Même les bouilleurs clandestins du vallon de Rachel avaient peur de livrer leur whiskey, malgré les prix élevés que leur payait le syndicat à Detroit. Les hommes étaient toujours plus nombreux à l'embauche à la criée, tous les matins, à la mine à ciel ouvert et, finalement, Perry se retrouva dans l'incapacité de trouver même une journée de travail par semaine. Et il se résigna au bout du compte à demander des secours au bureau de l'assistance.

La salle d'attente était bondée, il y faisait chaud, et l'air était lourd de fumée qui dérivait doucement vers la seule fenêtre avec ventilateur à l'arrière. Les femmes étaient assises avec raideur sur des chaises à dossier droit, des enfants en pleurs sur les genoux, tandis que leurs maris crachaient leur jus de chique sur le plancher avant de l'écraser de la semelle de leurs brodequins. Il n'y avait que deux assistantes sociales pour recevoir toutes les personnes présentes, et, habituellement, une famille devait attendre cinq à six heures avant d'être appelée devant le bureau. La cuvette des toilettes était cassée, et il arrivait souvent qu'une femme soit obligée d'emmener ses enfants jusqu'à la station-service de l'autre côté de la rue pour s'apercevoir à son retour qu'on avait appelé son nom et qu'il allait lui falloir attendre que toutes les personnes présentes dans la pièce aient été entendues. À midi, les assistantes sociales et la dactylo partaient pour une heure, mais les gens dans la salle d'attente déjeunaient sur place, de pommes de terre frites et côtes de porc, plutôt que de risquer de perdre leur place dans la file. Arrivé le milieu de l'après-midi, l'air était fétide, le sol jonché de papiers, pelures d'oranges, mégots de cigarettes, et les enfants dormaient, allongés sur les chaises, le visage empourpré par la chaleur.

Perry s'assit sur le rang du fond et essuya de sa casquette son cou en sueur. Un enfant sur une chaise au premier rang mouilla sa culotte, l'urine dégoulinant le long de ses jambes.

– C'est pas juste de nous faire attendre aussi longtemps, dit un homme à côté de Perry.

Il était mineur, et ses yeux étaient encore cernés d'une ligne pâle, à l'emplacement de ses lunettes de protection. Un garçon d'environ quatre ans dormait sur ses genoux. La chemise du mineur portait une marque humide de transpiration, là où la tête de son fils s'appuyait sur sa poitrine.

– Y a six heures que je suis ici et le petit a rien mangé.

– Combien on peut toucher de l'assistance ? demanda Perry.

– On est venus trois fois et jusqu'ici, y nous ont rien donné d'autre qu'un bon d'épicerie de deux dollars. Y a fallu qu'on aille jusqu'à Richmond pour l'encaisser parce que les magasins de la compagnie les prennent pas.

– J'ai encore jamais fait ça, dit Perry.

– Moi non plus, j'avais jamais eu affaire à ces salopards avant. Mais y a un mois que j'ai pas travaillé et le syndicat nous a bien débauchés. Jusque dans la vieille Virginie. Ma carte d'assistance sociale est plus bonne, et y a fallu que je donne les derniers trente dollars à un merdeux de toubib de Richmond quand le petit a été malade. S'y nous donnent rien aujourd'hui, je m'en vais choper ce mec derrière son bureau et lui coller la tête dans la cuvette cassée.

À quatre heures, l'une des assistantes sociales appela le nom de Perry. C'était une femme mince qui portait ses cheveux noirs droit sur les épaules, noués d'un ruban comme une petite fille. Elle avait le visage blanc de poudre et, par-dessus le bureau, Perry sentit son parfum et son haleine de cigarette.

– Votre demande ne concerne que vous-même ? demanda-t-elle.

– C'est pas pour moi. Je viens ici à cause de ma mère et des petits.

– Sont-ils ici ?

– Je vois pas la raison de les faire attendre dans ce bureau toute la journée.

– Votre mère devra signer une déclaration sur l'honneur de demande d'aide, dit la femme.

– Qu'est-ce que ça veut dire ?

– C'est simplement une des règles de l'agence.

– J'suis sur cette chaise depuis sept heures et demie ce matin.

– Je suis désolée, mais il faudra que vous reveniez avec le reste de votre famille.

– Y a rien à manger à la maison, et ma mère est pas capable de rester dans une pièce à quarante degrés pendant sept heures, dit-il. On vous a jamais rien demandé avant, et je serais pas ici si je pouvais aller ailleurs. Mais, par le ciel, j'ai pas passé tout ce temps pour rien et je pars pas d'ici avant de savoir si les petits vont avoir autre chose à manger que du gruau de maïs tous les jours.

La femme consulta l'horloge au mur et alluma une cigarette. Elle souffla sa fumée et toussa, une main devant la bouche. Un enfant se mit à pleurer bruyamment dans la salle d'attente.

– Remplissons ce formulaire et je demanderai à un assistant social de vous rendre visite à votre domicile.

– Pour quoi c'est faire ?

– C'est la seule manière de certifier du bien-fondé de votre demande.

Elle inscrivit le nom de Perry en haut de la demande d'assistance.

– Combien votre famille compte-t-elle de membres ?

– Sept personnes plus moi, mais trois des petits sont dans un orphelinat d'État, dit-il.

– Vous auriez dû me le dire auparavant. Vous avez déjà probablement un dossier ADC* d'ouvert.

– Je vous ai dit que je suis pas venu ici avant.

– Si un membre de votre famille reçoit une aide de l'État, nous en avons la trace dans nos archives, dit-elle. Il faudra que je sorte votre dossier social demain.

– Quand pourrai-je avoir quelque chose pour les petits ?

---

* Aid to Dependent Children. *(N.d.T.)*

– L'assistant social passera la semaine prochaine et nous pourrons alors déterminer vos besoins.

– Y ne peuvent pas attendre une semaine. Y leur restera plus rien à manger d'ici là, dit Perry. On ne peut plus avoir de nourriture au surplus avant la fin du mois.

– Il n'y a pas grand-chose que je puisse faire. Il faudra vous débrouiller au mieux.

– Et qu'est-ce que les petits vont bien pouvoir manger jusqu'à ce que vous en ayez tous terminé de faire joujou avec vos paperasses ?

– Je vais m'arranger pour une visite à votre domicile mardi prochain, dit-elle. C'est le plus tôt que je puisse faire. Demandez à tous les membres de votre famille d'être présents cet après-midi-là.

– C't'endroit, il aide personne, dit Perry. Les gens attendent ici une journée de long et, comme ça, vous pouvez leur dire de rentrer chez eux et d'attendre encore un peu.

Elle se tourna de côté dans son fauteuil et laissa tomber la demande dans un tiroir à classement métallique. Perry remit sa casquette en toile sur la tête et retraversa la salle d'attente. La cuvette cassée des toilettes avait débordé sur le sol, des mégots et des emballages de papier flottaient dans l'eau. Quelques familles restaient encore, assises sur leurs chaises dures, espérant entendre l'appel de leur nom avant la fermeture du bureau dans cinq minutes. Perry sortit sous le soleil éclatant et sentit la moiteur de son visage s'assécher sous la brise chaude.

Deux jours plus tard, Perry recevait au courrier un chèque du gouvernement correspondant au reste de ses économies des Job Corps. Il régla sa dette au magasin de la compagnie et donna à l'employé vingt-cinq dollars à valoir sur le compte du mois à venir. Il acheta de la toile à moustiquaire pour les fenêtres du baraquement, pour empêcher l'entrée des moustiques qui remontaient en nuages du lit du torrent le soir, et consacra cinq dollars à l'achat de chaussures pour les enfants dans un magasin d'occasions en ville. Après avoir réglé le médicament, un fortifiant pour les nerfs, que sa mère prenait à crédit au drugstore, presque tout son argent était parti, alors qu'il lui fallait encore se payer de nouveaux gants et brodequins au cas où il aurait trouvé une journée de travail à la mine à ciel ouvert.

Les jours passèrent. Août arriva, la chaleur se poursuivit. Perry était assis sur le perron en façade dans la tranquillité du jour couchant, à contempler les brumes violettes au-dessus des montagnes. Criquets et cigales résonnaient bruyamment dans l'air immobile et, de temps à autre, un crapaud-buffle coassait au fond d'un lit de ruisseau. Les enfants jouaient sur le break déglingué dans la poussière de l'avant-cour, et Mme James était assise dans son rocking-chair, à les contempler d'un visage impassible. Perry sentait l'ennui de la longue soirée à venir qui commençait à s'abattre sur lui. Mais il n'avait pas d'argent pour jouer au billard en ville ou acheter du whiskey au vallon de Rachel, et il faisait trop chaud pour dormir. Sa mère parlait rarement, si ce n'était pour demander si lui ou les enfants étaient prêts à dîner, et leurs soirées se passaient habituellement dans un silence morne et indolent. Demain il irait à nouveau dans toutes les mines à ciel ouvert puis il se posterait au coin de la rue une heure ou deux avant de regagner la maison une fois encore, s'asseoir sous l'avant-toit du perron et écouter le rocking-chair de sa mère couiner d'avant en arrière sur les planches de bois. La tête de Mme James tomba sur sa poitrine, ses mains s'amollirent au creux de ses genoux. Sa chevelure grise était moite à l'entour des tempes. Au loin, Perry vit un vieux coupé qui remontait la rue à vive allure, traînant derrière lui un nuage de poussière blanche. À chaque virage, la voiture faisait tomber une pluie de pierres jusqu'au fond du vallon en contrebas. Les ailes rouillées et les marche-pieds branlaient et claquaient, des filets de vapeur s'échappaient du moteur. Il doit être ivre, se dit Perry. Il va faire sauter un de ses pistons à travers le capot ou dégringoler de la falaise.

– Qui est-ce ? dit Mme James.

Elle releva soudainement la tête de la poitrine, les yeux voilés de sommeil.

– C'est Bee Hatfield.

– Pourquoi faire qu'y monte ici ? Y vient seulement quand y a des problèmes. La dernière fois que je l'ai vu, il emmenait ton papa à la réunion du syndicat à l'école.

Perry observa la voiture qui ralentissait, passant en seconde, à l'entrée du dernier virage avant de s'arrêter au pied de la colline.

– Il a probablement bu. Je vais lui parler, dit-il.

– Dis-lui qu'il a pus besoin de s'arrêter par ici. On a déjà eu notre part des ennuis qu'il amène avec lui.

Perry se leva et descendit le sentier vers la route. La terre était sèche et dure sous ses pieds nus. Une moitié de soleil rouge était encore visible au-dessus de la crête, et l'ombre épaisse des falaises tombait sur la cime des arbres au fond du vallon. Toutes les vitres du coupé étaient remontées, couvertes d'une pellicule de poussière. Perry sentit l'odeur de pneus et de moteur surchauffés. Il s'avança doucement sur la route caillouteuse tandis que Bee descendait la vitre côté conducteur. Bee portait une casquette en toile à visière en bec de canard et une chemise à rayures tachée, le visage perlé de transpiration sous la chaleur qui régnait à l'intérieur du véhicule clos. Son haleine sentait le whiskey.

– On les a. Va chercher ton arme, dit Bee.

– On a qui ?

– Tous les trois. On les a. Dépêche-toi d'aller chercher ton arme.

– Attends une minute. Qu'est-ce que tu veux dire par…

– Nom de Dieu, fiston, on a pas le temps d'attendre.

– Où est-ce qu'y sont ?

– Écoute, j'ai failli planter ce tas de boue pour pouvoir monter jusqu'ici, c'est pas pour faire la causette. T'as parlé de te faire les trois mecs depuis le jour où y z'ont fait sauter l'école. Maintenant, si tu veux faire marche arrière et aller t'installer sur ton perron, ça me va aussi, pasque je laisserai les autres finir le travail à ta place.

– Quels autres ? dit Perry.

– Je démarre, fiston. Vaudrait mieux que tu te dépêches si tu veux venir.

Perry remonta le sentier moitié courant. Le soleil était tombé derrière la falaise et, au-dessus des montagnes, la lune était pâle dans la lumière faiblissante. Mme James s'était endormie dans son fauteuil. La revue dont elle s'éventait gisait à ses pieds, et ses seins plats se levaient et retombaient sous son souffle profond. Perry ouvrit doucement la porte-moustiquaire et alla dans sa chambre. Il enfila ses chaussures sur ses pieds nus et sortit le revolver Buntline spécial à canon long ainsi qu'une boîte de cartouches Magnum de sous son matelas. Il déballa l'arme de sa toile huilée, la fourra dans son pantalon de travail et en couvrit la crosse de sa chemise. Le métal était froid contre sa peau. Deux des enfants commencèrent à se battre dans l'avant-cour et, à travers la mince cloison, il entendit le raclement du fauteuil de sa mère sur le perron. Il mit la boîte de cartouches dans sa poche et sortit.

– Pourquoi Bee est encore là ? dit-elle.

– Il a entendu parler d'un boulot à Jackson.

– Je veux pas que t'ailles avec lui.

– Je vais pas être long. Rentre et couche-toi. Il fait plus frais maintenant.

– Il a pas de boulot pour toi, fils. Le travail, y connaît plus depuis qu'il est sorti du pénitencier.

– Faut que j'y aille. Il attend.

– Tourne-toi un peu. T'as un pistolet sous c'te chemise.

– On pourrait tomber sur un lapin en chemin.

– Tu me dis pas la vérité. Je le vois à ta figure.

– Prépare pas de dîner pour moi. Je mangerai à Jackson.

– Woodson t'aurait jamais laissé garder cette arme dans la maison. J'aurais dû la jeter dans le vallon. Maintenant, tu vas aller t'en servir contre quelqu'un. Tu te comportes comme tous les Hatfield, et je ne peux plus le supporter, Perry.

– J'y vais. Bois un peu de ton tonique et couche-toi.

Il redescendit le sentier jusqu'à la route et monta dans la voiture de Bee. Il sortit le revolver de son pantalon et le posa ainsi que la boîte de cartouches à côté de lui sur le siège. Le tableau de bord était couvert de poussière blanche. Les derniers rayons obliques du soleil frappaient la façade du baraquement, et il vit sa mère, immobile et petite dans son fauteuil. Bee passa la première et descendit la route dans un grondement, faisant gicler les pierres contre les ailes. Une bouteille de whiskey à moitié vide était posée sur ses genoux.

– Très bien, où vous les avez mis ? demanda Perry.

– À côté de la galerie inondée, à l'autre bout du vallon de Rachel.

– Comment vous les avez retrouvés ?

– Tu connais le garde de la compagnie qu'on croirait à moitié négro à le voir ? Il était saoul au bar, et il racontait aux putes qu'il avait donné une petite leçon à des syndiqués dans une école. On l'a chopé dehors dans l'allée et on l'a chauffé de première jusqu'à ce qu'il nous dise qui étaient les deux autres. On les a trouvés tous les deux au premier étage du boxon. Y en avait un dans une chambre, il avait coquette à l'air quand on lui a mis la main dessus.

Perry ouvrit le levier de chargement de son revolver et inséra les balles dans le barillet. Son cœur battait la chamade, ses mains manquaient de coordination. Il replaça doucement le chien en position de sécurité sur une chambre vide et referma le levier d'un coup sec.

– Qui sont les autres avec toi ? dit-il.

– Les J.W. et quelques autres qui attendaient d'attraper ces salopards.

– Ils ont rien à voir avec ça.

– Eux pensent que si. Ils voulaient les tuer tous les trois et les balancer de la corniche dès la sortie de la ville. Mais je leur ai dit de rien faire avant que je te trouve.

– J'ai déjà eu une prise de bec avec Little J.W. Je l'ai averti de ne pas se mêler de mes oignons.

– Écoute, tu vas avoir l'occasion de régler tes comptes avec ces mecs. Ils sont bouclés dans le coffre de Big J.W. et y a personne qui va leur chercher des crosses jusqu'à ce qu'on arrive. Tout ce que t'as à faire, c'est de les aligner et d'en finir. Simplement, laisse les J.W. tranquilles. J'ai pus envie de te sortir des embrouilles une fois de plus.

Bee conduisait, une main sur le haut du volant, et buvait à la bouteille de whiskey tenue de l'autre. Ils approchaient du fond du vallon lorsque disparurent les dernières lueurs du jour dans le vallon. La voiture rebondit au passage d'un pont de bois qui enjambait un ruisseau à sec, face aux arbres et falaises obscures qui se dressaient droit devant. La route qui empruntait le vallon de Rachel était tout ondulée, cuite aussi dure que le béton par le soleil. Quelques cahutes en bardeaux et cabanes en rondins étaient installées en retrait parmi les arbres et, de temps à autre, une cigarette rougeoyait dans la pénombre d'un perron. La voiture cognait sur les ornières, et le whiskey dans la main de Bee se renversa sur sa chemise. Ils s'enfoncèrent dans le vallon, avec, au-dessus de leurs têtes, une marquise de hauts érables et chênes blancs sous la lune.

– Je voulais personne d'autre sur le coup, dit Perry. T'aurais dû venir me chercher tout de suite quand t'as entendu le garde parler dans le bar.

– Fiston, tout ne peut pas se passer comme tu voudrais. T'aurais jamais capturé ces hommes-là sans qu'on t'aide. Nom de Dieu de fournaise. Y a pas un gramme d'air par ici.

– À quoi y ressemblent, les deux autres ? dit Perry.

– Y ressemblent probablement plus à grand-chose après vingt kilomètres dans le coffre. Y doit faire quatre-vingt-dix degrés là-dedans.

– Je voulais pas que ça se passe comme ça.

– Tu te dégonfles ? Par le ciel, si tu fais ça, je te pose sur la route, là, tout de suite.

– Je me dégonfle pour rien du tout. Amène-moi juste là-bas et garde les J.W. à l'écart de tout ça.

La respiration de Perry se fit plus rapide. Il déboutonna sa chemise et laissa l'air chaud du volet d'aération souffler sur sa poitrine. Le métal de l'arme était chaud sous ses doigts serrés. Il mit une noisette de chique au creux de sa joue mais il avait la bouche tellement sèche qu'il était incapable de mâcher.

La route se terminait au pied d'une falaise de calcaire à l'extrémité du vallon. Bee s'engagea au milieu des arbres et suivit une piste forestière abandonnée qui s'enfonçait dans l'épais sous-bois de broussailles et de fougères. Les bouleaux étaient blancs à la lueur des phares, et de l'eau dégouttait d'une grotte en reflets luisants sur les rochers gris au pied de la falaise. La nuit était chargée de fortes senteurs boisées mêlées de l'odeur des feuilles mortes entassées à l'entour des troncs. Puis le sous-bois commença à s'éclaircir et Perry aperçut une clairière droit devant, où brûlait une lampe-tempête posée à même le sol à côté d'une voiture. Les ombres de six hommes regroupés en cercle tranchaient sur la lumière. Une silhouette leva quelque chose qu'elle tenait à la main au-dessus de sa tête et l'abattit d'un geste féroce, puis une voix hurla de douleur.

– Qu'on en finisse vite. Ce whiskey me fait suer comme une pute, dit Bee.

Il arrêta la voiture en bordure de la clairière et coupa les phares.

Perry sortit et fourra son revolver dans son pantalon. Il sentait les muscles trembler à l'arrière des cuisses tout en avançant vers la lumière blanche de la lanterne. Trois hommes gisaient au sol, et Perry voulut détourner la tête après les avoir regardés. On les avait frappés à coups de chaîne. Ils avaient le visage enflé, zébré de sang, et le dos pratiquement à nu, leurs chemises déchiquetées. Deux d'entre eux avaient les bras sur la tête, et l'épaule du garde de la compagnie pendouillait comme s'il avait la clavicule brisée. L'homme avait les yeux vitreux de peur, et sa bouche s'agitait de tremblements convulsifs lorsqu'il essayait de parler. Ses cheveux étaient collés par la sueur et la poussière, son ventre mou, exposé, débordait du ceinturon. Il essaya de se dégager du groupe d'hommes mais son bras céda sous lui et il retomba sur son épaule blessée. Il avait perdu l'une de ses chaussures, et sa chaussette avait glissé sur sa cheville rose sans poils.

Perry avait déjà vu les autres hommes à la salle de billard. Ils étaient l'un et l'autre maigres, le teint cireux, les cheveux trop longs, des tatouages grossiers sur les bras. Ils gagnaient leur vie en jouant aux dés, en arnaquant les amateurs de billard, parfois en forçant les piquets de grève au volant des camions de charbon de la compagnie. Leurs pantalons en peau d'ange étaient déchirés aux genoux et couverts du cambouis dans le coffre de la voiture. Little J.W. était debout, au-dessus d'eux, une longueur de chaîne redoublée à la main. Il portait son casque métallique de guingois, sa chemise de toile bleue roulée sur ses bras courts et musculeux. L'os de la mâchoire soulignait la joue d'une ligne marquée. Il laissait la chaîne se balancer contre sa jambe de pantalon, mâchonnant une allumette au coin des lèvres. Perry regarda les autres visages reflétés à la lueur de la lanterne. Big J.W. paraissait grandi et mince à côté de son frère, une roulée entre ses longues dents jaunes. À côté de lui se tenaient Foley Rankin et trois de ses cousins ; tous avaient appartenu au Ku Klux Klan le temps de sa brève existence dans le sud-est du Kentucky, à l'époque où des Nègres de l'Alabama avaient été engagés comme jaunes dans les mines. Perry se rappela l'histoire que son père lui avait racontée à propos de Rankin, le jour où celui-ci avait conduit une caravane de voitures pleines d'hommes en coiffes à pointe et draps de lit jusqu'aux cahutes de la compagnie où vivaient les ouvriers nègres. Une cabane avait été brûlée, plusieurs Nègres forcés de s'agenouiller par terre et un bus de la compagnie renversé et jeté dans le vallon.

Rankin alla derrière la voiture et prit trois lourds parpaings de ciment qu'il laissa tomber au sol à côté des trois hommes. Ses petits yeux étroits luisaient, il avait les lèvres exsangues. Il sortit un rouleau de ficelle de sa poche revolver et le coupa en trois morceaux avec son couteau.

– Vous savez pour quoi c'est faire, les gars ? dit-il. Je vais vous attacher les parpaings autour du cou et, dans quelques minutes, vous allez vous retrouver tout au fond de ce trou.

Le garde tordit le cou et regarda l'ouverture de la mine inondée sous le couvert des arbres. Des poutres gisaient à l'entour du trou de forage, des brindilles et des feuilles pourries flottaient à la surface de l'eau stagnante.

– Je dirais que ça fait bien trente mètres, dit Big J.W. J'espère que vous savez retenir votre respiration un bon moment, les gars.

– Peut-être bien qu'ils vont se trouver quelqu'un avec qui causer là en bas, dit Rankin. On a pas balancé un négro là-dedans un jour ?

– C'est celui qui a tellement gonflé qu'il a remonté toutes les briques à la surface, dit l'un des cousins de Rankin.

Le garde avait une main sur les yeux et il se mit à pleurer doucement. Ses doigts tremblaient sur son front.

– On dirait bien qu'il va se pisser dessus, pas vrai ? dit Big J.W.

– J'ai juste fait le chauffeur. Je savais pas qu'y z'allaient faire sauter l'école pendant qu'y avait des gens dedans, dit le garde.

Il respirait par spasmes.

– Tu t'en vantais bien au bar, espèce de fils de pute, dit Little J.W.

Il leva la chaîne dont il fouetta le dos du garde de tout son poids à trois reprises. Le garde se tordit dans la poussière à chaque coup. Les yeux lui sortaient de la tête, un hurlement se noua dans sa gorge sèche et son corps se tordit en arc comme s'il avait l'échine rompue.

– Hé, t'en veux encore ? Je peux faire ça toute la nuit si tu veux rouvrir ton clapet.

*Seigneur Dieu*, songea Perry. *Pas comme ça*. La chaleur parut s'accumuler dans la clairière comme la vapeur d'une forge, et il sentit la transpiration couler de son visage et de son cou sur sa chemise. Il sentait l'odeur d'eau stagnante du puits de mine, les relents de sueur séchée sur les hommes alentour, et sa tête se mit à tourner. Les visages cruels sous la lumière et les silhouettes au sol ne lui paraissaient pas réelles. Un éclair de chaleur claqua au-dessus de la crête, et il entendit l'écho d'un roulement de tonnerre dans un vallon lointain.

Rankin passa un morceau de corde dans le trou d'un parpaing, le noua et fit une boucle à l'autre extrémité. Il balança le bloc au bout de sa corde d'avant en arrière pour vérifier la solidité de l'attache.

– Finissons-en, dit-il.

– Y sont pas à la presse. Fais-les suer encore un petit coup, petit frère, dit Big J.W.

– On a déjà perdu trop de temps avec ces raclures, dit Little J.W. Balance-moi le petit dans le trou en premier. On va se garder quelque chose de spécial pour la grande gueule.

L'un des arnaqueurs de la salle de billard se traîna au sol vers l'arrière et essaya de se remettre debout. Big J.W. lui lança un violent coup de pied au creux des reins et le renversa, le nez dans la poussière.

– Faites pas ça, m'sieur. Je vous en prie, dit l'arnaqueur.

Un filet de salive coulait du coin de sa bouche, son visage était blanc, ses yeux bouffis dilatés par l'effroi. Puis il se mit à trembler de la tête aux pieds.

– Ce salopard a les foies, on dirait ? dit Big J.W.

– Je vous en prie, pour l'amour du ciel, dit l'arnaqueur. Vous nous avez déjà passés à tabac. Ne nous tuez pas.

– Attache-lui ça autour du cou, ça lui coupera le sifflet, dit Little J.W.

Rankin s'agenouilla à côté de l'homme au sol et essaya de lui passer l'anneau de corde de force par la tête. L'homme se roula en boule et se protégea le visage de ses bras serrés. Rankin le remit droit en l'empoignant par les cheveux et le frappa sur la bouche.

– Tiens la tête droite, salopard, sinon je t'arrache les yeux avec cette chaîne, dit-il.

– Attends une minute, dit Bee. Laisse Perry finir le travail. J'estime qu'il en a plus le droit que n'importe qui.

– Ça me gêne pas, dit Rankin. J'aime pas leur mettre les mains dessus, pas à dire. Y sentent tous la pisse.

– Fais-le, c'est tout, et allons-nous en d'ici. Il fait foutrement trop chaud par ici, dit l'un des cousins de Rankin.

– Tu crois que le petit a le cran pour ça ? dit Big J.W.

– Il a pas l'air brillant, pas vrai ? dit Little J.W. À vrai dire, il a exactement la même tronche que le jour où on l'a fait fuir du trou.

– Nom de Dieu, balancez-les dans la fosse, qu'on s'en retourne en ville, dit le cousin de Rankin.

– À toi l'honneur, Perry, dit Bee.

Perry sentit les veines se resserrer sur son crâne, et la ligne des cimes d'arbres parut se mouvoir sur fond obscur de montagnes. Sa chemise était détrempée. Le pouls lui battait aux poignets, ses yeux voilés brûlaient à la lumière.

– Laissez-les aller, dit-il.

Sa voix faillit se briser lorsqu'il parla.

– Qu'est-ce que tu as dit ? dit Little J.W.

– Sors-moi ton foutu revolver, petit, dit Bee.

– On va pas les tuer, dit Perry.

– Pourquoi t'as ramené ce petit salaud ici ? dit Big J.W.

– Écoute bien, Perry. Ces hommes, y z'ont jamais

laissé la plus petite chance à ton papa, dit Bee. Alors, sors-la, ton arme, et vite.

– Fais-le partir d'ici, dit Little J.W.

– Non, par le ciel. Il va finir le travail, dit Bee.

– Je vais pas faire ça. Et personne le fera. Je vous avais déjà dit à tous de pas vous en mêler.

– Je vais pas attendre ici pour des conneries de ce genre, dit Big J.W. Passe-lui la corde autour du cou, au petit. S'il résiste encore, je lui tranche la gorge.

Il ouvrit son couteau contre son pantalon et pencha sa longue carcasse au-dessus de l'homme au sol. Il plaça la pointe de la lame sous le menton du gars pendant que Rankin élargissait la boucle de la corde.

– Écarte-toi de lui, dit Perry.

– Ferme ton bec, dit Little J.W.

– Je déconne pas. Lâche-le.

– Colle-lui un coup de chaîne sur la tête, dit Big J.W.

– C'est ce que je vais faire tout de suite et, une fois que j'aurai commencé, j'arrête plus, dit Little J.W.

– Tu vas rien faire du tout.

– Y a trop longtemps que je te supporte, gamin, dit Little J.W.

Il parla lentement, à mots mesurés.

– Toi et ton frère valez pas mieux qu'une paire de porcs, dit Perry. Vous êtes juste bons à faire fuir les gens en brûlant leur maison ou à battre un homme à mort en le menaçant d'une arme.

Little J.W. leva la chaîne au-dessus de l'épaule et s'avança vers lui. Il respirait bruyamment par les narines, une lueur de folie dans les yeux. Perry sortit le revolver de son pantalon et le pointa à bout de bras directement dans la figure de Little J.W. Il arma le chien du pouce et sentit le barillet se mettre en place.

– Y a des balles Magnum là-dedans. Elles t'arracheront la tête, dit-il.

Little J.W. s'arrêta, lèvres serrées, et s'immobilisa. Il n'y avait plus un bruit dans la clairière, hormis son souffle rauque.

– Jette la chaîne par terre, dit Perry.

– Ta vie vaut pus rien maintenant. Tu sortiras pus jamais de ce vallon.

– Jette-la, sinon je jure devant Dieu que je te tue sur place.

Little J.W. relâcha sa chaîne et la laissa tomber au sol. La transpiration coulait sur les anneaux de crasse qu'il portait au cou.

– Tu fais ça à des syndiqués ? dit Bee.

– Te mêle pas de ça, dit Perry.

– On les a attrapés pour toi, et toi, tu nous menaces d'une arme, dit Bee.

– Je t'avais dit de pas t'en mêler.

– T'es pas de ma famille. Et je te laisserai pas entrer par la porte de derrière.

Perry s'avança dans la lumière près des trois hommes gisant au sol et garda son arme pointée sur les J.W. Rankin recula et trébucha sur l'un des parpaings. Les lignes dures de son visage s'étaient ramollies, et il ne cessait de frotter les doigts sur sa jambe de pantalon.

– Les trois salopards, là, relevez-vous et courez, dit Perry.

– J'y arrive pas. Ils m'ont cassé quelque chose à l'intérieur, dit le garde.

– Mon pote, pour l'instant, ta chance tient le bon bout. Bouge-toi.

– J'y arriverai jamais.

– Je vais pas vous donner très longtemps. Relevez-le, dit Perry.

Les deux autres se remirent lentement debout, surveillant le cercle des visages dans l'ombre. Ils vacillaient sur leurs pieds, incapables qu'ils étaient de redresser le dos. Ils avancèrent en trébuchant, en déséquilibre, et soulevèrent le garde en le tirant par les bras. L'homme grimaça de douleur sous la pression sur son épaule blessée.

– Nom de Dieu, courez, dit Perry.

– Emmenez-nous avec vous, m'sieur. Y vont nous retrouver, dit l'un des arnaqueurs en vacillant sur place.

– Alors c'est que votre chance, elle sera épuisée pour de bon. Je les lâche dans une minute, et, d'ici là, vous feriez bien de commencer à chercher une bonne grotte pour vous cacher.

Les trois hommes traversèrent la clairière à reculons, les yeux toujours fixés sur les J.W. ; puis ils tournèrent les talons et plongèrent dans les buissons de ronces. Les épines leur éraflaient le visage, déchiraient la peau ; ils fouettaient les branches de l'avant-bras, trébuchant sur les pierres et les rondins, tombant au sol, avant de replonger de l'avant.

– Comment tu t'imagines que tu vas te tirer d'ici ? dit Little J.W.

Perry entendit s'éloigner les bruits de course dans les sous-bois.

– Te fais donc pas de souci. T'auras même pas à bouger, dit-il.

Il contourna le groupe d'hommes, passa le bras par la vitre de Big J.W. et ôta les clés du contact. Il les jeta aussi loin qu'il le put dans les arbres.

– Tu vas suer encore plus dur que ces gars-là pour ce que tu viens de faire, dit Big J.W.

– Je prends ta voiture, Bee, dit Perry. Tu pourras la récupérer devant le tribunal.

Il garda son arme pointée devant lui tout en battant en retraite vers le coupé de Bee. Ses jointures étaient blanches de serrer ainsi la crosse de son arme.

– File un coup de pied à la lampe, dit Little J.W.

– T'auras droit aux six balles en plein dans le corps, dit Perry.

– Y pourra toucher personne dans le noir. Vire la lampe, Rankin. Il va pas s'en sortir comme ça.

Mais personne ne bougea.

Perry ouvrit la portière de la voiture et stabilisa son arme contre le jambage de vitre. Il monta d'un bond, passa au point mort et mit le contact avant d'écraser l'accélérateur et le démarreur au plancher en même temps d'un seul pied. Le moteur se mit à palpiter sous le capot, et il se glissa sur le siège latéralement, portière toujours ouverte, arme toujours en mire sur le rebord de vitre. Il attendit un instant que les J.W. fassent mouvement, puis il jeta le revolver sur le siège voisin, passa la marche arrière et relâcha l'embrayage. Le coupé partit en demi-cercle, les pneus couinant sur la terre dure, la portière s'ouvrit et, pivotant sur ses gonds, cogna à un tronc. Un instant il vit le groupe d'hommes se séparer dans la lumière et se diriger vers lui. Il fit un double débrayage, repassa en première et écrasa l'accélérateur au plancher. La voiture rugit, bondissant au travers des taillis et des herbes, et il entendit le silencieux d'échappement cogner une pierre et s'arracher du châssis. Une branche d'arbre fracassa la vitre avant droite. Il mit les phares et fit monter les tours en première jusqu'à ce que le levier de vitesse tremble dans sa paume. Il zigzagua entre les ornières de la route, rebondit sur des rondins à cinquante à l'heure et racla tout un flanc de la voiture contre le tronc d'un chêne blanc.

Il sentit l'odeur de brûlé que dégageaient les pneus et le moteur lorsqu'il sortit des bois pour quitter le vallon. Il avait faussé le parallélisme avant, et la voiture chassait de droite à gauche au-dessus des ornières. Il savait qu'il ne faudrait que quelques minutes aux J.W. pour démarrer leur voiture en connectant les fils d'allumage, ensuite ils se lanceraient à sa poursuite sur la route. Il respirait vite, comme s'il ne parvenait pas à reprendre son souffle, et il s'essuya le visage du devant de sa chemise. Les éclairs de chaleur firent à nouveau vibrer le ciel au-dessus de la crête, un gros nuage d'orage noir commençait à masquer la lune. Droit devant, il aperçut les lumières d'une cabane à travers les peupliers, la route se fit plus égale, commençant à remonter vers la falaise au loin.

Les fumées d'échappement du tuyau percé remontaient dans l'habitacle au travers du plancher et lui mettaient les larmes aux yeux. D'une main, il ôta la chemise de ses épaules, s'en essuya la poitrine et le cou et ouvrit l'ouïe d'aération sur le capot. Il surveillait le rétroviseur au cas où il aurait eu des phares à ses trousses, mais la route était vide et le fond du vallon dans les ténèbres. Au fur et à mesure qu'il montait en altitude, une légère brise commençait à ployer les cimes des arbres, et l'air se fit soudain plus frais. Puis il aperçut le clair de lune sur le pont de bois au-dessus du lit du torrent à sec et les blocs de calcaire sur le sable desséché.

Il resta en seconde pendant la montée sur le chemin gravillonné de la corniche. En contrebas, il voyait les étendues plates d'arbres vert-noir, les rivières à sec, les chemins forestiers pâles et jaunes sous la lune. De nouveaux nuages s'étaient formés à l'horizon, et des rafales de vent balayaient les falaises en faisant tourbillonner les feuilles mortes. Il entendait les pins craquer sous la brise, puis un éclair déchira le ciel en une brève ligne tarabiscotée et vint frapper un sommet de montagne lointain.

Perry se sentait intérieurement vidé, comme si toute la furie et la chaleur avaient été aspirées de ses veines en l'espace de quelques minutes. La tension et la violence de cette dernière heure l'avaient laissé épuisé. Il sentait ses mains épaisses sur le volant, la peau de son visage donnait l'impression d'être morte. Dans le martèlement du flux d'air qui s'engouffrait par la fenêtre, il croyait toujours entendre les voix des J.W. et les hurlements des hommes au sol ; il s'obligea à les chasser de son esprit et regarda devant lui la ligne déchiquetée des érables sur la corniche, les falaises abruptes, les nuages noirs qui roulaient et se tordaient au-dessus du vallon. Une goutte de pluie solitaire frappa son pare-brise alors qu'il s'engageait sur la chaussée d'asphalte en direction de la ville.

Les vitrines des magasins de la ville étaient dans l'obscurité, les rues presque désertes, et le vent soufflait la poussière en nuages sur le pavage en briques usées. Il entendait la musique de banjo et de violon dans la taverne et les rires d'ivrognes qui continuaient toujours jusqu'au petit matin. L'air était chargé d'une odeur de cuivre surchauffé, et une poubelle roulait avec fracas sur un trottoir. La lumière du bureau du shérif tombait sur la pelouse du palais de justice. Perry rangea la voiture contre le caniveau et déchargea le revolver qu'il fourra dans sa ceinture. Il enfila sa chemise sans la boutonner et traversa la pelouse jusqu'à l'entrée du tribunal.

Le shérif était assis derrière son bureau, le visage balayé par le souffle d'un ventilateur électrique. Son uniforme marron était chiffonné et sali de taches sombres à l'entour du col, et les papiers qu'écrasaient ses énormes bras lui collaient à la peau lorsqu'il bougeait. Une carafe d'eau glacée était posée près de son coude. Il s'arrêta d'écrire et leva les yeux vers Perry avant de laisser tomber le regard sur le revolver.

– T'as dû perdre l'esprit, nom de Dieu, dit-il.

Sa respiration siffla au creux de sa gorge lorsqu'il parla.

– Les trois hommes qui ont tué papa sont au bout du vallon de Rachel. Et y vont aller nulle part non plus.

– Par le ciel, je t'avais prévenu de ce qui t'arriverait si tu…

– Je leur ai rien fait du tout. Les J.W. les ont travaillés au corps à coups de chaîne. Ils se sont cachés dans une grotte par là-bas quelque part.

Le shérif se leva de son fauteuil, ouvrit son tiroir et en sortit un pistolet automatique et une matraque avec poignée à ressort. Il glissa chaque arme dans une poche revolver.

– Monte dans la voiture, dit-il.

– Vous avez pas besoin de moi pour rien du tout. Déposez juste l'arme à la boutique de prêt et dites à M. Mac de donner l'argent à ma mère.

Perry sortit le revolver de sa ceinture et le posa sur le dessus du bureau.

– Où vas-tu ?

– Je reste pus ici.

– Attends une minute.

– Je suis parti, shérif.

Perry quitta le tribunal, traversa la rue et longea les réservoirs à charbon jusqu'aux limites de la ville. Il suivit un chemin de terre bordé de cahutes en bardeaux et de voitures déglinguées, puis il escalada une clôture en barbelé pour se retrouver dans une pâture où il se dirigea vers le talus de chemin de fer de la C&O à l'extrémité opposée. Le vent soufflait maintenant plus fort, et il sentait la pluie au loin et les fougères dans les lits des ruisseaux. La lune avait viré au bleu dans le ciel. Des vaches s'étaient agglutinées dans le champ, et il les entendit mâcher l'herbe et les pissenlits dans l'obscurité. Il franchit d'un bond un fossé d'irrigation près du château d'eau et escalada la pente du talus jusqu'aux rails. Les herbes poussaient entre gravier et traverses, et les rails s'étiraient entre deux montagnes noires à l'endroit où la pente faisait une courbe.

Il suivit les rails jusqu'au virage et s'assit sur le bord d'une traverse. La pluie se mit à tomber de manière égale au sommet de la montagne, et une brume blanche traversa le vallon pour se déposer au pied des arbres. Puis Perry sentit le rail vibrer sous sa paume, et un sifflet de train retentit en écho de l'autre côté de la crête. Quelques instants plus tard, le phare de la motrice apparut, balayant la courbe, et il vit la pluie tourbillonner dans la lumière, et la file de wagons qui s'étirait sur huit cents mètres. Il se laissa glisser du talus et attendit que la locomotive s'approche. Les chaînes des attelages cognaient en gerbes d'étincelles sur le gravier. La terre tremblait sous le poids du convoi, et les herbes au long de la voie ferrée s'aplatissaient sous l'air chaud chassé en rafales par les roues. La motrice passa en grondant à côté de Perry, lequel se mit à courir sur les cailloux en ligne droite parallèle aux wagons et aux citernes. Le train commençait à reprendre de la vitesse en sortie de courbe. Toutes les portes étaient verrouillées et scellées, et aucun des plateaux de wagons n'offrait de rambarde. Perry était à bout de souffle, et par-dessus l'épaule, il vit les lumières vertes et rouges du fourgon de queue qui arrivait derrière lui. Il bondit, agrippa la poignée métallique sur le flanc du wagon réfrigéré et monta les jambes au-dessus des roues. Un instant, il crut qu'il allait lâcher prise et être aspiré sous la voiture. Les traverses et les rails sur leur lit de mâchefer filaient sous ses pieds et, lorsque le train attaqua la courbe, il fut obligé de crocheter les deux bras dans la poignée de fer. La pluie lui battait le visage et la brume entre les montagnes était tellement épaisse qu'il ne voyait pas les troncs d'arbres. Il grimpa sur le toit du wagon et s'assit sur la passerelle en bois, les genoux repliés contre la poitrine, le dos au vent.

Dans quelques heures, il aurait quitté les montagnes du Cumberland, il traverserait le pays du *blue grass* en direction de Lexington. Puis il se prendrait un nouveau train de marchandises de la C&O, direction Cincinnati, et, à l'aube, il verrait l'immense pont qui franchissait la rivière Ohio, les bateaux de loisir aux roues à aubes blanches barattant le courant en contrebas, et la lumière du soleil sur les arbres et les étroites façades d'immeubles allemands le long des boulevards. Il se trouverait un boulot quelque part et, le dimanche après-midi, il irait au match de base-ball, boirait de la bière, mangerait des saucisses à Crosley Field. Au crépuscule, il s'en irait marcher au fil des rues arrosées d'eau et, s'il avait de l'argent, peut-être se rendrait-il aux River Downs où couraient les meilleurs pur-sang du Kentucky. Le train prit de la vitesse en grondant dans la descente sur le flanc opposé de la montagne, et il s'accrocha à la passerelle des deux mains. La silhouette mauve des collines tranchait sur fond de ciel, lorsqu'un éclair venait frapper au creux d'un vallon, et il sentait l'odeur sucrée de terre mouillée dans les champs de tabac et les pâturages. Un morceau de lune brillait derrière un nuage, et les gouttes de pluie dans ses cheveux se reflétaient comme autant de perles de cristal.

Achevé d'imprimer en octobre 2003
sur les presses de l'Imprimerie Maury-Eurolivres
45300 Manchecourt
pour le compte
des Éditions Payot & Rivages
106, bd Saint-Germain - 75006 Paris

Dépôt légal : novembre 2003
N° d'imprimeur : 21342